LE TORRENT DES JOURS

DU MÊME AUTEUR

Un amour de soie, Archipoche, 2015.

LINDSAY CHASE

LE TORRENT DES JOURS

roman

traduit de l'américain
par Martine C. Desoille

ARCHIPOCHE

Ce livre a été publié sous le titre
So Wild a Dream
par Onyx / NAL Penguin, Inc., New York, 1988.

Notre catalogue est consultable à l'adresse suivante :
www.archipoche.com

Éditions Archipoche
34, rue des Bourdonnais
75001 Paris

ISBN 978-2-35287-908-4

1

Helena faisait les cent pas dans le salon lorsque dix coups sonnèrent à la pendule. La jeune fille sursauta. Huit heures s'étaient écoulées depuis que son père était parti chez les O'Hara. Il est vrai qu'une naissance pouvait toujours se révéler difficile, même quand la mère en était à sa neuvième grossesse.

Elle frissonna et resserra son châle de laine autour de ses épaules, puis, traversant promptement la pièce, s'approcha de la fenêtre pour y jeter un coup d'œil.

« Il fait un temps à ne pas mettre un chien dehors », songea-t-elle en sondant la nuit noire, les mains posées en visière sur la vitre glacée.

Au moins la pluie diluvienne avait-elle cessé. La lune tentait vaillamment de percer à travers les nuages qui filaient dans le ciel d'encre, projetant par intermittence son reflet livide et capricieux dans le bassin qui se trouvait devant la maison.

Tout d'abord, Helena n'entendit qu'une brise légère, douce et secrète comme un conciliabule d'amoureux. Ensuite, le vent tourna, gagnant en force et gémissant comme un esprit maléfique, annonciateur d'une mauvaise nouvelle.

Le cœur d'Helena se serra tandis que ses grands yeux bruns s'écarquillaient de terreur. Était-ce le vent, ou le cri strident de l'esprit des ténèbres venu lui annoncer qu'il était arrivé malheur à son père ?

Elle se mit à frotter machinalement la vilaine cicatrice rouge qui cerclait son poignet gauche comme un anneau de fer.

« William, mon amour, je t'en conjure, épargne-moi la vue de l'esprit du mal, cette fois. »

Elle ferma les yeux en crispant les paupières, craignant de voir surgir une vision d'épouvante. Mais, lorsqu'elle trouva enfin le courage de les rouvrir, elle ne vit rien d'autre que le petit salon familial, baigné par la douce lumière des lampes. Avec prudence, elle jeta un regard autour d'elle. Les deux bergères à oreillettes qui se trouvaient devant l'âtre étaient inoccupées, de même que le fauteuil favori de son père, à côté de la fenêtre. Le fromage, les galettes d'orge et le whisky qu'elle avait disposés pour lui sur la table étaient intacts. Tout était en ordre.

Et, Dieu merci ! elle était seule.

Elle laissa échapper un long soupir de soulagement et s'en retourna une fois de plus à la fenêtre.

« Il ne devrait pas tarder à rentrer, se dit-elle pour se donner du courage. Je ferais mieux de prendre mon mal en patience. »

Et elle retourna s'asseoir auprès du feu. Bientôt, bercée par la chaleur des flammes, elle sombra dans un sommeil sans rêves.

Peu après, Helena fut réveillée en sursaut par un bruit insolite. Quelqu'un était entré dans la maison, quelqu'un qui n'était pas son père car ce dernier signalait toujours sa présence en sifflotant une vieille ballade irlandaise.

Elle se redressa d'un bond et retint son souffle. C'est alors qu'un bruit de pas pesant et hésitant lui parvint depuis le vestibule.

Le fauteuil d'Helena tournait le dos à la porte, de sorte que son dossier la cachait à la vue de quiconque entrait dans le salon. Néanmoins, il lui suffisait de jeter un coup d'œil à la glace qui surmontait la cheminée pour apercevoir distinctement le visage de l'intrus.

Lorsqu'elle leva les yeux vers le miroir, elle faillit pousser un cri de frayeur en voyant apparaître dans l'embrasure de la porte un homme entièrement vêtu de noir. Jetant des regards furtifs autour de lui, l'homme ôta son chapeau et, s'approchant de la table, s'empara d'une galette qu'il engloutit comme s'il n'avait pas mangé depuis des semaines. Puis il tendit à nouveau la main pour se resservir.

Helena n'en croyait pas ses yeux. S'agissait-il d'un homme en chair et en os ou d'un personnage de légende comme ceux qui entraient par la fenêtre, les soirs de novembre, et s'attablaient devant le dîner dressé pour eux par les jeunes filles à marier ? Cependant, on était à la mi-avril et non en novembre, et l'intrus était entré par la porte, comme tout un chacun. De plus, Helena n'avait aucune envie de se trouver un amoureux, ni maintenant ni jamais.

Elle retint son souffle et attendit. Qu'allait-il faire ensuite ? Peut-être que, si elle restait ainsi, sans bouger et sans faire de bruit, l'homme finirait par s'en aller et la laisser tranquille. Mais que se passerait-il s'il s'agissait d'un voleur ? La molesterait-il avant de piller la maison ? Elle jeta un rapide coup d'œil autour d'elle, cherchant un objet contondant, et aperçut le tisonnier, juste à portée de main.

Elle bondit aussitôt sur ses pieds et prit le tisonnier à pleine main, faisant tomber son support dans un fracas métallique. Saisi, l'homme proféra un juron tandis qu'elle faisait volte-face en brandissant le tisonnier comme un gourdin, prête à lui fracasser le crâne au moindre geste menaçant.

Cependant, dès que leurs regards se croisèrent, elle hésita, soudain prise de pitié à la vue du malheureux qui se tenait devant elle. Sans doute l'homme avait-il été beau jadis, comme semblait l'attester son visage rasé de près. Mais celui-ci était émacié au point que ses joues creuses donnaient à ses pommettes saillantes l'apparence de lames de couteau. Même à la lueur diffuse de la lampe, sa peau avait une pâleur maladive et des cernes profonds soulignaient ses yeux bleus, vides de toute émotion, comme si un feu intérieur s'était éteint, ne laissant derrière lui qu'une carcasse vide et sans âme.

Ce qui frappa le plus Helena, c'était ses cheveux bruns coupés ras, comme ceux des bagnards, et qui lui donnaient un air misérable et dépouillé.

— Qui êtes-vous, que faites-vous ici ? demanda Helena avec une arrogance destinée à cacher sa peur.

Une lueur de colère passa brièvement dans les yeux de l'inconnu qui lui répondit d'une voix sonore, étonnamment distinguée :

— Je suis Patrick Quinn.

Helena continuait de le dévisager, incrédule, le tisonnier à la main.

— Seriez-vous sotte, mademoiselle ? reprit-il avec une pointe d'impatience. Je vous dis que je suis Patrick Quinn.

Cette fois, il semblait plus sûr de lui.

Elle abaissa aussitôt le tisonnier, bien que l'homme ne lui inspirât pas confiance.

— Dans ce cas, vous devez être le fils de Richard Quinn.

— Exact.

Mis à part les yeux bleu pâle, il n'y avait guère de ressemblance entre les deux hommes. L'un était un pur-sang, l'autre un taureau. Le fils était grand, élancé et brun, comme le sont souvent les hommes du comté de Cork, tandis que le père était petit, râblé et blond comme un Viking. Bien que creusés, les traits de Patrick Quinn étaient délicats et aristocratiques, alors que ceux de Richard étaient grossiers et bouffis, comme si son visage avait été façonné à coups de poing.

— Vous auriez pu frapper, ou tout au moins annoncer votre présence, grommela Helena. Vous m'avez fait une peur de tous les diables. J'ai cru qu'un forçat s'était introduit dans la maison.

— Mais c'est exactement le cas, répliqua l'homme d'un ton amer.

Helena ouvrit de grands yeux stupéfaits, puis, tournant les talons, s'en fut ostensiblement remettre le tisonnier à sa place pour cacher la rougeur qui lui montait aux joues. Richard ne parlait que rarement de son fils, mais Helena savait par son père et par les bruits qui couraient dans le village que Patrick Quinn avait été arrêté quatre années auparavant, en 1876, et incarcéré dans une prison anglaise.

Lorsqu'elle eut repris contenance, la jeune fille se tourna vers lui.

— Je vous prie de m'excuser, monsieur Quinn. Je ne me suis pas présentée. Je suis Helena Considine. Mon père est Jack Considine, médecin à Mallow.

L'homme fronça les sourcils.

— Considine ? Mais où est donc passé ce charlatan de Rourke ?

— Voilà plus de trois ans qu'il est parti s'installer à Dublin, où le métier de médecin est plus lucratif.

— Juste après mon arr…

Le visage de Patrick Quinn se ferma tandis que sa phrase restait inachevée.

— Vous connaissez mon père ? lança-t-il pour dissiper sa gêne.

Helena hocha la tête.

— Tout le comté de Cork connaît les Quinn de Rookforest ! Mon père et moi sommes fiers de pouvoir compter Richard parmi nos amis. Il nous invite fréquemment à dîner.

— Et comment se porte le cher vieil homme ? demanda Patrick Quinn, d'une voix soudain adoucie par l'émotion.

Helena le considéra un moment en silence. Pour elle, un homme de cinquante ans aussi robuste et vigoureux que Richard Quinn n'était pas à proprement parler un vieux monsieur.

— Il va bien, mais votre mère…

— Est morte, coupa-t-il sèchement. Je sais. Mes geôliers ont eu au moins la décence de me le faire savoir. Et ma cousine, Mlle Atkinson, habite-t-elle toujours à Rookforest ?

— Toujours.

Un sourire mélancolique effleura les lèvres de l'homme, lui donnant l'air moins farouche et plus séduisant.

— Ah ! Meggie, ma sauvageonne de la lande… Ce doit être une beauté à présent… la beauté du diable.

Chaque fois qu'elle songeait à la belle Margaret, Helena ressentait un petit pincement au cœur. Avec sa luxuriante chevelure rousse, ses ravissants yeux noisette et ses manières volontiers aguicheuses, les hommes la trouvaient irrésistible.

— Sans aucun doute, comme vous aurez bientôt l'occasion de vous en rendre compte par vous-même. Car j'imagine que vous êtes en route pour Rookforest ?

L'homme se rembrunit d'un seul coup.

— Vous tarderait-il de vous débarrasser de moi, mademoiselle Considine ?

Helena se raidit, ravalant la réplique cinglante qui lui brûlait les lèvres.

— Ça n'était pas ce que je voulais dire, monsieur Quinn. Celui qui vient frapper à notre porte est toujours le bienvenu. Mais il se fait tard et mon père devrait être revenu depuis longtemps déjà. Vous comprendrez, j'en suis sûre, que son sort me préoccupe davantage que le vôtre.

Sur ces mots, elle s'approcha de la fenêtre et regarda au-dehors dans l'espoir d'apercevoir son père. Mais elle ne vit rien, hormis le cheval de Quinn attaché devant la maison et qui se tenait tête penchée, dos au vent.

Au moment où Helena allait demander à son hôte importun de prendre congé, l'homme se mit à vaciller sur ses jambes. Son visage se brouilla, ses genoux ployèrent sous lui et il chancela, une main tendue en avant pour essayer de se raccrocher à quelque chose.

— Monsieur Quinn !

Helena réussit à le rattraper de justesse pour l'empêcher de tomber. Puis, rassemblant toutes ses forces car, en dépit de son extrême maigreur, l'homme lui sembla étonnamment lourd, elle parvint à le mener jusqu'au fauteuil de son père avant qu'il ne perdît connaissance. Une fois assis, Patrick Quinn laissa retomber sa tête en arrière. Son visage cireux était baigné de sueur.

— Depuis combien de temps n'avez-vous pas mangé à votre faim ? demanda-t-elle, suspicieuse.

— Ne vous en faites pas pour moi, mademoiselle Considine, murmura-t-il. Vous m'avez clairement fait comprendre que je vous importunais, aussi ne vous imposerai-je pas plus longtemps ma présence.

Il tenta de se relever, mais l'effort était trop grand pour lui et il retomba dans le fauteuil en décochant à Helena un regard haineux comme si cette dernière avait été responsable de sa faiblesse.

Ignorant son arrogance, Helena serra les dents.

— Je vais à la cuisine, dit-elle. J'espère que les galettes d'orge et le fromage auront disparu à mon retour. Néanmoins, sur un estomac vide, je vous déconseille fortement le whisky.

Sans laisser le temps à Quinn de protester, elle rassembla ses jupes et quitta le salon d'un pas digne.

Une fois à la cuisine, elle commença à trancher le jambon d'un geste rageur. De sa vie, elle n'avait rencontré individu plus grossier ou impertinent que ce Patrick Quinn. À croire que c'était sa faute à elle s'il était allé en prison.

Presque aussitôt, Helena fut prise de remords. Comment pouvait-elle avoir des pensées aussi peu charitables à l'égard de ce malheureux ? L'homme venait de passer quatre années en prison, autant dire en enfer, il n'y avait qu'à le regarder pour s'en convaincre. Qu'y avait-il d'étonnant à ce qu'il se montrât amer et dédaigneux envers ceux qui n'avaient jamais connu la détention ?

« J'aurais tort de vouloir le juger trop hâtivement », songea-t-elle.

Lorsqu'elle s'en revint dans le salon, quelques instants plus tard, elle constata avec satisfaction que les plats étaient vides, à l'exception de quelques restes de fromage.

— Très bien, monsieur Quinn. Et maintenant, si vous voulez bien vous donner la peine de manger cette assiette de jambon, je…

Elle ne termina pas sa phrase. Patrick Quinn tenait une petite souris grise blottie dans le creux de la main. Helena fit un bond en arrière en poussant un cri de terreur. Elle réussit à reprendre son équilibre juste au moment où l'assiette de jambon allait lui tomber des mains.

— Une souris ! s'écria Helena en posant une main sur son cœur, tandis que l'animal détalait sur la manche de l'homme pour aller se réfugier sous le revers de sa veste.

— En effet, mademoiselle Considine, et je vous serais obligé de ne pas pousser des cris d'orfraie, vous l'effrayez.

— Mais… mais comment pouvez-vous supporter la présence de cette immonde vermine sur votre personne ?

Il lui décocha un regard de glace.

— M. O'Malley n'est pas une immonde vermine, mademoiselle. Il est mon ami intime et compagnon depuis deux ans. (Sa voix se radoucit tandis qu'il relevait le revers de sa veste pour inciter la souris apeurée à revenir dans sa main.) Allons, monsieur O'Malley, sortez. Il n'y a pas de danger. Notre hôtesse m'a promis de ne plus pousser de hurlements la prochaine fois qu'elle vous verrait.

La souris sortit en hésitant de sa cachette et se mit à humer l'air tandis que Patrick Quinn lui caressait la tête du bout de l'index.

— À vrai dire, M. O'Malley a été mon seul et unique compagnon pendant ma captivité.

Ne trouvant rien à répondre, Helena posa l'assiette et regagna son fauteuil sans un mot.

Entre-temps, Patrick Quinn avait posé M. O'Malley sur la table du dîner afin que ce dernier pût manger les croûtes de fromage, tandis que son maître engloutissait l'une après l'autre les tranches de jambon.

Lorsqu'ils eurent enfin terminé leur repas, la souris nettoya soigneusement ses moustaches, puis regagna sa cachette en trottinant.

L'homme se tourna vers Helena.

— Un détenu est obligé se contenter de ce qu'il a, mademoiselle. On fait n'importe quoi, là-bas, pour tuer le temps. Avant M. O'Malley, j'ai eu des quantités d'autres compagnons dont une araignée du nom de Calypso. Sa voix siffla lorsqu'il prononça ce nom singulier. Je suis devenu son esclave dévoué, rien que pour le plaisir de goûter sa compagnie. Je lui attrapais des mouches et, occasionnellement, une fourmi pour le dessert. Mais elle était volage et elle m'a quitté pour un autre.

Helena réprima un frisson de dégoût en entendant ce monstrueux récit.

Il haussa un sourcil moqueur.

— Quoi ? Mon franc-parler aurait-il offusqué vos oreilles délicates, mademoiselle Considine ?

— Étant fille de médecin, il n'y a pas grand-chose qui puisse offusquer mes oreilles délicates, monsieur Quinn. Toutefois, quelque chose me dit que vous cherchez délibérément à me choquer.

Il se leva. Helena remarqua non sans satisfaction que ses joues avaient repris de la couleur.

— Je vous fais mes excuses. Quand un homme a passé quatre ans sous les verrous, privé de la charmante compagnie de jeunes personnes dans votre genre, il finit par perdre le sens des convenances.

Il saisit son chapeau.

C'est pourquoi je vais vous faire grâce de ma muflerie et vous souhaiter le bonsoir.

Helena se leva à son tour, furieuse, les lèvres pincées.

— Je n'ai jamais dit que vous étiez un mufle, monsieur Quinn.

Il remit son chapeau, et répondit avec un regard plein de défi :

— Non, certes, mais vous l'avez pensé.

— Seriez-vous en train de me dire que vous savez ce que je pense ? rétorqua la jeune femme en réprimant une furieuse envie de taper du pied.

— Il n'y a qu'à vous regarder pour savoir ce que vous pensez.

Helena rougit violemment, car elle savait qu'il avait raison. Combien de fois William lui avait-il dit que son visage expressif était ce qu'il aimait le plus en elle ? Sentant les larmes lui monter aux yeux, elle s'élança vers la porte afin de cacher son émoi.

— Très bien ! Puisque vous êtes décidé à partir, je ne vous retiens pas, dit-elle. Néanmoins, sachez que vous êtes le bienvenu jusqu'au retour de mon père.

Une fois sur le seuil, Patrick Quinn s'arrêta et se retourna. Helena constata qu'elle lui arrivait à peine à l'épaule et qu'elle était obligée de pencher légèrement la tête en arrière pour pouvoir le regarder. À la faible lueur du vestibule, ses yeux noirs, profondément enchâssés dans leurs orbites, donnaient à son visage l'apparence d'une tête de mort.

— Merci encore pour l'excellent dîner et pour votre exquise conversation. Mais, j'y songe, si vous êtes fréquemment invitée à Rookforest, vous allez devoir désormais supporter ma compagnie.

— Je saurais m'en accommoder, riposta-t-elle sèchement, arrachant un sourire à Patrick Quinn qui s'inclina, puis disparut.

Helena s'attarda un moment sur le pas de la porte, non pas pour le regarder partir, mais pour guetter le retour de son père qui, malheureusement, ne revenait toujours pas. Déçue et inquiète, elle scruta le ciel. De gros nuages annonciateurs de pluie recommençaient à s'amonceler à l'horizon.

Tandis que le cheval de Quinn s'éloignait au galop, elle regagna la maison.

Après avoir débarrassé la table et remis un peu d'ordre dans le salon, Helena se sentit gagnée par une irrésistible envie de dormir. Réprimant un bâillement, elle prit la lampe et monta dans sa chambre.

À peine avait-elle fini de tresser son épaisse chevelure brune qu'elle entendit le pas familier de la jument de son père remontant tranquillement l'allée. Enfilant promptement une robe de chambre, la jeune fille dégringola l'escalier quatre à quatre.

Son père n'avait pas sitôt franchi le seuil qu'elle lui sauta au cou.

— Père, où étais-tu passé ? s'exclama-t-elle sur le ton du reproche, tout en le serrant dans ses bras. Il est presque minuit, je me suis fait un sang d'encre.

Frêle et de taille moyenne, Jack Considine n'était pas homme à se soucier de son apparence physique. Ses cheveux bruns n'étaient jamais coiffés et sa barbe, mal taillée, était constellée de brins de tabac qui s'échappaient de sa pipe. Si Helena n'avait pas été là pour lui préparer ses habits chaque matin, il serait parti travailler en pyjama.

Il posa sur elle un regard bleu, pétillant de malice.

— Quand cesseras-tu de te faire du mauvais sang, ma fille ? dit-il en ôtant sa veste et en la posant sur le dos de son fauteuil favori. Le dernier-né du clan O'Hara a pris son temps pour venir au monde, tout simplement.

Helena prit la veste de son père et, l'ayant inspectée pour s'assurer qu'elle n'était ni tachée ni déchirée, la plia et la posa soigneusement sur son bras.

— Comment se portent Mme O'Hara et l'enfant ?

L'air sombre, son père s'approcha de la table et se servit un petit verre de whisky.

— Contrairement aux quatre autres, il a survécu. C'est un vigoureux gaillard. Quant à la mère, son état est satisfaisant malgré un accouchement difficile.

Il se laissa tomber dans son fauteuil et, s'étonnant de voir la table vide, demanda :

— Où est donc mon souper ? Aurais-tu négligé ton vieux papa, ma fille ?

Helena se renfrogna.

— Je te prie de m'excuser, papa. Un hôte inattendu s'est présenté chez nous et il a mangé toutes les galettes que Mary avait préparées ce matin. Mais il reste du jambon. Je m'en vais de ce pas t'en couper quelques tranches.

— Non, non, c'est inutile, dit-il en faisant signe à Helena de ne pas bouger. J'ai dîné de pommes de terre et de lait caillé chez les O'Hara.

Après un long silence, il reprit :

— C'est d'un mari que tu devrais t'occuper, ma fille, pas d'un père.

Le sourire d'Helena s'évanouit soudain, tandis qu'elle ôtait un grain de poussière imaginaire de la veste de son père.

— Je n'ai pas besoin d'un mari, papa.

Jack prit une gorgée de whisky.

— Voilà trois ans déjà que William nous a quittés, dit-il tendrement. Cette histoire appartient désormais au passé, il est temps de tourner la page et de songer à l'avenir.

Helena détourna les yeux, l'air songeur.

— J'aimais William de tout mon cœur. Il a emporté une partie de moi dans sa tombe.

— Je le sais. J'ai ressenti exactement la même chose quand ta mère nous a quittés.

— Et tu n'as jamais trouvé personne pour la remplacer, de même que jamais personne ne remplacera William dans mon cœur.

Jack vida son verre puis se leva.

— Mais moi, j'ai un travail qui m'occupe et m'aide à oublier ma solitude.

— Et mon travail à moi consiste à m'occuper de toi.

Il hocha tristement la tête.

— Ah ! Lena, Lena…

Elle frotta machinalement la marque qu'elle portait au poignet.

— De toute façon, à moins de rencontrer quelqu'un d'exceptionnel, dit-elle d'une voix monocorde, jamais aucun homme ne voudra de moi. Je suis damnée.

Jack considéra un moment le visage tourmenté de sa fille et son regard se posa sur son poignet. Comme il ne trouvait pas de paroles réconfortantes, il préféra changer de sujet.

— Tu disais que nous avions reçu une visite, ce soir. Qui diable a bien pu venir nous rendre visite par ce temps de chien ?

Helena hésita un instant.

— Patrick Quinn.

— Patrick ? Jack écarquilla les yeux et passa une main distraite dans ses cheveux grisonnants. Il est venu ici ce soir ? Richard m'a dit qu'il l'attendait demain.

— Eh bien ! il sera arrivé un jour plus tôt que prévu, voilà tout.

Elle hésita un instant avant d'ajouter :

— Papa, parle-moi de Patrick Quinn. Pourquoi a-t-il été envoyé en prison ? Oh ! je connais les bruits qui courent à son sujet dans le village, mais je n'accorde pas foi aux commérages. S'il te plaît, dis-moi ce qu'il en est, je suis sûre que Richard t'a dit des choses que j'ignore.

Jack jeta un coup d'œil à la pendule.

— Il se fait tard, ma fille. Pourrions-nous remettre cela à demain ?

— Père, je n'ai plus sommeil, de toute façon. Quelques minutes de plus ou de moins n'y changeront rien. Et j'aimerais tant savoir. S'il te plaît.

Voyant qu'elle n'en démordrait pas, il commença à bourrer sa pipe avec un soupir résigné.

— Patrick est le fils unique de Richard. Il y a quelques années, quand il n'était encore qu'un tout jeune homme, il s'est entiché de la sœur de John Standon.

John Standon, rejeton d'une famille dont les mœurs dissolues lui avait valu le surnom ironique de « Sainte Famille Standon », était l'intendant du domaine du duc de Carbury et vivait à Drumlow, une somptueuse demeure Tudor à quelques miles au nord de Mallow.

Helena eut l'air surpris.

— Je croyais que M. Standon vivait seul. J'ignorais qu'il avait une sœur.

Mais pourquoi l'aurait-elle su ? Hormis un petit salut poli échangé à la messe chaque dimanche, les Considine et John ne se parlaient pas, ce dernier les jugeant très au-dessous de sa condition.

Jack hocha la tête et alluma sa pipe.

— Eh bien ! si, il a une sœur, qui porte le nom singulier de Calypso.

Calypso… Le nom que Patrick Quinn avait donné à son araignée. Helena se rappela du sifflement qu'il avait émis en prononçant son nom.

Son père poursuivit :

— Nous ne l'avons jamais rencontrée parce qu'elle a épousé un Anglais et qu'elle est partie vivre en Angleterre bien avant que toi et moi quittions Cork pour venir nous installer à Mallow. Mais, avant son mariage, Patrick Quinn lui avait fait la cour. C'est une très belle femme, à ce qu'on dit. Des cheveux noirs de jais, un teint de pêche… Le jeune Patrick en était amoureux fou. Mais le frère de Calypso est un homme ambitieux qui avait pour sa sœur d'autres visées que le fils d'un vulgaire propriétaire terrien, fût-il riche à millions. C'est pourquoi, quand la belle a eu dix-huit ans, il l'a expédiée à Londres, dans l'espoir d'attirer quelque aristocrate fortuné dans ses filets et de renforcer ainsi le prestige de la famille.

— Est-ce à dire que la jeune fille n'a pas répondu aux avances de Patrick Quinn ?

Son père haussa les épaules.

— Richard prétend le contraire, mais dit que Calypso se sentait obligée d'obéir à son frère, lequel était son tuteur depuis la mort de ses parents. Toujours est-il que Patrick l'a suivie jusqu'à Londres, espérant obtenir d'elle qu'elle l'épouse.

— Manifestement, il a échoué, dit Helena avec un sourire ironique. En dépit de son acharnement.

— Hélas ! oui. Lorsqu'il a appris que la belle Calypso avait promis sa main à un marquis de haut lignage, notre Patrick a perdu la tête. Il l'a enlevée et l'a emmenée à Ostende à bord d'un voilier, dans l'espoir de la convaincre.

Helena roula des yeux scandalisés.

— Tu veux dire qu'il l'a kidnappée !

— Absolument. Un soir qu'elle assistait à un bal, il l'a attirée dans le jardin sous un prétexte fallacieux avant de lui jeter un sac sur la tête et de l'emmener à Douvres dans un fiacre.

— Quelle arrogance ! s'écria Helena, tout en se demandant comment elle aurait réagi si quelqu'un avait cherché à l'arracher de force à son cher William. Cette pauvre Mlle Standon a dû avoir une peur bleue.

— Sans doute, mais elle a eu la présence d'esprit d'assommer son ravisseur avec une bouteille et d'avertir la police.

— Bravo ! Que s'est-il passé ensuite ?

— Le jeune Patrick Quinn a été arrêté et reconduit en Angleterre, puis traîné en justice par le fiancé de la belle et son frère. Il a finalement écopé de quatre ans de prison.

— Bien fait pour lui ! s'exclama résolument Helena. Il s'est rendu coupable d'un terrible méfait et n'a eu que ce qu'il méritait.

Son père secoua gravement la tête.

— Toi, d'ordinaire si charitable envers ton prochain, je te trouve bien sévère, ma fille. À part l'enlever et lui faire peur, le jeune Quinn n'a rien fait à la dame.

Helena digéra les paroles de son père.

— Tout bien considéré, la sentence était peut-être un peu excessive.

Jack tira sur sa pipe et recracha un nuage de fumée grise.

— Physiquement, il ne lui a fait aucun mal. Cependant, lorsque l'affaire s'est ébruitée, la jeune fille a failli perdre sa réputation. L'enlèvement a fait beaucoup de bruit à Londres. Pendant des mois, on n'a parlé que de ça. Son fiancé aurait pu légitimement rompre leurs fiançailles, mais il était trop épris pour cela et a préféré se venger du ravisseur. Il a tout mis en œuvre pour que Quinn aille en prison, afin de laver la réputation de sa promise et de sauvegarder son honneur.

Helena hocha pensivement la tête, gagnée par un brusque sentiment de pitié pour ce pauvre Patrick Quinn.

— Je commence à comprendre, murmura-t-elle.

— Quoi donc ?

— Pourquoi il était si hargneux et si désagréable. Perdre quatre ans de sa vie pour une chose qui n'est, tout compte fait, qu'un moment d'égarement... Cela dit, je ne cherche pas à l'excuser. Il s'est comporté de façon indigne et injuste. Mais je comprends mieux son arrogance et son amertume.

Jack hocha la tête.

— La vie en prison n'a rien d'une sinécure. Il s'y passe des choses terribles, capables de briser un homme, en particulier s'il est fier comme Patrick Quinn.

— C'est exactement l'impression que j'ai eue en le voyant. On aurait dit un être brisé et sans âme.

Jack prit une bouffée de sa pipe, l'air pensif.

— Les plus robustes s'en sortent, mais les autres... Enfin, espérons qu'il arrivera à tirer un trait sur ce triste épisode et qu'il redeviendra l'homme qu'il était jadis.

Ce soir-là, en regagnant son lit, Helena se demanda si le regard éteint de Patrick Quinn retrouverait un jour une étincelle de vie.

Parvenu au sommet de la colline, Patrick arrêta sa monture et scruta l'horizon. À ses pieds, la ville de Mallow sommeillait, sombre et silencieuse. La rivière argentée serpentait au clair de lune. Au loin, les monts Nagles montaient la garde, leurs noirs sommets se confondant avec le ciel chaque fois qu'un nuage obscurcissait la lune. Devant lui, un étroit sentier bordé de haies vives dévalait à pic au fond d'une vallée encaissée. Plus que quelques miles et il serait de retour à Rookforest.

Libre.

Il n'arrivait pas à y croire. Depuis sa sortie de prison, il ne cessait de regarder par-dessus son épaule, craignant à tout moment de voir surgir la garde lancée à ses trousses.

M. O'Malley remua dans sa poche de poitrine. Le jeune homme sourit en repensant à la tête de Mlle Considine lorsqu'elle avait aperçu son ami rongeur. Les yeux lui étaient sortis de la tête et elle avait poussé un cri perçant. Tout au moins n'avait-elle pas tourné de l'œil, ce qui était un point en sa faveur.

Patrick éperonna sa monture, furieux de s'être laissé aller à penser à cette pimbêche d'Helena. Avec sa mâchoire volontaire et son air pincé, cette fille était à peu près aussi séduisante qu'une pie-grièche. Force était cependant de reconnaître qu'elle avait au moins une qualité, et pas des moindres : une poitrine ravissante, épanouie et ferme, au-dessus d'une taille de guêpe.

Il réprima un petit sourire en songeant que les formes féminines avaient encore le pouvoir d'éveiller en lui le désir. Il y avait si longtemps qu'il n'avait pas badiné avec une femme qu'il craignait de ne plus être à la hauteur, même avec cette vieille fille coincée.

Cette façon qu'elle avait de rester sur son quant-à-soi comme si elle avait craint d'éveiller sa concupiscence au moindre geste, c'était d'un comique. Et dire qu'elle avait eu le front de le prendre en pitié ! De tous ses défauts, c'était de loin celui qui la lui rendait le plus antipathique. Et l'antipathie était réciproque, cela allait sans dire.

Voyant que l'averse menaçait à nouveau, il lança son cheval au galop.

Quel bonheur de sentir l'odeur de la terre mouillée et la caresse du vent sur son visage, tous ces menus plaisirs qui lui avaient été refusés durant sa captivité !

À cette pensée, sa gorge se serra. Il piqua des deux, arrachant un petit hennissement de douleur à sa pauvre haridelle qui se mit à détaler de plus belle.

À peine Patrick avait-il atteint l'imposant portail de Rookforest que la lune disparut derrière un nuage, le plongeant brusquement dans l'obscurité. Heureusement, il connaissait le chemin par cœur. Il mit prestement pied à terre, poussa la grille et entreprit de remonter l'allée à l'aveuglette en tenant son cheval par la bride. Le bruit du vent dans les hêtres lui indiqua qu'il approchait du but. Quelques instants plus tard, les contours de la maison surgirent des ténèbres. Il scruta une à une les fenêtres obscures dans l'espoir d'apercevoir quelque lueur laissant supposer qu'il était attendu, mais en vain. Personne n'attendait le retour du fils prodigue.

Il se sentit soudain gagné par un terrible sentiment d'abandon. Rassemblant ce qui lui restait de forces, il se mit à tambouriner à la porte. Au bout d'un long moment, une lumière jaillit dans le vestibule et une clé tourna dans la serrure. La porte s'ouvrit enfin, révélant une créature frêle, mais solidement plantée sur ses deux pieds et prête à repousser bravement l'assaillant.

— Maître Patrick ! s'exclama Mme Ryan d'une voix enrouée par l'émotion et la surprise. Par le Tout-Puissant, on ne vous attendait pas avant demain !

Il entra et jeta négligemment son couvre-chef. Quatre ans s'étaient écoulés depuis son départ et la vieille gouvernante n'avait pas pris une seule ride. C'était une petite bonne femme aux cheveux blancs et aux yeux noirs et perçants qui lui avaient valu d'être surnommée « la Gorgone » par les autres domestiques. Lui, en revanche, était méconnaissable.

— Doux Jésus ! maître Patrick…, gémit-elle avec un hochement de tête incrédule. Que vous ont-ils fait ?

— Tout le mal qu'ils ont pu, madame Ryan. Mais, comme vous le voyez, j'ai survécu.

« De justesse », ajouta-t-il en lui-même, puis, prenant la vieille servante dans ses bras, il la serra doucement contre son cœur. Il aurait voulu la soulever de terre et la faire tourbillonner gaiement, comme il le faisait jadis, cependant, il n'en avait pas la force. « Bientôt », se promit-il.

— Bienvenu à Rookforest, maître Patrick, dit la vieille femme qui avait deviné ses sombres pensées.

Elle recula d'un pas et le détailla des pieds à la tête.

— Mon pauvre garçon, vous n'avez plus que la peau sur les os ! On ne vous donnait donc rien à manger, là-bas ?

À ces mots, l'estomac du jeune homme se noua et il frissonna.

— Si, des patates et, le dimanche, un peu de viande bouillie.

— Qu'importe ! D'ici peu, nous aurons remis de la chair sur ces os, je vous le promets.

La voix de Mme Ryan se durcit et elle ajouta :

— Quand je pense qu'ils vous ont mis au cachot comme un vulgaire criminel !

— Allons, c'est terminé. Désormais, une nouvelle vie commence.

Une formule qu'il allait s'efforcer de mettre lui aussi en pratique.

— Ah ! les Anglais ! maugréa la gouvernante. Ils ne sauront donc jamais ce que c'est que la justice !

Une grande lassitude s'empara de Patrick tandis que des souvenirs douloureux l'assaillaient. Il ne voulait plus penser à la prison. Il ne voulait qu'une chose : dormir et oublier les souffrances et l'infamie.

— Oh ! mais où avais-je la tête ? Je parle, je parle et vous qui que ne tenez plus sur vos jambes. Venez, je vais préparer votre chambre.

À l'idée de retrouver la petite chambre confinée qu'il occupait jadis, un brusque sentiment de panique s'empara de lui.

— Non, balbutia-t-il, je ne veux pas retourner dans ma chambre. J'en veux une plus grande. Installez-moi dans une chambre d'amis.

La vieille femme le dévisagea un instant sans comprendre, enfin, devinant à quoi il faisait allusion, s'empressa d'acquiescer :

— Mais naturellement, maître Patrick.

Juste au moment où elle allait tourner les talons, elle se ravisa.

— Au fait, dois-je réveiller votre père pour le prévenir que vous êtes arrivé ?

— Inutile, tonna une voix puissante venue du premier étage. C'est déjà fait.

En voyant paraître son père au sommet du grand escalier de marbre, Patrick sentit sa gorge se serrer. Les années avaient épaissi ses larges épaules et le chagrin avait creusé ses joues de rides profondes, toutefois son regard bleu métallique était plus vif et lumineux que jamais.

Patrick aurait voulu lui exprimer pêle-mêle son affection et ses regrets, mais il était trop ému et se contenta de lui tendre les bras en silence.

Richard, qui n'était pas, par nature, démonstratif, s'approcha de son fils et lui donna une vigoureuse accolade. Quand il recula, ses yeux étaient singulièrement brillants.

— Pourquoi ne nous as-tu pas dit que tu arrivais aujourd'hui ? grommela-t-il pour cacher son émotion. J'aurais envoyé un homme te chercher à la gare de Mallow.

— Je ne suis pas venu en train, dit Patrick, soulagé de constater que M. O'Malley remuait toujours dans sa poche de poitrine. J'ai loué un cheval à Cork.

— Tu as fait tout ce chemin à cheval !

Patrick hocha la tête.

— Je n'avais pas envie de me sentir… à l'étroit dans un train. Mais rassurez-vous, je me suis arrêté plusieurs fois en cours de route.

Son père le dévisagea.

— Où sont tes cheveux ? dit-il. J'avais cru comprendre qu'on autorisait les prisonniers à les laisser repousser avant leur libération ?

Un sourire amer effleura les lèvres de Patrick.

— En principe, oui, afin qu'on ne sache pas qu'ils sortent de prison. Or, je ne me suis pas exactement comporté en pensionnaire modèle, c'est pourquoi mes geôliers ont décidé de me faire payer tous les cheveux blancs que je leur avais donnés.

Richard secoua gravement la tête, une lueur assassine dans les yeux.

— Personne n'obligera jamais un Quinn à vivre à genoux, dit-il en tapotant affectueusement l'épaule de son fils. Nous avons beaucoup de choses à nous dire, mon garçon, mais cela peut attendre. Tu as fait un long voyage et tu as besoin de repos.

Demain, ils auraient tout le temps de parler de la mort de sa mère et de songer à un moyen de se venger du terrible châtiment que lui avait infligé John Standon.

Patrick réprima un bâillement et hocha mollement la tête lorsque Mme Ryan, avec l'efficacité qui lui était coutumière, annonça :

— Je vais de ce pas préparer la chambre verte et réveiller le palefrenier pour qu'il s'occupe de votre pauvre bête.

Elle commença aussitôt à gravir l'escalier d'un pas énergique, les deux hommes à sa suite.

Quelques minutes plus tard, Patrick s'installait dans la somptueuse chambre verte, si spacieuse qu'on aurait pu y donner un bal.

Pourtant, malgré cela, il eut soudain la désagréable impression que les murs se resserraient autour de lui. Pris de panique, il se précipita vers les fenêtres et tira les rideaux. Puis il traversa promptement la pièce et alla ouvrir la porte qui donnait sur le couloir. Peu à peu, le sentiment d'angoisse qui lui étreignait la poitrine se dissipa.

Patrick se jura de ne plus jamais verrouiller une seule porte de sa vie.

Après avoir installé confortablement M. O'Malley pour la nuit, il ôta les méchantes hardes qui lui avaient été remises à sa sortie de prison et se mit au lit. Quel bonheur de se glisser dans des draps frais et parfumés après avoir dormi pendant quatre ans sur une paillasse infecte ! Patrick étira voluptueusement les jambes et, roulant de côté, enfouit sa tête dans l'oreiller moelleux avec un soupir de contentement. Il était libre !

Le sommeil ne tarda pas à le gagner, un sommeil agité, peuplé de visions cauchemardesques de cages rétrécissant à vue d'œil et de roues infernales tourbillonnant dans le vide. Il se réveilla en sursaut, haletant et trempé de sueur.

Lorsque arriva le petit jour, exténué, il réussit enfin à sombrer dans un sommeil profond et sans rêves.

2

Patrick fut tiré brutalement du sommeil par des cris perçants.

Il crut tout d'abord qu'il s'agissait du piaillement matinal des corneilles qui nichaient dans les arbres du domaine puis s'aperçut qu'il n'en était rien.

— O'Malley !

Il se releva d'un bond et aperçut la femme de chambre qui s'enfuyait à toutes jambes, les rubans de sa coiffe flottant derrière elle.

Enroulant prestement un drap autour de sa taille pour cacher sa nudité, il partit à la recherche de son compagnon.

Il trouva M. O'Malley blotti de peur derrière un cadre en argent. Dès que son maître ouvrit la main, l'animal s'y précipita en poussant des petits cris indignés.

— Ah ! les femmes, soupira le jeune homme. Est-il possible d'avoir peur d'une malheureuse souris ?

Un bruit de pas résonna dans le couloir et Mme Ryan parut, un balai à la main. La vieille gouvernante avait l'air dans tous ses états. En voyant Patrick à moitié nu, elle eut un haut-le-corps et détourna vite les yeux.

— Bonjour, maître Patrick, bredouilla-t-elle. Désolée de vous importuner, mais Birgit prétend qu'elle a vu une souris dans votre chambre. Une souris dans ma maison… c'est impossible ! Elle a dû rêver.

— Inutile d'appeler la garde à la rescousse, madame Ryan, dit-il en tendant la main dans laquelle se trouvait le fautif. Birgit n'a pas rêvé. M. O'Malley est un ami à moi et j'exige qu'il ne lui soit fait aucun mal.

La gouvernante lui décocha un regard outré tandis que Birgit reculait d'un pas en roulant des yeux épouvantés.

— Qu'il ne soit fait aucun mal ? Vous ne voulez tout de même pas que je laisse galoper les souris dans toute la maison !

— M. O'Malley n'est pas une souris comme les autres, rétorqua le jeune homme. J'y suis très attaché et j'exige qu'il soit traité en conséquence. Est-ce clair ?

— Je vais avertir les autres domestiques, monsieur, mais pour ce qui est des chats…

— Aucun chat n'est autorisé à pénétrer dans ma chambre.

— Très bien…, dit la vieille femme avec un petit soupir résigné.

— Au fait, vous me ferez monter une écuelle et de la paille pour M. O'Malley. Pour ce qui est de la nourriture, vous n'avez pas à vous en préoccuper. Il partagera mes repas.

La vieille servante resta un instant interdite et se tourna vers Birgit, une jolie fille à l'air un peu niais.

— Tu as entendu ce qu'a dit le maître, Birgit. Dorénavant, tu devras veiller à ce qu'aucun chat n'entre dans sa chambre. Compris ?

— Oui, madame, répondit la soubrette en s'inclinant, non sans couler à Patrick un regard en biais qui indiquait clairement qu'elle le prenait pour un fou.

— Eh bien ! grande sotte, qu'attends-tu pour aller faire chauffer le bain du maître ?

La jeune fille obtempéra aussitôt. Mme Ryan se tourna vers Patrick.

— Votre bain sera bientôt prêt, monsieur. Je vais vous envoyer Summers, le valet de chambre. Et maintenant, si vous n'avez plus besoin de moi…

— Une dernière chose, dit-il en rajustant le drap qui lui ceignait les reins. Le petit-déjeuner est-il prêt ? Il y a quatre ans que je rêve de galettes dégoulinantes de beurre et d'œufs au bacon.

Cet aveu radoucit la gouvernante qui lui décocha son plus joli sourire.

— L'heure du petit-déjeuner est passée depuis longtemps et comme je sais que vous raffolez des galettes, je vous en ai mises quelques-unes de côté.

— Vous êtes une vraie perle, madame Ryan, dit-il en lui rendant son sourire et en déposant un baiser sur ses vieilles joues ridées.

— Sans doute, mais il n'y a que moi qui aie le droit de le dire.

— Si j'avais trente ans de plus et si vous n'étiez pas déjà mariée, je crois bien que je vous épouserais.

La vieille femme gloussa.

— Allons, allons, maître Patrick, vous n'êtes qu'un polisson.

Après avoir pris un bon bain et ôté avec force savon les dernières traces de son séjour en prison, Patrick endossa de vieux habits devenus trop grands pour lui et descendit à la salle à manger. Tout en longeant les spacieux couloirs de l'élégante demeure géorgienne, il méditait. Si Rookforest n'avait pas changé, lui n'était plus le même homme. Il n'y avait qu'à voir les regards fuyants des domestiques pour s'en convaincre. Il avait beau être le fils du maître, il n'en était pas moins devenu un étranger à leurs yeux, un être damné sur qui le destin s'était acharné.

Il traversa la galerie de portraits et s'arrêta devant celui de sa mère, disparue deux ans auparavant. La toile était encore recouverte d'un voile de crêpe noir en signe de deuil. En voyant le beau visage de Minna Quinn, son regard sombre et pénétrant, le jeune homme sentit une boule sa gorge se serrer.

Il cligna brièvement des paupières et continua son chemin. À peine la journée avait-elle commencé qu'il se sentait déjà assailli par de sombres pensées.

Lorsqu'il entra dans la salle à manger, il trouva son père installé au bout de l'imposante table de style Chippendale. Reposant la fourchette en argent qu'il tenait à la main, ce dernier se leva pour l'accueillir.

À la lumière du jour, Patrick lui trouva l'air plus vieux et plus ridé que la veille au soir.

— Bonjour, mon fils, dit Richard. As-tu bien dormi ?

— Comme un ange, mentit-il tandis que son regard glissait furtivement du côté de la desserte où était disposé un vaste assortiment de plats.

— Eh bien ! grommela son père, qu'attends-tu pour prendre une assiette et te servir ?

Le jeune homme n'eut pas besoin de se le faire répéter. S'approchant de la desserte, il commença à remplir méthodiquement son assiette de bacon grillé, de jambon à l'os et de galettes chaudes dont l'odeur délectable lui faisait venir l'eau à la bouche. Voyant son assiette pleine à ras bord et pensant qu'il ne pourrait jamais engloutir autant de nourriture, son père lui fit gentiment remarquer :

— Tu pourras te resservir si tu as encore faim.

Une fois à table, Patrick dut se faire violence pour se comporter en homme civilisé et ne pas poser ses coudes sur la table afin de protéger sa nourriture comme un loup affamé. Il étala posément sa serviette sur ses genoux et se servit une tasse de thé.

— Qu'aimerais-tu faire aujourd'hui ? demanda Richard.

La bouche trop pleine pour pouvoir répondre, Patrick se contenta de hausser les épaules.

— Que dirais-tu d'un tour du domaine à cheval après déjeuner ? Si tu t'en sens la force, naturellement.

— J'en serais ravi, père, mais je ne suis pas sûr de pouvoir vous suivre. Il y a si longtemps que je n'ai pas monté un cheval digne de ce nom. C'est tout juste si la vieille rosse sur laquelle je suis arrivé hier soir savait galoper.

— Bah ! tu auras tôt fait de reprendre confiance en toi. En attendant, je te donnerai une monture docile.

Patrick esquissa un petit sourire et continua d'engloutir son déjeuner. Les galettes chaudes et fondantes contrastaient délicieusement avec le goût salé du bacon.

— Après ton… départ, j'ai fait faire une saillie à Brian Boru, reprit Richard. Il ne se laissait plus approcher par personne. Comme je ne voulais pas risquer un accident, j'ai jugé préférable de le mettre définitivement à la retraite. Je t'ai gardé son premier-né, un splendide coursier de trois ans appelé Gallowglass.

Patrick eut une pensée émue pour Brian Boru, le fougueux cheval bai qu'il était jadis le seul à pouvoir monter.

— Il me tarde de le voir.

Au même instant la porte de la salle à manger s'ouvrit à toute volée et une fringante créature vêtue d'une amazone vert sombre parut sur le seuil.

— Patrick ! s'écria gaiement la jeune fille en se précipitant dans ses bras avec un tel enthousiasme qu'il faillit perdre l'équilibre. Comme je suis contente de te revoir !

— Meggie…, murmura-t-il en la serrant tendrement contre lui. Comment va ma sauvageonne de la lande ?

— Plutôt bien, répondit son impétueuse cousine en se reculant légèrement pour pouvoir le dévisager à sa guise. Mon pauvre Pat, tu fais peine à voir.

Il s'agissait là d'une simple constatation sans la moindre trace de commisération, c'est pourquoi le jeune homme n'en prit pas ombrage.

— La vie en prison n'a rien d'une partie de plaisir, Meggie.

Voyant ses ongles cassés et noircis, elle eut une petite moue de dégoût.

— Non mais, regarde tes mains !

— C'est à force de démêler l'étoupe, confessa-t-il. Une tâche particulièrement…

— Assez ! s'écria la jeune fille en se bouchant les oreilles. Fais-moi grâce de toutes ces horreurs. Maintenant que tout cela est fini, je ne veux plus en entendre parler.

— Ça tombe bien parce que moi non plus.

Richard s'éclaircit la voix.

— Te joindras-tu à nous pour le déjeuner, Margaret ?

— Volontiers, dit-elle en secouant sa luxuriante crinière auburn. Monter à cheval me met toujours en appétit.

Après avoir ôté ses gants de chevreau, elle alla se servir à la desserte et contourna la table pour venir s'asseoir en face de Patrick.

Rien autant que la vue de son exubérante cousine n'aurait pu rendre à Patrick sa bonne humeur. Margaret Atkinson, fille unique de la sœur de Richard, n'avait que douze ans lorsqu'elle était venue vivre à Rookforest après que ses parents eurent péri en mer au large de Galway. C'était une enfant gauche et timide alors, mais, une fois remise de son chagrin, elle avait illuminé leur vie comme une comète filant dans un ciel étoilé. Très vite, Patrick en était venu à la considérer comme sa sœur et ce vieux grincheux de Richard, généralement si critique à l'égard des chevaux et des hommes, s'était pris d'affection pour Margaret au point de la gâter honteusement.

Tout le monde l'adorait.

— Mlle Considine disait vrai, lança soudain Patrick avec un petit sourire en coin. Tu es une jeune femme absolument ravissante, Margaret.

À ce compliment les yeux de la jeune fille se mirent à pétiller, puis elle haussa un sourcil surpris.

— Helena Considine a dit cela de moi ? Quand l'as-tu rencontrée ?

— Hier soir, dit Patrick. J'étais mort de faim et de fatigue en arrivant à Mallow. Lorsque j'ai vu de la lumière à la fenêtre d'une chaumière, je me suis arrêté pour demander quelque nourriture et la permission de me reposer un peu.

Il se leva et s'approcha de la desserte pour se resservir.

— Mais, croyant avoir affaire à un bagnard évadé, Mlle Considine m'a presque assommé à coups de tisonnier !

Richard eut l'air surpris.

— Cela ne lui ressemble guère. Les Considine sont des gens charmants.

— C'est possible. Il n'empêche que la demoiselle m'a d'emblée pris en grippe.

— Même après que tu lui eus révélé qui tu étais ?

Patrick hocha gravement la tête.

— Oh ! elle m'a traité avec courtoisie quand je lui ai dit mon nom et elle m'a même offert à manger, mais j'ai bien vu qu'au fond elle me méprisait.

Margaret s'étonna.

— Certes, il lui arrive d'être quelque peu distante et renfermée, cependant c'est une nature profondément bonne et généreuse et toujours prête à aider son prochain.

— C'est possible..., murmura Patrick, gardant pour lui son opinion.

— Bah ! de toute façon vous aurez l'occasion de faire plus ample connaissance, observa son père. Les Considine sont des amis et ils viennent souvent dîner ici.

Fatigué de parler de Mlle Considine, Patrick se tourna vers Margaret.

— Eh bien ! Meggie, te voilà devenue une femme à présent. J'imagine que tu as des prétendants par douzaines. Vas-tu bientôt nous quitter pour épouser l'un d'eux ?

Toute gaieté disparut brusquement du visage de la jeune fille.

— Il n'y a personne, dit-elle sur un ton anormalement grave.

Un sourire espiègle joua sur les lèvres de Richard.

— Allons, fillette, aurais-tu oublié de compter le baron de Nayland au nombre de tes prétendants ?

— Peut-être le comptez-vous au nombre de mes prétendants, explosa Margaret, mais pas moi !

Sur quoi elle plongea le nez dans son assiette et se mit à écraser rageusement une pomme de terre.

— Et peut-on savoir ce que tu lui reproches ? s'enquit Patrick. Est-il bossu, bicéphale ? Croque-t-il des nourrissons au petit-déjeuner ?

Margaret n'eut pas l'air de goûter la plaisanterie.

— Non, mais il est… si vieux.

— Vieux ! soupira Richard. Il n'a que trente ans, à peine trois ans de plus que ton cousin ici présent et bien moins gâteux.

— Il est presque chauve et il est myope comme une taupe à force de garder le nez plongé dans ses livres. Sans compter qu'il ne s'intéresse pas aux chevaux ! Jamais je n'épouserai un homme qui n'aime pas les chevaux ! s'insurgea Margaret.

Puis elle ajouta, l'air soudain rêveur :

— Et d'ailleurs il n'est pas assez viril à mon goût.

Richard éclata de rire.

— Pas assez viril ! Ma chère nièce, si j'étais toi, je ne me fierais pas aux apparences. Je crois qu'à cet égard le baron pourrait te surprendre.

— Je n'ai nullement l'intention de lui en fournir l'occasion, répliqua sèchement la jeune fille. À présent, si vous voulez bien m'excuser, il faut que j'aille me changer.

Sur ces mots, elle se leva de table, puis, ayant déposé un petit baiser sur la joue de son cousin, disparut.

Patrick se renversa sur sa chaise, son appétit dévorant enfin apaisé.

— Maintenant que tu es rassasié, que dirais-tu d'aller faire le tour du domaine ? proposa son père.

Quelques instants plus tard, les deux hommes chevauchaient côte à côte.

Pour Patrick, habitué à contempler la pierre grise et monotone des murs de la prison, Rookforest était une véritable fête des sens.

Avec son imposante façade percée de larges baies vitrées, le manoir était un modèle de symétrie et d'élégance.

Au loin, on apercevait le jardin d'agrément qui avait fait la joie et la fierté de sa mère. Tout au long de l'année, jonquilles, tulipes, pivoines et gueules-de-loup y fleurissaient tour à tour dans une explosion de couleurs.

Tout à coup, le ciel s'obscurcit et un fin crachin se mit à tomber. Patrick remonta frileusement le col de sa redingote et les deux cavaliers pressèrent le pas. Bientôt ils atteignirent les prairies qui s'étiraient par-delà la forêt et grimpèrent au sommet d'une colline.

Au même instant le soleil reparut, inondant les prairies verdoyantes et faisant scintiller les murets de granit comme des rangées de perles noires. Patrick cligna des paupières, ébloui par le blanc éclatant des chaumières qui ponctuaient çà et là le paysage. Au loin, on apercevait la silhouette bleue des montagnes se découpant sur le ciel mouvant voilé de brume.

Comme elle lui avait manqué, sa belle terre d'Irlande.

— Regarde, dit Richard en désignant au loin la courbe gracieuse d'un arc-en-ciel qui se détachait sur le ciel tourmenté tandis que l'air, chargé de brume, se mettait à vibrer et à scintiller comme de l'or. C'est signe de chance.

Patrick ne répondit rien, n'étant pas certain de croire encore aux bons présages.

— C'est le calme avant la tempête, murmura soudain Richard, l'air sombre. Quelque chose me dit que nous nous préparons à des temps difficiles.

Patrick se rembrunit à son tour.

— Que voulez-vous dire ?

— La récolte n'a pas été bonne ces dernières années, expliqua le vieil homme, si bien que les prix ont flambé. Les métayers n'arrivent plus à joindre les deux bouts et certains d'entre eux menacent même de ne plus payer le fermage.

Patrick flatta doucement le col de sa jument.

— Vous avez toujours traité décemment vos métayers, père. Nos fermiers n'ont aucune raison de se plaindre. Sa voix se durcit et il ajouta : ça n'est pas comme cet escroc de Standon qui exige des loyers exorbitants et expulse les malheureux qui ne peuvent pas payer.

— Il y a cependant une différence de taille entre lui et moi. Je suis propriétaire de mon domaine, Standon n'est qu'intendant. Il agit au nom de lord Carbury, lequel l'oblige à tirer un maximum de profits du domaine de Drumlow.

— Aux dépens des pauvres gens, s'indigna Patrick.

— Allons, mon fils, tu sais bien que je ne cherche nullement à prendre sa défense, surtout pas après ce qu'il t'a fait. Tu ne dois cependant pas oublier que je ne représente pas la majorité.

Patrick opina gravement du chef. Son père avait raison. La plupart des terres appartenaient à des Anglais dont l'unique souci était de s'enrichir sur le dos des Irlandais. En revanche, les Quinn vivaient à Rookforest et administraient eux-mêmes leur domaine en s'efforçant de se montrer équitables.

Richard se tourna soudain vers lui et lui demanda :

— As-tu entendu parler de Charles Stewart Parnell ?

Patrick eut un petit sourire amer.

— Oui, nous avions le droit de lire le journal en prison. Je connais Parnell et les idées qu'il défend.

Richard soupira, l'air soucieux.

— Je suis inquiet, Patrick. D'un côté ce Parnell incite les métayers à la révolte, de l'autre les propriétaires terriens multiplient les expulsions… D'aucuns prédisent le retour de la Ligue.

Un frisson glacé parcourut le jeune homme des pieds à la tête. Il était trop jeune pour avoir connu la grande famine des années 1840, mais il avait entendu parler des sociétés secrètes qui assassinaient les propriétaires terriens et leurs régisseurs. Quand il était enfant et qu'il n'était pas sage, sa nourrice le menaçait de le donner aux hommes de la Ligue pour qu'ils le découpent en morceaux.

— Espérons que nous n'en arriverons pas là, père.

— Je ne me fais guère d'illusions, mon fils. On raconte qu'à Skibbereen plusieurs métayers ont été brûlés vifs pour avoir tenté de racheter la terre de leurs voisins expulsés.

— Les fermiers condamnent cette pratique qui revient pour eux à profiter de la misère d'autrui, dit Patrick.

— Sans doute, mais cela n'augure rien de bon pour notre pays.

Soudain un gros nuage noir voila le soleil, enveloppant le paysage d'une lueur blafarde et inquiétante.

— Allons, viens, dit Richard. Il y a plusieurs choses que j'aimerais te montrer.

Une heure plus tard, ils atteignaient les confins du domaine de Rookforest, à la limite du domaine de Drumlow.

— Nous ferions mieux de rebrousser chemin avant que je ne me retrouve nez à nez avec Standon, dit Patrick entre ses dents.

Sans émettre la moindre objection, Richard fit faire demi-tour à son coursier et les deux hommes regagnèrent la route. Ils chevauchaient depuis un demi-mile environ quand ils aperçurent une carriole avec deux passagers qui arrivait dans leur direction.

— C'est Jack Considine et sa fille, s'écria Richard avec un enthousiasme qui lui valut un regard en biais de la part de Patrick. Viens, je vais te présenter.

Sans lui laisser le temps de protester, Richard talonna son cheval et partit au-devant de la carriole. Patrick lui emboîta le pas à contrecœur. À en juger par son air distant, cette pimbêche de Mlle Considine ne semblait pas plus disposée que lui à échanger des politesses.

— Jack… Helena, leur lança gaiement Richard en freinant sa monture. J'aimerais vous présenter mon fils, Patrick.

Patrick se prit d'emblée de sympathie pour le vieux médecin dont l'exubérance et la bonhomie contrastaient vivement avec la froideur de sa fille qui s'obstinait à regarder ailleurs.

— Ravi de faire votre connaissance, dit le docteur en tendant la main à Patrick. Je crois que ma fille et vous vous connaissez déjà.

Helena posa sur Patrick un regard sombre et inquisiteur.

— En effet.

Patrick lui adressa un petit salut glacial et remarqua :

— Ainsi donc, nous voilà à nouveau réunis, chère demoiselle. Mais cette fois vous êtes en bonne compagnie et n'avez rien à craindre de moi.

Son ton sarcastique ne resta pas sans effet sur la jeune fille dont le visage s'empourpra violemment. Le docteur, choqué, se garda bien de lui faire la moindre remarque. Richard, en revanche, ne s'en priva pas.

Furieux, il pivota sur sa selle et dit :

— Je vous prie d'excuser la grossièreté de mon fils, mademoiselle. Il est resté trop longtemps à l'écart de la bonne société et semble avoir oublié les bonnes manières.

Puis, se tournant vers Patrick, il ordonna :

— Fais des excuses à mademoiselle sur-le-champ !

La jeune femme secoua la tête en protestant.

— Je vous en prie, c'est inutile…

— Mais si, dit le jeune homme, profondément blessé par ce qu'il considérait comme une trahison de la part de son père. Je vous prie d'excuser ma grossièreté, mademoiselle Considine. Mon père a raison. Je suis resté trop longtemps à l'écart de la bonne société.

Après avoir salué les Considine d'un petit signe, il reprit sa route.

Quelques instants plus tard, Richard le rattrapa et l'obligea à s'arrêter.

— Quelle mouche t'a donc piqué de te comporter ainsi avec cette pauvre Mlle Considine ?

— Cette fille me déteste, rétorqua sèchement Patrick. Elle me considère comme un vulgaire criminel et me juge indigne de sa compagnie. Il y a du mépris dans ses yeux lorsqu'elle me regarde, je ne peux pas le supporter.

— Voyons, c'est ridicule. Il n'y a pas personne plus charitable au monde qu'Helena Considine. Je crois que tu te méprends totalement à son sujet.

— Je me méprends ? ricana Patrick en tirant brusquement sur ses rênes, obligeant sa pauvre jument à se cabrer.

— Cesse de te comporter comme un enfant ! coupa sèchement son père. Il y a une chose que tu ignores au sujet des Considine. Quand ta pauvre mère était sur son lit de mort, en proie à des douleurs atroces, le Dr Considine lui a administré des drogues afin de soulager ses souffrances. Grâce à lui, elle est morte dans la sérénité. Je lui en serai à jamais reconnaissant et je ne tolérerai pas une seule parole désobligeante à l'égard de sa fille. Est-ce clair ?

Cette révélation inattendue fit à Patrick l'effet d'une douche froide.

— Je… je suis désolé, père, bredouilla-t-il, l'air penaud.

— Bien, et maintenant sache que j'ai invité les Considine à dîner demain soir. J'exige que tu te comportes en être civilisé. Je me fais bien comprendre ?

— Oui, père, répondit Patrick.

Les deux hommes reprirent leur chemin et n'échangèrent plus un mot jusqu'à Rookforest.

Helena remonta le col de sa houppelande en frissonnant. Tandis que la carriole cheminait cahin-caha, elle regardait fixement la route, l'air pensif. Elle songeait non pas à Patrick Quinn, mais à son cher William. Celui-ci lui était apparu un soir en rêve l'an passé.

Pas un jour ne se passait sans qu'elle songeât à ce rêve qui avait bouleversé sa vie. La plupart des gens se méprenaient à son sujet, interprétant son air distrait comme de la froideur ou du dédain. Malheureusement, elle ne pouvait pas les détromper, car elle craignait qu'ils ne découvrent son terrible secret.

Elle frotta son poignet en réprimant un frisson.

Jack, qui avait senti un brusque changement d'humeur chez sa fille, cessa soudain de fredonner et demanda d'un air anxieux :

— Qu'y a-t-il, ma fille ? Tu as encore eu une vision ?

Helena secoua distraitement la tête en silence.

— La prison a visiblement fait des ravages sur Patrick Quinn, reprit le médecin.

Voyant que sa fille ne répondait rien, il ajouta :

— Helena, tu m'écoutes ?

Revenant brusquement à elle, elle balbutia :

— Excuse-moi, père, j'étais perdue dans mes pensées. Que disais-tu ?

— Je me demande ce que tu as bien pu faire pour provoquer une telle irritation chez ce jeune homme ?

— Honnêtement, je n'en ai pas la moindre idée. Je crois que M. Quinn m'a prise en grippe et a décidé une fois pour toutes qu'il ne m'aimait pas. Peut-être est-ce parce que j'ai failli l'assommer avec un tisonnier, hier soir. À moins que ce ne soit parce qu'il a senti que je désapprouvais ce qu'il a fait à Mlle Standon.

Jack hocha la tête.

— C'est possible, mais, quoi qu'il en soit, tu dois t'efforcer de rester courtoise. Après tout, c'est le fils de Richard.

Cette fois, la jeune femme regimba.

— Je m'efforce d'être polie avec tout le monde, cependant il y a quelque chose qui me rebute chez Patrick Quinn !

— Tu sembles oublier qu'il vient de passer quatre années derrière les barreaux. Donne-lui le temps de se racheter. D'ici quelques mois il aura peut-être perdu un peu de son sarcasme et retrouvé ses bonnes manières.

Helena en doutait, toutefois, elle garda son opinion pour elle, car, au même moment, un fin panache de fumée bleue apparut à l'horizon, détournant momentanément ses pensées de Patrick Quinn.

Peu après, la chaumière des O'Hara apparut au détour de la route avec ses murs chaulés et son toit de chaume. Non loin de là se trouvait une autre chaumière, en ruines celle-là, et envahie par la broussaille et les orties.

Helena fit la grimace.

— Quel gâchis !... Pourquoi avoir construit une autre chaumière alors qu'il suffisait de réparer celle-là ?

Jack laissa échapper un petit grognement.

— Parce que cela revient moins cher aux propriétaires de construire une nouvelle chaumière et d'y installer de nouveaux métayers.

Helena ne voyait cependant pas l'utilité de construire la nouvelle maison juste à côté de la masure, bien qu'elle sût que chez les propriétaires terriens le goût du profit l'emportait sur le bon sens.

Dès que la carriole entra dans la cour, une joyeuse ribambelle de gamins en haillons accourut à leur rencontre. Helena, qui les connaissait tous par leur nom, leur distribua les bonbons qu'elle avait apportés spécialement pour l'occasion. Une fois la distribution terminée, les gosses s'égaillèrent, impatients d'aller dévorer leurs trésors. Presque aussitôt la porte de la chaumière s'ouvrit et une poule rousse s'élança dans la courette, suivie par un petit cochon qui poussait des cris indignés. Puis un homme grand et maigre qui n'était pas Tim O'Hara parut sur le seuil et dévisagea les Considine en silence.

Helena l'observa à son tour avec insistance, surprise de voir un homme en visite chez des voisins à une heure où tout le monde était aux champs.

— Bonjour, John, dit Jack en aidant sa fille à descendre de la carriole.

— Bonjour, docteur Considine, répondit l'homme. Vous êtes venu voir O'Hara ?

Jack hocha la tête.

— Et ma fille est venue rendre visite à Mme O'Hara et à son bébé.

Jack et sa fille se dirigèrent vers la maison.

L'homme appelé John marmonna un vague salut en s'effaçant pour les laisser entrer.

— Dieu vous bénisse ! dirent Jack et sa fille en franchissant le seuil, ainsi que l'exigeait la coutume.

À l'intérieur il faisait sombre et le feu de tourbe qui brûlait dans l'âtre dégageait une fumée âcre qui piquait les yeux. Helena cligna des paupières. Lorsque ses yeux se furent habitués à l'obscurité, elle remarqua qu'en plus de John et de Tim O'Hara il y avait deux autres hommes qu'elle ne connaissait pas.

Son père, en revanche, semblait les connaître, car il les accueillit et fit les présentations. Helena salua poliment chacun des hommes qui la dévisageaient d'un air sombre et inexpressif.

Tim O'Hara dit :

— Vous êtes venue voir ma femme, j'imagine, mademoiselle Considine.

— Et le bébé, si vous n'y voyez pas d'inconvénient, monsieur O'Hara.

Un large sourire fendit le visage bienveillant de l'homme.

— Une paire de bras supplémentaire pour m'aider à la ferme, dit-il en conduisant Helena vers une porte close qu'il ouvrit en questionnant : Kate, tu es présentable ? Mlle Considine est là, qui est venue te rendre visite.

La jeune femme entra dans la petite pièce qui servait de chambre à coucher aux parents et au bébé. Les autres enfants dormaient au grenier, sous les combles.

Bien qu'elle eût accouché la veille au soir, Mme O'Hara était assise sur la paillasse qui tenait lieu de lit et donnait le sein à son bébé qui tétait avidement.

À la faible clarté prodiguée par une unique lucarne, Helena vit que la femme était pâle et qu'elle avait les traits tirés. Au fil des ans, la pauvreté, les rudes besognes de la ferme et les grossesses à répétition avaient eu raison de sa santé.

— Bonjour, madame O'Hara, dit Helena en s'efforçant d'avoir l'air enjoué.

Elle posa le baluchon d'effets usagés qu'elle avait apporté avec elle.

— Comment vous sentez-vous aujourd'hui ?

Kate O'Hara était presque jolie quand elle souriait.

— Bien, merci, mademoiselle Considine. Grâce à Dieu, l'accouchement s'est passé sans problème, dit-elle en posant sur son dernier-né un regard plein de fierté et de tendresse.

Helena en fut perplexe. Pour expliquer son retard, la veille au soir, son père ne lui avait-il pas dit que l'accouchement avait été long et difficile ? Au même moment, des voix s'élevèrent dans la pièce voisine. Helena tendit l'oreille.

— Je ne sais plus à quel saint me vouer, dit l'un des hommes. C'est à peine si j'arrive à nourrir ma famille et voilà Standon qui décide d'augmenter les loyers !

Un autre renchérit :

— Quand je lui ai dit que je n'avais plus un sou, cette crapule m'a menacé d'expulsion en déclarant qu'il y avait des dizaines de fermiers prêts à prendre ma place, si je ne voulais pas payer.

— À bas les propriétaires terriens ! éructa l'un d'eux.

— À bas les propriétaires terriens ! reprirent les autres en chœur.

— Jamais nous ne les laisserons prendre nos fermes. Cette fois, nous nous battrons jusqu'au bout !

Helena sentit soudain son sang se glacer dans ses veines. Les hommes se mirent à parler en gaélique, si bien qu'elle dut renoncer à suivre leur conversation.

Brusquement, Kate O'Hara lui mit son bébé dans les bras et se leva.

— Voyons, madame O'Hara, ce n'est pas raisonnable ! protesta Helena. Vous venez d'accoucher, il faut rester au lit.

Mais Kate haussa les épaules en repoussant une mèche de cheveux sales de devant ses yeux.

— Depuis hier tantôt, je suis restée couchée ici sans rien faire. Il faut que je fasse à manger à mon Tim et aux autres. Ma Maeve est trop jeune, elle sait pas s'y prendre. Hier, elle a brûlé les pommes de terre. Elles étaient si sèches en dedans que c'était comme manger de la poussière. Si vous aviez vu comme son père l'a houspillée. Elle a pleuré, la pauvrette.

— Vous voulez dire que le bébé est né hier après-midi ? s'enquit Helena, stupéfaite.

La femme acquiesça d'un hochement de tête.

— Pour sûr et même que le docteur a regardé sa montre en or et qu'il a dit, il est quinze heures.

Dans ce cas, pourquoi son père avait-il dit à Helena que le petit O'Hara était né à vingt-deux heures ?

Au même moment, le bébé se mit à vagir, coupant court à ses réflexions.

Peu après, son père et elle prirent congé des O'Hara et rentrèrent à la maison.

3

Lorsqu'il descendit au salon, Patrick trouva Richard en grande conversation avec un jeune homme blond à l'allure affable, qui, à en juger par ses lunettes cerclées de métal, n'était autre que le baron de Nayland, l'indésirable prétendant de Meggie.

— Ah ! Patrick, dit Richard en apercevant son fils. Approche donc, il y a quelqu'un que j'aimerais te présenter.

Patrick fut soulagé de constater que l'invité de son père n'était ni bossu ni bicéphale et que, en dépit d'un front légèrement dégarni, le baron était plutôt bel homme. Comment était-il possible, songea Patrick, qu'une femme aussi coquette que Meggie pût le prendre en aversion ?

— Mon fils, j'ai l'honneur de te présenter Lionel Paige, baron de Nayland, dit Richard. Nayland, je vous présente mon fils, Patrick.

— Lord Nayland..., dit Patrick en tendant une main hésitante, comme s'il avait craint de se faire éconduire.

Loin d'être rebuté par l'apparence peu flatteuse de Patrick, le gentilhomme lui donna une poignée de main franche et vigoureuse.

— Je suis enchanté de faire votre connaissance, monsieur Quinn, dit-il d'une voix claire et résolue.

— Au diable les cérémonies ! dit Patrick qui, malgré les réticences de Meggie, s'était pris d'amitié pour le baron. Appelez-moi Patrick.

Nayland lui adressa un large sourire, révélant des dents blanches, parfaitement alignées.

Richard jeta un regard contrarié vers la porte du salon.

— Que fait donc Margaret ? marmonna-t-il. Elle devrait être descendue depuis longtemps. Je vous prie d'excuser la désinvolture de ma nièce, ajouta-t-il en se tournant vers le baron.

Nayland, qui ne semblait nullement contrarié par l'attitude de Meggie, balaya ses excuses d'un petit geste de la main.

— Allons donc, n'est-ce pas le privilège des femmes de faire attendre les messieurs ?

Les trois hommes rirent, puis allèrent s'asseoir en attendant le reste des invités.

— Mon père m'a dit que vous étiez établi depuis peu en Irlande, dit Patrick en s'installant confortablement dans un fauteuil.

Le gentilhomme prit une gorgée de whisky et hocha la tête.

— Je suis originaire du Yorkshire et chaque année je viens passer l'été ici. J'ai toujours rêvé de posséder un domaine en Irlande. Dès que j'ai su que Devinstown avait été mis en vente, j'ai fait une offre.

Patrick connaissait bien Devinstown, un domaine de quelque deux cent cinquante hectares édifié à l'époque de Cromwell.

Patrick leva son verre à la santé du baron.

— Vous avez du mérite d'administrer vous-même votre domaine.

— Oh ! mais il n'en est rien, confessa Nayland avec un petit sourire penaud. Je laisse ce soin à d'autres. Mes pairs me considèrent comme un traître. Voyez-vous le fermage, la chasse et le tir au fusil ne m'ont jamais attiré. Je préfère mener une existence contemplative et paisible dans un cadre élégant. J'ai acheté Devinstown avec l'intention de lui rendre sa grandeur passée. La maison et le jardin ont été gravement négligés et j'ai entrepris des travaux de restauration que je supervise moi-même.

Patrick commençait à comprendre pourquoi sa cousine avait pris cet homme en grippe. Il était son exacte antithèse. Paisible et contemplative étaient deux mots qui ne faisaient pas partie du vocabulaire de sa cousine. Celle-ci passait sa vie à chevaucher et à chasser et savait manier les armes à feu comme un homme.

Cependant, songea Patrick, ça n'était pas parce qu'un homme avait une inclination pour la vie paisible et contemplative qu'il était nécessairement poltron ou efféminé.

Sans doute Meggie ne partageait-elle pas cette opinion. Il est vrai qu'elle était encore jeune et sans expérience.

Au même instant, la porte s'ouvrit et la jeune fille parut comme par enchantement. Les trois hommes se levèrent pour la saluer.

— Bonsoir, messieurs, dit-elle en entrant dans un frémissement de taffetas. Désolée de vous avoir fait attendre.

— Le jeu en valait la chandelle, complimenta le baron en s'inclinant poliment.

— Vous êtes trop aimable, lord Nayland, répondit Margaret sur le ton du défi, avant d'ajouter : Les Considine ne sont pas encore arrivés ?

— Il est encore tôt, dit Richard. Puis-je t'offrir un sherry en attendant, Margaret ?

— Volontiers.

Patrick détailla sa cousine de la tête aux pieds et déclara avec un hochement de tête approbateur :

— Qui aurait dit que la petite sauvageonne qui grimpait aux arbres comme un garçon manqué allait devenir un jour une aussi jolie jeune femme ?

De fait, Margaret était éblouissante. Sa robe de taffetas bronze mettait admirablement en valeur son teint coloré. Un collier de topazes que son oncle lui avait offert à Noël scintillait discrètement à son cou, attirant le regard sur son décolleté largement échancré qui laissait entrevoir une petite poitrine ravissante. Sa luxuriante chevelure, apprivoisée pour l'occasion, retombait sur sa nuque en une gracieuse cascade de boucles.

Elle sourit avec effronterie.

— Je ressemble peut-être à une femme, ce soir, mais au fond de moi je suis toujours un garçon manqué.

Elle lança un regard plein de morgue à Nayland.

— Et personne ne me changera jamais.

Patrick eut un petit rire indulgent. Quant au baron, plutôt que de se répandre en compliments et de s'attirer à coup sûr le mépris de la belle, il se contenta de lever son verre en silence en lui lançant un regard plein d'admiration.

Margaret l'ignora et, lui tournant résolument le dos pour prendre le verre que lui tendait son oncle, elle alla s'asseoir, non pas dans la causeuse où le baron aurait pu la rejoindre, mais dans un fauteuil. Elle se mit à parler de chevaux avec un enthousiasme que le baron ne partageait visiblement pas.

Patrick s'apprêtait à voler au secours du pauvre baron en l'interrogeant sur les travaux de restauration de Devinstown quand le majordome entra pour leur annoncer que les Considine étaient arrivés.

Dès qu'Helena entra dans la pièce, l'humeur joviale de Patrick retomba comme un soufflé. Richard, quant à lui, semblait enchanté de la voir. Le jeune homme se souvint qu'il lui avait promis de se montrer aimable avec elle.

— J'espère que nous ne sommes pas trop en retard ? s'excusa le Dr Considine en s'efforçant de remettre un semblant d'ordre dans sa barbe ébouriffée.

— Nullement, nullement ! répondit Richard en les invitant à se joindre à eux. Vous connaissez tout le monde, je crois ?

— En effet, dit Helena avec un large sourire. Margaret… lord Nayland.

Son sourire se crispa légèrement quand son regard rencontra celui de Patrick, mais elle se ressaisit à temps.

— Comment allez-vous, monsieur Quinn ?

— Très bien, merci, répondit-il en lui rendant son sourire. Ravi de vous revoir.

Tandis que son père offrait des rafraîchissements aux nouveaux venus et que Margaret entraînait Helena vers la causeuse, Patrick alla se poster discrètement devant l'âtre, endroit stratégique d'où il lui était possible d'observer tout à son aise le reste de la compagnie.

Cette pimbêche de Mlle Considine était presque jolie, ce soir, pensa-t-il, dans sa petite robe bordeaux qui donnait un peu de couleur à ses joues pâles et faisait ressortir les reflets auburn de ses cheveux. Toutefois, sa beauté était bien modeste à côté de la magnificence de Meggie. Pourtant, la vieille fille semblait accepter de bon cœur son statut de faire-valoir sans manifester le moindre ressentiment ou la moindre jalousie. Un point en sa faveur.

Patrick remarqua que son père, qui s'était assis un peu à l'écart, couvait littéralement Helena du regard. Il y avait dans ses yeux une douceur qui était jadis réservée exclusivement à sa mère.

Patrick se raidit soudain. Était-il possible que son père fût amoureux de la fille du médecin ? Cela expliquait pourquoi il était toujours prêt à prendre sa défense.

Soudain les voix des convives s'évanouirent autour de lui. Plus il regardait son père et plus il devenait évident que ce dernier était amoureux. Chacun de ses gestes, chacun de ses regards semblait l'attester. Comment était-il possible que Patrick ne s'en fût pas rendu compte avant ?

Il plissa les paupières et vida son verre en deux gorgées rageuses. Foi de Patrick, jamais Helena Considine ne deviendrait Mme Richard Quinn tant qu'il serait vivant.

Margaret le tira brusquement de sa rêverie.

— Patrick, ne reste donc pas là à bouder dans ton coin.

Au même moment, le majordome entra pour annoncer que le dîner était servi et Patrick remarqua que son père offrait son bras à Helena pour l'escorter jusqu'à la salle à manger.

Patrick prit la carafe de brandy que lui tendait le Dr Considine et se renversa confortablement dans son fauteuil. Repu, après le plantureux repas qu'ils venaient de faire, il s'apprêtait à fumer un bon cigare en buvant un brandy, un raffinement qu'il considérait jadis comme allant de soi et qui lui avait cruellement manqué en prison.

— Ainsi donc, dit-il à Nayland, vos fermiers exigent eux aussi une réduction des fermages ?

Le baron se cala dans son siège et alluma son cigare.

— Oui, dit-il dans une bouffée de fumée. Pas plus tard qu'hier, ils m'ont fait part de leurs revendications.

— Et que comptez-vous faire ? s'enquit Richard.

— Accéder à leurs requêtes. Devinstown ne représente qu'une partie seulement de mes revenus, je puis donc me permettre de diminuer les loyers, temporairement tout au moins.

— Quant à moi, je fais de mon mieux pour satisfaire mes fermiers, dit Richard. Bien sûr, j'estime qu'il y a des limites. Il me semble normal que mes fermiers remplissent leurs obligations.

D'un geste large il désigna la vaste salle à manger et le somptueux lustre de cristal.

— J'ai cette maison à entretenir et des domestiques à nourrir et à vêtir. J'étudie chaque cas séparément. Je diminuerai les loyers des plus pauvres, tout en sachant que certains d'entre eux se font passer pour plus pauvres qu'ils ne le sont vraiment.

— Vous vous trompez, Richard, dit le Dr Considine. J'observe chaque jour davantage de misère chez les paysans quand je fais mes tournées. Les temps sont durs.

Richard s'agita nerveusement sur son siège.

— C'est possible, mais je ne dirige pas une entreprise philanthropique. Si je loue mes terres, c'est pour en tirer profit. Et si les métayers s'imaginent qu'ils vont pouvoir occuper mes terres gratuitement, ils se trompent.

— C'est ce que préconisent Parnell et ses partisans, dit Patrick. L'Irlande aux Irlandais.

— Cela n'arrivera jamais. Et d'ailleurs nous autres, Quinn, sommes tout aussi irlandais qu'eux.

— Je me demande comment va réagir John Standon ? fit le docteur, l'air songeur.

— Il fera ce que son maître lui ordonne, dit le baron. Et le duc de Carbury n'est pas un homme facile à contenter.

— Que voulez-vous dire ? demanda Patrick, dont la curiosité était piquée au vif.

— Le duc est bien connu à Londres pour ses extravagances et les sommes d'argent considérables qu'il dépense en pure perte pour des lubies. Il s'est récemment mis en tête de concevoir une voiture sans chevaux, sous prétexte qu'il ne supporte pas l'odeur du crottin. Il a déjà investi plusieurs milliers de livres dans le projet.

Les quatre hommes éclatèrent de rire.

— Une voiture sans chevaux, murmura Richard, on aura tout vu !

Le baron poursuivit :

— Carbury réclame de l'argent à cor et à cri et ne tolère aucune excuse. Il n'a jamais mis une seule fois les pieds en Irlande et n'a que faire des conditions de vie effroyables de ses métayers. Peu lui importe la façon dont Standon administre son domaine du moment que ses coffres sont pleins.

Patrick renchérit.

— Et Standon est prêt à tout pour s'attirer les bonnes grâces du duc et continuer à vivre sur un grand pied.

Un sourire de satisfaction illumina soudain son visage et il ajouta, en regardant fixement le fond de son verre :

— Standon n'est qu'une putain.

— C'est vrai, approuva le baron avec un petit rire. Et je ne serais pas étonné s'il augmentait ses fermages pour satisfaire les exigences de son maître.

Une rumeur d'indignation s'éleva autour de la table.

Richard se tourna vers Considine.

— Que raconte-t-on dans les chaumières, Jack ?

Le docteur hésita, vida son verre et répondit :

— Il y est fort question du capitaine Tucker.

Le baron fronça les sourcils.

— Le capitaine Tucker ? Qui est-ce ?

— Personne en particulier, expliqua le médecin. Il s'agit en fait d'une société secrète dont les membres ont fait le serment de se débarrasser des propriétaires terriens.

— Un ramassis de mécréants qui cherchent à passer pour des patriotes, voilà ce que c'est, grommela Richard, les yeux brillants de colère. Ils sèment la terreur dans nos campagnes et essaient d'intimider nos fermiers en se livrant à des exactions.

— Quel genre d'exactions ? demanda Nayland.

Ce fut le Dr Considine qui répondit :

— Si le capitaine Tucker décrète qu'il ne faut pas payer les loyers et qu'un fermier lui désobéisse, il mutile ses vaches pour le punir. Si quelqu'un cherche à racheter la terre laissée par un voisin expulsé, il creuse une tombe devant sa porte pour l'intimider.

Richard secoua la tête.

— C'est le retour de la barbarie.

— Ont-ils déjà assassiné des régisseurs ? s'enquit le baron.

— Bien sûr et même des propriétaires terriens, ajouta Patrick.

— Vraiment ! s'écria Nayland. Mais alors, ma vie est en danger ?

— Nous sommes tous en danger, soupira Richard en se versant une rasade de brandy.

Pendant que les hommes parlaient fermages et sociétés secrètes, les dames causaient entre elles.

Tout en versant le thé, Margaret remarqua :

— Je trouve profondément injuste que les femmes soient bannies de la compagnie des hommes après le dîner. Qu'ont-ils donc à se dire de si important ?

Helena prit la tasse que lui tendait son hôtesse.

— Mon père prétend que, quand ils sont entre eux, les hommes se racontent des histoires grivoises qui pourraient choquer les oreilles des demoiselles.

— De vrais gamins, décréta Margaret sur un ton plein de mépris.

— Parfois je me dis que les hommes seraient bien étonnés s'ils découvraient ce que nous autres, femmes, savons sur les sujets réputés inconvenants.

Margaret plissa soudain les yeux.

— Remarquez, ça n'est pas la compagnie du baron qui me manque.

Helena hésita, car elle avait senti que Margaret était sur le point de lui faire une confidence, chose dont elle se serait bien passée, sachant que Margaret et Richard étaient divisés au sujet de lord Nayland. Étant amie avec les deux, Helena n'avait aucune envie de prendre parti pour l'un ou l'autre.

Voyant que Margaret la regardait avec insistance, Helena se sentit obligée de dire :

— Personnellement, je trouve lord Nayland charmant et très attirant.

— Et moi, je le trouve ennuyeux à mourir. Il ne sait parler de rien d'autre que de jardinage et de livres. Quand mon oncle cessera-t-il de l'inviter à dîner à tout bout de champ ?

— Votre oncle aime probablement sa compagnie.

Margaret secoua la tête en soupirant.

— Ce n'est pas la seule raison. Il espère qu'un jour le baron va lui demander ma main.

Helena feignit la surprise, bien qu'elle sût tout des intentions de Richard, qui lui en avait fait part à maintes occasions.

— J'imagine que vous n'êtes pas d'accord ? avança prudemment Helena.

— Bien sûr que non !

Reposant bruyamment sa tasse, Margaret se leva d'un bond et se mit à arpenter rageusement le salon comme un tigre en cage.

— Oncle Richard ne cesse de me répéter que j'ai tort de ne pas accepter les avances du baron. Certes, lord Nayland est bel homme et il est plus fortuné que la plupart des propriétaires du comté de Cork. Mais ce que personne ne semble comprendre, c'est que je ne l'aime pas et que je ne l'aimerai jamais !

Helena se sentit soudain prise de compassion pour la jeune fille. Elle savait que dans la haute société les mariages étaient le plus souvent arrangés en fonction de considérations qui n'avaient rien à voir avec l'amour, or, pour Helena, l'amour passait avant la fortune ou les titres de noblesse.

Margaret continuait de la dévisager avec une expression étrange.

— Je sais que vous me comprenez. Je sais que vous avez été amoureuse jadis, mais que votre fiancé est mort.

Choquée par sa hardiesse, Helena resta un moment interdite.

— En effet, avoua-t-elle d'une voix légèrement tremblante. Il était avocat à Cork et nous étions très épris l'un de l'autre. Malheureusement, il est mort d'une pneumonie avant que nous ayons pu nous marier.

Soudain prise de remords, Margaret s'approcha d'Helena et prit ses mains dans les siennes.

— Je vous prie de m'excuser, murmura-t-elle. Je ne voulais pas vous faire de peine en ravivant un souvenir douloureux. Cependant, vous savez combien l'amour est important pour nous autres femmes. Peut-être pourriez m'aider à convaincre mon oncle Richard que Nayland n'est pas un homme pour moi.

Helena avait vu juste, la jeune fille cherchait en elle une alliée.

— Margaret, l'informa-t-elle en ôtant doucement ses mains, vous me mettez dans une situation impossible. Vous me demandez de prendre parti pour vous contre

Richard, qui s'est toujours montré si généreux avec moi et mon père depuis notre arrivée à Mallow.

Margaret se raidit d'un seul coup et ses traits se durcirent.

— En somme, vous refusez de m'aider.

— Margaret, vous n'avez pas besoin de moi pour plaider votre cause. Votre oncle ne vous obligera jamais à épouser le baron contre votre volonté.

— C'est vrai, reconnut-elle non sans quelque réticence. Mais, si Nayland demande ma main, mon oncle appuiera sa demande. Et je lui dois tant, Helena. Il m'a recueillie à la mort de mes parents et m'a donné un foyer et plus d'affection que si j'avais été sa propre fille. Je me sentirai obligée d'accepter les avances de Nayland si c'est ce que souhaite mon oncle Richard.

— Votre oncle n'est pas un monstre, Margaret. Je suis convaincue qu'il prendra vos sentiments en considération lorsqu'il comprendra que vous êtes résolument hostile à cette union.

— Je n'en suis pas si sûre. Or, je sais qu'il vous respecte et vous admire, Helena, et je suis sûre qu'il vous écouterait si vous preniez ma défense.

Brusquement, prise d'un doute, Helena demanda, suspicieuse :

— Margaret, ne seriez-vous pas amoureuse de quelqu'un d'autre, par hasard ?

Margaret hésita un court instant avant de répondre :

— Jamais de la vie. Simplement je n'ai aucune envie d'épouser le baron.

Juste au moment où Helena s'apprêtait à pousser plus loin ses investigations, les hommes regagnèrent le salon, coupant court à leur conversation.

Margaret s'élança aussitôt vers son oncle.

— Vous voilà enfin, dit-elle en minaudant. Nous commencions à nous sentir bien seules.

Richard rit, tandis que son regard se posait sur Helena.

— Allons, tu sais bien que je ne puis me passer bien longtemps de la compagnie des dames. Puis, se tournant vers le baron, il demanda :

— Nous ferez-vous l'honneur de nous jouer une mélodie, ce soir ?

Nayland sourit.

— À la seule condition que Mlle Atkinson accepte de tourner les pages.

Un éclair de colère passa dans les yeux de la jeune fille. Cependant, ravalant son aversion pour le baron, elle acquiesça et tous deux se dirigèrent vers le piano.

Au grand dépit d'Helena, Patrick Quinn vint s'asseoir à côté d'elle dans la causeuse.

— Monsieur Quinn…, murmura-t-elle en réprimant une furieuse envie de partir en courant.

Il ne dit rien. Le baron s'installa au piano et choisit un air.

— Je vois que notre jeune lord n'est pas seulement un homme à la patience infinie, mais également un musicien.

— Ses talents sont multiples, expliqua Helena sans cesser de regarder fixement devant elle.

Le silence se fit et le baron commença à jouer.

Tandis que les accords de Chopin et de Mozart emplissaient le salon, Helena se demanda pourquoi l'homme qui était assis à côté cherchait à lui imposer sa présence alors qu'il la détestait. Helena s'agitait nerveusement sur son siège.

Lorsque le récital s'acheva, Patrick applaudit avec effusion.

— Bravo ! s'écria-t-il, puis, se tournant vers Helena, il lui demanda de but en blanc : Au fait, mademoiselle Considine, savez-vous jouer du piano ?

Il n'y avait pas la moindre raillerie dans sa voix et sa politesse inattendue prit Helena de court. Celle-ci bredouilla :

— Euh ! oui, cependant pas aussi bien que le baron, malheureusement.

Il posa sur elle un regard solennel.

— Il faudra que vous nous donniez un récital un de ces jours. Cette pauvre Meggie n'est vraiment pas douée pour la musique.

Margaret, qui l'avait entendu, fit la grimace. S'approchant du docteur, elle commença à lui faire la conversation tandis que Richard et Nayland s'en allaient causer à côté de la cheminée, laissant du même coup Helena en tête à tête avec Patrick.

— Vous accompagnez toujours votre père quand il fait ses visites ? demanda Patrick.

— Cela m'arrive. En général, les femmes trouvent rassurante la présence d'une autre femme. Les patientes de mon père me font des confidences qu'elles n'oseraient pas faire à un homme.

— Ma parole, vous êtes un ange de bonté !

Elle lui décocha un regard de glace, ravalant la réplique acerbe qui lui venait aux lèvres.

— Je fais ce que je peux, monsieur Quinn, répliqua-t-elle sèchement. Et vous ? J'imagine que vous allez seconder votre père dans l'administration de son domaine ?

— Sans doute..., répondit-il sans grand enthousiasme.

Brusquement, Helena sentit son poignet qui se mettait à palpiter. La voix de Patrick devint de plus en plus lointaine et la jeune fille dut faire un effort pour entendre ce qu'il disait.

Le salon s'obscurcit d'un seul coup, comme si quelqu'un avait éteint toutes les lampes. Une sensation de vertige s'empara brusquement d'Helena, la réduisant à l'impuissance. Elle cligna des paupières. Quand elle rouvrit les yeux, le salon et tous ses occupants avaient disparu.

À sa place se dressaient les ruines du château de Ballymere, baignées par l'éclatante lumière de midi. Helena entendit des voix, le rire léger et cristallin d'une femme, suivi d'une voix d'homme au ton moqueur. Mais elle ne vit personne. Elle attendit, car, ayant déjà vécu semblable expérience, elle savait qu'elle devait attendre la fin de la vision pour pouvoir retourner au présent.

Quelques instants plus tard, une femme sortit en courant de derrière un mur écroulé, elle tenait ses jupes à deux mains et riait à gorge déployée. Helena ne vit pas clairement la femme, parce qu'elle tournait la tête. Soudain elle se retourna et Helena reconnut son visage.

C'était Margaret.

À peine se fut-elle adossée à la muraille pour reprendre haleine qu'un grand gaillard brun apparut à son tour. Il était vêtu à la façon des paysans et ses manches de chemise retroussées révélaient des bras musclés. Lorsqu'il se pencha vers Margaret, Helena reconnut Thomas Sheely, le fils aîné d'un des métayers les plus prospères de Richard Quinn.

Cette fois, Margaret ne chercha pas à s'esquiver. Dès qu'il l'eut rejointe, elle lui jeta les bras autour du cou. Le jeune Sheely pressa son corps contre le sien et, posant une main sur chacune de ses épaules, la retint fermement adossée au mur tandis que sa bouche avide cherchait la sienne.

La vision s'acheva juste au moment où les deux jeunes gens échangeaient un baiser passionné. L'instant d'après, Helena se retrouva assise dans le salon de Rookforest, aux côtés d'un Patrick Quinn visiblement hors de lui.

— Ma conversation est-elle à ce point ennuyeuse que vous restez plantée là comme une statue en laissant votre esprit vagabonder, mademoiselle Considine ?

— Je… je vous prie de m'excuser. Je ne voulais pas…

— Peu importe, lâcha-t-il d'un ton glacial en se levant brusquement.

Sans ajouter un mot, le jeune homme alla se servir une généreuse rasade de whisky, ce qui lui valut un regard courroucé de la part de son père.

Helena scruta nerveusement les visages qui se trouvaient autour d'elle. À son grand soulagement, elle constata que personne ne semblait s'être aperçu qu'elle venait d'avoir une absence. Personne hormis Patrick, mais ce dernier n'était de toute façon pas à même de comprendre ce qui venait de lui arriver. Le secret d'Helena était sauf.

Soudain, elle vit que son père la regardait avec insistance. D'un discret signe de tête, Helena lui fit comprendre qu'elle voulait partir.

— Dieux du ciel ! s'écria Jack en jetant un coup d'œil faussement surpris à la pendule de la cheminée. Il est déjà vingt-deux heures !

Se levant lentement, il dit :

— Mon cher Richard, ce fut un plaisir, mais malheureusement il se fait tard et nous devons rentrer. Il faut que je sois au dispensaire demain matin à la première heure.

— Quel dommage ! dit Richard en jetant un regard furtif à Helena. Cependant, le devoir passe avant les plaisirs.

Tous les convives se levèrent et Margaret donna ordre au majordome de faire atteler la voiture et d'aller chercher les manteaux des convives.

Tandis qu'elle prenait congé de Richard et du baron, Helena nota que Patrick était resté adossé à la cheminée et ne faisait aucun effort pour se joindre au reste de la compagnie.

Son père, qui l'avait également remarqué, se tourna vers lui et le foudroya du regard.

— Nos invités s'en vont, dit-il.

Patrick se redressa et, traversant le salon, s'approcha d'Helena.

— Je vous prie de m'excuser, mademoiselle Considine, dit-il avec une petite courbette. J'étais tellement perdu dans mes pensées que je ne me suis même pas rendu compte que vous étiez sur le point de partir.

À cette allusion à sa propre conduite, Helena sentit ses joues s'empourprer d'un seul coup.

— Vous n'avez pas à vous excuser, monsieur Quinn.

Au même moment, le majordome entra avec les manteaux du médecin et de sa fille et, après avoir pris congé de leurs hôtes, Helena et son père montèrent dans la voiture mise à leur disposition par Richard.

— Tu as encore eu une vision, n'est-ce pas ? dit Jack, dès que la voiture se fut ébranlée.

Helena frissonna et resserra son épais châle de laine autour de ses épaules. Par chance, il faisait sombre, si bien que son père ne pouvait pas voir à quel point elle était contrariée.

— Oui, murmura-t-elle excédée. Au beau milieu du salon de Richard Quinn, et juste au moment où son fils me faisait la conversation !

— Allons, allons, ma fille..., chuchota Jack en passant un bras autour de ses épaules et en l'attirant contre lui. Il n'y a pas de quoi en faire un drame.

— Pourquoi ? Pourquoi ? gémit-elle tandis que des larmes de colère montaient à ses yeux

— Chuut ! Le cocher va t'entendre.

Elle poursuivit d'une voix plus basse et qui n'avait rien perdu de sa véhémence.

— Pourquoi ai-je sans cesse des visions ? Suis-je en train de devenir folle ? Si c'est le cas, tu ferais mieux de me faire enfermer une fois pour toutes à l'asile.

— Allons, Lena, lui intima son père d'une voix sévère, cesse ces enfantillages. Tu es parfaitement saine d'esprit.

— Dans ce cas, d'où proviennent ces maudites visions ?

— Je l'ignore, Lena. Si j'étais un saint homme, je dirais qu'il s'agit d'un don de double vue qui t'a été donné pour une raison que tu ignores encore.

— Un don ? dit-elle d'un ton grinçant. Tu veux dire une malédiction.

S'arrachant brusquement à l'étreinte de son père, Helena se blottit à l'autre bout de la banquette et médita en contemplant la nuit sans lune.

Elle n'était pas née ainsi. Ce don de double vue, elle l'avait acquis l'année précédente, dans des circonstances troublantes. Une nuit, William lui était apparu en rêve. Elle lui avait tendu les bras et il l'avait saisie par le poignet en lui disant qu'il allait lui transmettre un pouvoir hors du commun. Le lendemain matin, une marque rouge et enflée comme une brûlure encerclait son poignet, vestige bien réel du rêve de la veille.

Un mois plus tard, elle avait eu sa première vision et sa vie avait basculé d'un seul coup.

Soudain la voiture tressauta sur la route, tirant brusquement Helena de sa rêverie.

— De quoi s'agissait-il, cette fois ? lui demanda Jack.

Helena soupira et lui raconta sa vision.

Il eut un haut-le-corps.

— Diable ! Margaret et le fils Sheely ? Tu en es sûre ?

Elle opina gravement du chef.

— Je les ai vus aussi clairement que je te vois. J'espère du fond du cœur qu'il s'agit d'une vision erronée.

Helena n'aimait guère Thomas Sheely. Oh ! il était beau garçon, certes, avec sa peau dorée par le soleil et son corps musclé et svelte, d'ailleurs, toutes les filles des environs en étaient folles. Toutefois, ses yeux gris étaient trop insolents au goût d'Helena. Et bien qu'il se montrât toujours très poli quand il la croisait en ville, elle avait la désagréable impression qu'il la déshabillait du regard.

Jack hocha gravement la tête en silence.

— Si Richard vient à apprendre que Margaret et le jeune Sheely se voient en cachette, il sera furieux.

D'autant qu'il souhaite la voir épouser le baron de Nayland.

— Je sais, soupira la jeune fille. J'admire et respecte Richard et je sais combien il souffrirait s'il venait à apprendre que sa nièce l'a trahi.

Jack dit alors prudemment, comme s'il avait choisi soigneusement ses mots :

— Est-ce là tout ce que tu éprouves pour Richard, ma fille. De l'admiration et du respect ?

— S'agit-il d'une façon détournée de me demander si je pourrais l'aimer et l'épouser ? Si c'est le cas, ma réponse est non.

— Tu pourrais tomber plus mal. C'est un brave homme. De plus, il est riche et respecté.

Helena jeta à son père un regard plein de méfiance.

— Où veux-tu en venir ? Ma compagnie te pèse-t-elle à ce point que tu voudrais te débarrasser de moi ?

— Jamais de la vie ! protesta Jack, indigné. Mais Richard m'a avoué qu'il avait un faible pour toi et m'a chargé de te demander si le sentiment était réciproque.

Elle laissa échapper un petit gémissement.

— En aucune façon. C'est pourquoi je te prierai de l'éconduire avec tact et gentillesse. Certes, j'apprécie sa compagnie, cependant je ne l'aime pas. Contrairement à Mlle Standon, je n'épouserai jamais un homme uniquement parce qu'il a de l'argent et qu'il occupe une position élevée dans la société.

— Je le sais bien, ma fille, et je n'en ai jamais douté. Mais… je commence à me faire vieux et je partirais plus tranquille si je savais que tu avais trouvé chaussure à ton pied.

— Allons, papa, tu te portes comme un charme. Cesse de me tenir ces propos pessimistes.

Jack retomba dans le silence et, quelques instants plus tard, la voiture les déposait devant chez eux.

Après avoir tressé ses cheveux pour la nuit et soufflé sa bougie, Helena se coucha. Cependant, le sommeil ne venait pas et elle se mit à se tourner et se retourner nerveusement dans son lit. Les révélations de son père concernant les intentions de Richard l'avaient troublée. Helena ne se faisait aucune illusion sur l'avenir. Elle était sans attrait, frappée de malédiction et hantée par le souvenir douloureux de son amour perdu. Elle aurait dû être flattée qu'un homme de la stature de Richard voulût faire d'elle sa femme. Pourtant, quand elle songeait au terrible fardeau qu'elle lui apporterait en échange, elle savait qu'elle n'aurait jamais le courage de sauter le pas.

Helena sourit amèrement en repensant à la mine renfrognée de Patrick Quinn. Imaginer sa réaction si une telle union avait dû se conclure !

Et Margaret ?

Le sourire d'Helena s'évanouit d'un seul coup. Si son union avec Richard n'était pas souhaitable, que dire de l'union de Margaret et de Thomas Sheely – si toutefois il était exact qu'ils se voyaient en cachette.

Il n'y avait qu'une seule façon de s'en assurer. Demain, elle irait au château de Ballymere.

Le lendemain après-midi, Helena gravit le sentier escarpé qui menait au château de Ballymere.

Hormis quelques ruines éparses envahies par les ronces et les orties, il ne restait plus grand-chose du majestueux château fort érigé au XVIe siècle. Une partie du mur d'enceinte était encore debout, son parapet crénelé se découpant comme une mâchoire édentée sur le bleu du ciel. Un escalier en ruines adossé à un autre mur ne menait nulle part.

Un sentiment de malaise s'empara brusquement d'Helena lorsqu'elle prit conscience que le paysage qui s'étirait sous ses yeux ressemblait à s'y méprendre à la vision qu'elle avait eue la veille. Dans le ciel, les nuages s'amoncelaient à l'ouest. Les pierres du château avaient la même couleur grise décolorée par le soleil. Il n'y avait qu'une seule différence : Margaret n'était pas là.

Helena dressa l'oreille, mais n'entendit rien de plus que la plainte du vent. Au bout de quelques instants, voyant qu'il ne se passait toujours rien, elle poussa un profond soupir de soulagement. Ainsi donc, sa vision était fausse.

Elle s'apprêtait à faire demi-tour et à regagner sa carriole quand un éclat de rire retentit au loin.

— Oh ! non ! murmura-t-elle en se retournant lentement.

Brusquement, ce fut comme si elle revivait la scène de la veille au soir. Margaret, hors d'haleine, surgit au détour de la muraille, le fils Sheely à sa suite. Quand Margaret s'adossa au mur et se tourna vers l'homme, Helena sut qu'ils allaient s'enlacer.

Juste au moment où Helena s'apprêtait à rebrousser chemin sur la pointe des pieds, Margaret tourna brusquement la tête et l'aperçut. Elle se figea sur place en roulant des yeux affolés, tandis que ses joues blêmissaient d'un seul coup.

— Meg, ma belle, que se passe-t-il ? demanda Thomas Sheely, qui n'avait rien vu et ne comprenait pas ce brusque changement d'humeur.

— On nous espionne, dit Margaret, sans quitter Helena des yeux.

Le jeune Sheely se retourna à son tour, son beau visage tout d'abord surpris, puis effaré lorsqu'il se rendit compte de la gravité de la situation. Soudain, il plissa les yeux d'un air menaçant qui fit regretter à Helena d'être venue.

— Je ne vous espionne pas, dit-elle. J'étais venue pour admirer le paysage. Je suis désolée de vous avoir dérangés.

Elle tourna les talons et commença à battre en retraite, tandis que derrière elle Margaret et Sheely se concertaient à voix basse.

— Helena, attendez !

Elle se retourna et vit Margaret qui arrivait en courant dans sa direction, tandis que Sheely commençait à s'éloigner, le regard chargé de haine.

Margaret ne chercha pas à s'excuser.

— Vous nous avez vus nous embrasser, n'est-ce pas ?

Helena n'essaya pas de nier.

— Oui.

Margaret avala sa salive.

— Je sais que cela peut vous paraître absurde, lui avoua-t-elle, mais Thomas et moi sommes amoureux. Nous voulons nous marier.

— Dans ce cas, pourquoi ne l'amenez-vous pas chez votre oncle pour qu'il déclare ses intentions ? Pourquoi le voyez-vous en cachette ?

Margaret secoua la tête d'un air de défi.

— Vous savez très bien que mon oncle ne l'accepterait jamais. Thomas est fils de métayer, très en dessous de la condition d'une Atkinson. Il veut que j'épouse Nayland, un homme qu'il considère comme un bon parti, mais que je n'aime pas.

Helena soupira.

— Ce n'est pas à moi de vous faire des remontrances, Margaret.

Une lueur d'espoir passa dans les yeux de la jeune fille.

— Alors, vous ne direz rien à mon oncle ?

— Votre oncle est un ami, Margaret. Garder le silence sur une affaire aussi grave reviendrait à lui mentir.

La saisissant brusquement par le bras, Margaret l'implora.

— Je vous en prie, Helena. Je vous demande seulement de m'accorder un peu de temps. Je sais que j'arriverai à convaincre mon oncle, mais il me faut du temps. Quel mal y a-t-il à cela ?

— Quel mal y a-t-il à voir un homme en cachette dans un endroit désert ? s'insurgea Helena. Il me semble que vous êtes suffisamment grande pour répondre à cette question, Margaret.

— Thomas est un gentilhomme ! riposta sèchement Margaret, ses prunelles brusquement enflammées. Même s'il est fils de métayer.

— Aucun homme ne se comporte en gentilhomme quand il s'agit de ces choses-là.

— Ah ! non ? Il est vrai qu'en matière d'hommes vous en savez beaucoup plus que moi.

— Je n'ai jamais dit cela, rétorqua Helena. Cependant, une femme se doit d'éviter les situations compromettantes, car elle sera toujours jugée beaucoup plus sévèrement qu'un homme, même si elle est innocente.

Margaret crispa rageusement les lèvres.

— Jamais Thomas n'oserait abuser de la situation. Nous ne faisons qu'échanger quelques baisers et parler de notre avenir.

Helena secoua la tête.

— Margaret…

— Ne m'accorderez-vous pas au moins le bénéfice du doute ? S'il vous plaît, Helena ! Je vous promets qu'il ne se passera jamais rien.

Helena hésita, puis finit par céder. Quel mal y avait-il à laisser la jeune fille flirter avec son amoureux ? De toute évidence, c'était le goût du risque et le piquant de la situation qui avaient provoqué l'attirance de Margaret pour Sheely. Sitôt passé l'attrait de la nouveauté, la jeune fille se lasserait du fermier et se chercherait un autre prétendant, digne de son rang, cette fois.

— Très bien, dit-elle, vaincue. Je vous promets de ne rien dire à votre oncle, à condition toutefois que vous me promettiez de le lui dire vous-même.

Un sourire de soulagement se peignit sur les lèvres de jeune fille. Elle serra Helena dans ses bras.

— Je le ferai. Je le jure ! Oh ! merci, Helena ! Vous ne le regretterez pas.

Sur ces mots, la jeune fille partit en courant en direction du bosquet où elle avait attaché son cheval.

Tout en regardant s'éloigner la jeune fille, Helena regretta la promesse insensée qu'elle venait de lui faire.

4

Une semaine plus tard, Helena se rendit à Mallow avec son père. Après l'avoir déposé au dispensaire, où une foule de patients se pressait déjà malgré l'heure matinale, elle s'en fut faire ses emplettes.

Tout en remontant la grand-rue, Helena essayait de se représenter Mallow un siècle plus tôt.

À l'époque, la petite bourgade était une ville d'eau très réputée où, dès le mois de mai, les curistes accouraient nombreux pour s'adonner aux joies du thermalisme et de la vie mondaine. Les aristocrates prenaient leurs quartiers d'été dans les élégantes maisons du centre-ville, tandis que les bourgeois descendaient dans les auberges plus modestes des environs. Dans la journée, tout ce beau monde se rendait à la source thermale pour y prendre les eaux ou se baigner. Le soir venu, de fougueux jeunes gens laissaient libre cours à leur bonne humeur, galopant à bride abattue par les rues de la ville en poussant des cris joyeux et en brisant des vitres.

Aujourd'hui, la ville était aussi tranquille qu'une douairière au crépuscule de sa vie. La source thermale, jadis si animée, se tenait désormais silencieuse derrière une haie de peupliers qui la cachait à la vue des passants et les rues de Mallow ne connaissaient d'autre agitation que le paisible va-et-vient des fermiers et des gentilshommes vaquant à leurs occupations journalières.

À tout prendre, Helena préférait le calme et la tranquillité. En particulier en ces temps difficiles où il n'était question que d'émeutes et d'agitation.

Une demi-heure plus tard, ayant terminé ses emplettes, Helena s'apprêtait à regagner sa carriole quand une voix la héla. Relevant la tête, elle aperçut Patrick Quinn qui lui barrait la route.

— Eh bien ! l'apostropha-t-il d'une voix railleuse, seriez-vous une fois de plus déterminée à m'ignorer, mademoiselle Considine ?

Il avait meilleure mine que la dernière fois, malgré son air tourmenté et ses habits trop larges qui pendaient sur lui comme des guenilles sur un épouvantail. Son visage avait perdu un peu de sa pâleur maladive et retrouvé quelque couleur. Coiffé d'un haut-de-forme qui cachait en partie son crâne rasé, Patrick Quinn aurait pu passer pour un gentilhomme, à condition de ne pas y regarder de trop près.

Malheureusement, il n'avait rien perdu de son arrogance. Mais Helena était fermement décidée à ne pas s'abaisser à échanger des invectives avec lui au vu et au su de tous.

— Je vous prie de m'excuser, dit-elle. J'étais perdue dans mes pensées et je ne vous ai pas vu.

— Vous êtes tout excusée, répondit-il, sans animosité cette fois, son sarcasme brusquement envolé.

Helena comprit soudain que Patrick Quinn était au centre de l'attention. Les passants lui jetaient des regards tantôt furtifs, tantôt appuyés. La plupart semblaient le reconnaître, mais aucun ne cherchait à l'approcher ou à le saluer. Certains même faisaient mine de l'ignorer et changeaient de trottoir.

Cependant, Patrick n'était pas dupe. Une colère froide obscurcit son regard tandis que deux plis livides se creusaient aux coins de sa bouche.

— Ne dirait-on pas que j'ai découvert l'art de devenir invisible ? grommela-t-il entre ses dents. À moins que je n'aie attrapé la lèpre sans même m'en rendre compte ?

Ne sachant que dire, Helena proposa :

— Voulez-vous m'accompagner ? Ma carriole est à deux pas.

— Ne craignez-vous point d'entacher votre réputation en vous affichant ainsi en compagnie du plus grand criminel d'Irlande ? grinça-t-il, une lueur d'ironie dans les yeux.

Bien que piquée au vif, Helena s'efforça de n'en rien laisser paraître.

— Le plus grand criminel d'Irlande, monsieur Quinn ? Quelle haute opinion vous avez de vous-même !

— C'est pourtant la vérité. Depuis mon séjour en prison, tous ceux qui se disaient jadis mes amis me battent froid.

— Bah ! ils finiront par vous revenir si ce sont de véritables amis.

— Vous semblez bien sûre de vous…

— Je le suis. C'est dans les moments difficiles qu'on reconnaît ses vrais amis.

— Je m'incline devant votre connaissance approfondie de la nature humaine, railla-t-il avec un petit hochement de tête ironique.

— On n'attrape par les mouches avec du vinaigre, monsieur Quinn.

— Seriez-vous en train d'insinuer que je manque de chaleur humaine, mademoiselle Considine ? Que je suis cynique, railleur, grossier, pour ne pas dire amer et renfermé ?

Helena se sentit rougir jusqu'à la racine des cheveux.

— Monsieur Quinn, je…

— Il est facile de juger les autres, de faire comme si on savait ce qu'ils éprouvent, dit-il tranquillement et sans la moindre amertume cette fois. Mais je me demande comment vous réagiriez si vous étiez restée quatre ans sous les verrous.

Helena n'eut pas le temps de lui répondre, car au même moment Patrick murmura :

— Standon !

La jeune fille tourna la tête et aperçut John Standon qui descendait de cheval de l'autre côté de la rue.

Helena connaissait l'intendant de vue pour l'avoir croisé à la messe, le dimanche. À l'instar de toutes les autres femmes de Mallow, elle n'avait pu résister à la tentation de le détailler furtivement, car c'était le genre d'homme qui invitait les regards et faisait tourner les têtes. Bien que plus petit que Patrick, il n'en était pas moins svelte et gracieux, avec d'épais cheveux bruns légèrement ondulés et des yeux bleus langoureux. Son visage était avenant, avec une mâchoire carrée, des pommettes saillantes, des lèvres sensuelles.

Il arrivait dans leur direction et ne semblait pas avoir remarqué Patrick.

— Non mais, regardez-le se pavaner comme un coq ! éructa le jeune Quinn, une lueur assassine dans les yeux.

— Monsieur Quinn, implora Helena, voulez-vous bien me rendre mes paquets ? Vous les serrez si forts que vous allez les écraser.

Il lui rendit ses paquets d'un geste machinal et reporta aussitôt son attention sur l'intendant.

Il serra les poings et alla se planter devant lui.

— Standon !

L'autre s'arrêta. Il ne semblait pas l'avoir reconnu.

— Plaît-il ? fit le gentilhomme avec une politesse excessive. Remarquant Helena, il lui décocha un sourire engageant et la salua d'un gracieux coup de chapeau. Bonjour, mademoiselle Considine. Comment allez-vous ?

Stupéfaite de voir qu'il connaissait son nom, la jeune femme resta pétrifiée.

Elle se ressaisit et lui rendit la politesse.

— Bonjour, monsieur Standon. Je vais bien, merci.

— Et moi, monsieur Standon ? lança Patrick d'une voix pleine de hargne. Vous ne voulez pas savoir comment je me porte après quatre ans de captivité ?

Se tournant à nouveau vers lui, l'intendant le toisa avec dédain.

— Diable ! Mais c'est Patrick Quinn en personne. Quatre ans déjà, depuis votre arrestation ? Comme le temps passe !

D'une chiquenaude, Standon fit mine d'ôter un grain de poussière de sa manche de redingote.

— Eh bien ! Quinn, il semblerait que ce petit séjour en prison vous ait fait le plus grand bien.

— Monsieur Standon ! intervint Helena indignée.

Entre-temps, un petit attroupement s'était formé autour d'eux.

— Désolé, mademoiselle, riposta l'intendant. Je ne voulais pas vous offenser, mais comment pourrais-je éprouver la moindre compassion pour un individu qui a sali l'honneur de ma famille et enfreint la loi ?

— L'honneur de votre famille ! explosa Patrick, écumant de rage. Que savez-vous de l'honneur, Standon, vous qui n'êtes qu'une putain, prête à se vendre au plus offrant ?

L'autre lui répondit par un rictus méprisant. Puis, sans crier gare, son poing fendit l'air et percuta la mâchoire de Patrick avec un craquement sourd. Le jeune homme crut que son crâne avait explosé, un millier d'étoiles se mirent à danser devant ses yeux. La rue se mit tout à coup à vaciller et à tourner sur elle-même, puis Patrick s'effondra la tête la première sur le pavé.

À demi assommé, Patrick entendait les commentaires des passants attroupés autour de lui.

— Regardez ! Il a le crâne rasé !

— Il n'aura pas fallu grand-chose pour l'étendre, ma foi.

— Il est KO.

Le goût salé du sang lui emplit la bouche. Fou de rage, il essaya de se relever et retomba aussitôt, impuissant comme une tortue retournée sur sa carapace. Penchée au-dessus de lui, Helena scrutait anxieusement son visage. Cependant, il n'avait que faire de sa sollicitude. Ce qu'il voulait, c'était se relever et réduire la belle petite frimousse de John Standon en bouillie.

Entre-temps, l'intendant avait ôté son chapeau et sa redingote et se tenait, poings levés, en position de combat.

— Debout, Quinn ! Relève-toi que je te mette une bonne correction.

Avec un petit grognement, Patrick roula de côté et, au prix d'un effort surhumain, parvint à se mettre à quatre pattes. Il secoua vigoureusement la tête et essaya de se relever, mais la prison l'avait affaibli et privé de ses forces au moment où il en avait le plus besoin.

— Arrêtez ! s'écria soudain Helena qui saisit le bras de Patrick pour l'aider à se relever.

Comme aucun autre bras ne se tendait pour lui porter secours, Patrick n'eut d'autre choix que de la laisser faire, à sa grande honte.

— Je vais le tuer, marmonna-t-il en crachant du sang sur le pavé.

— Vous n'êtes pas en condition de tuer quiconque, rétorqua la jeune femme en l'aidant à se mettre debout.

Mais il ne voulait rien savoir. Dès qu'il aurait retrouvé son équilibre, il se jetterait sur Standon. Heureusement pour lui, il fut sauvé de sa propre folie par l'apparition inopinée d'un policier qui se frayait un chemin parmi la foule.

— Allons, circulez, circulez. Y a rien à voir.

Tandis que les badauds commençaient à se disperser, le jeune constable dit aux deux hommes :

— Alors, messieurs, que se passe-t-il ?

Sans quitter Patrick des yeux, de crainte qu'il ne repartît à l'attaque, Standon répondit :

— Quinn, ici présent, m'a insulté et j'ai réagi comme il sied à un gentilhomme.

— Vous voulez dire qu'il vous a provoqué ?

— Absolument, dit Standon en décochant un sourire complice à Helena. Demandez à madame, elle vous le dira.

Le policier se tourna vers Helena.

— Est-il exact que M. Quinn a provoqué M. Standon, mademoiselle Considine ?

Helena glissa un coup d'œil contrit à Patrick, puis hocha la tête à contrecœur.

— Souhaitez-vous déposer une plainte, monsieur Standon ? s'enquit le policier.

Un sourire malicieux joua un instant sur les lèvres de l'intendant, puis il secoua la tête et répondit, magnanime :

— Non, il me semble que M. Quinn a passé suffisamment de temps derrière les barreaux. Pour cette fois, je ferme les yeux. Mais prenez garde, Quinn. À la première récidive, je veillerai personnellement à ce que vous retourniez croupir en prison jusqu'à la fin de vos jours.

— Je tremble de peur, Standon.

— Mes hommages, mademoiselle, dit Standon avec un petit salut.

Il se retourna et partit d'un pas sautillant comme si de rien n'était.

Le policier semonça ensuite vertement Patrick puis s'en alla.

Restée seule avec Patrick, Helena plongea une main dans son sac et en ressortit un mouchoir blanc et propre qu'elle lui tendit sans un mot. Puis elle se baissa et ramassa ses paquets éparpillés.

— Comment ? dit-il en essuyant le sang qui coulait sur son menton. Pas une seule parole de récrimination ?

— Si vous tenez absolument à vous faire aplatir le nez à coups de poing, cela vous regarde, monsieur Quinn.

Elle lui tendit son chapeau.

— Néanmoins, je vous conseille de reprendre quelques forces avant de songer à vous mesurer à nouveau à John Standon. C'est un excellent boxeur, comme vous avez pu vous en rendre compte.

— Je pourrais l'étrangler de mes mains !

— Et cela vous apporterait quoi ? s'indigna Helena, les yeux brillants de colère. Une peine de prison.

— N'empêche que le jeu en vaudrait la chandelle.

— En êtes-vous bien certain, monsieur Quinn ? Personnellement, j'en doute.

Comme il ne répondait pas, Helena reprit son chemin. Patrick lui emboîta le pas.

Arrivée à la carriole, elle se tourna vers lui et dit avec plus de douceur qu'elle ne lui en avait jamais manifesté jusque-là :

— Voulez-vous que je vous conduise au dispensaire, afin que mon père examine votre mâchoire ?

Malgré la douleur, Patrick esquissa un petit sourire.

— Votre sollicitude me touche, mademoiselle Considine, mais c'est inutile. Je n'ai pas de dents cassées et, à part une contusion à la mâchoire, je n'ai absolument rien. C'est mon amour-propre qui est blessé, pas mon corps.

La jeune femme hésita et le regarda dans les yeux.

— Puis-je vous donner un conseil, monsieur Quinn ?

— Je n'ai de conseils à recevoir de personne. Et surtout pas de vous.

Helena sentit le feu lui monter aux joues. Pinçant rageusement les lèvres et, sans même lui souhaiter le bonjour, elle saisit les rênes et remonta dans la carriole. Cependant, il devint vite évident que la jeune femme ne pourrait pas aller bien loin.

Pendant qu'elle et Patrick étaient en train de se chamailler, la grand-rue s'était remplie d'une foule compacte qui arrivait à pied, à cheval ou en voiture. Les gens venaient de partout si bien qu'Helena se retrouva bloquée par la marée humaine lorsqu'elle voulut faire demi-tour.

Elle se tourna vers Patrick. Ce dernier semblait tout aussi surpris qu'elle.

— Où vont-ils donc ? murmura-t-elle. Ce n'est pourtant pas jour de marché.

Patrick héla un va-nu-pieds qui courait avec la foule.

— Où vas-tu ?

— Au pont, les nationalistes tiennent un meeting, répondit le garçon avant de se fondre à nouveau dans la foule.

Elle et Patrick échangèrent un regard.

— Ils sont de retour pour semer la pagaille, soupira-t-elle.

— Parce que les nationalistes sont déjà venus ?

Elle hocha la tête.

— Oui, l'an passé. On raconte qu'il y avait plus de vingt mille personnes au meeting.

Patrick lui tendit la main.

— Venez, dit-il, allons écouter ce qu'ils ont à dire.

Comme elle hésitait, il ajouta :

— À moins, bien entendu, que vous n'ayez honte d'être vue en compagnie d'un voyou.

Elle le foudroya du regard et, plaçant résolument sa main dans la sienne, descendit de la carriole. Patrick prit appui sur son bras et les deux jeunes gens se mirent en route.

Le garçon leur avait dit la vérité. À l'entrée du pont qui enjambait la Blackwater, un homme, juché sur une tribune de fortune, haranguait la foule, le poing levé. Helena n'avait que faire de sa rhétorique belliqueuse, elle s'intéressait davantage aux réactions de la foule autour d'elle.

On lisait l'anxiété sur le visage des femmes, car celles-ci savaient que la violence anéantirait leurs foyers et leur prendrait leurs maris et leurs fils. Les hommes, en revanche, jeunes ou vieux, semblaient tous approuver le message du nationaliste et reprenaient fréquemment en chœur les slogans martelés par l'orateur : « L'Irlande aux Irlandais ! » et « Sus aux voleurs de terres ! ».

Helena jeta un coup d'œil furtif à Patrick. Il ne semblait pas le moins du monde impressionné, en dépit de son appartenance à la classe dirigeante. Cependant, il écoutait attentivement l'orateur, les sourcils froncés.

Au bout d'un moment, lassé d'entendre la même rengaine, il demanda :

— Voulez-vous rester ?

Helena secoua la tête. Il l'escorta jusqu'à sa carriole en fendant la foule.

Ce soir-là, en rentrant chez lui, le père d'Helena trouva son souper prêt sur la table. Tandis qu'elle inspectait rapidement son manteau pour s'assurer qu'il n'était ni taché ni déchiré, il monta dans sa chambre pour faire sa toilette.

Ils s'attablèrent ensuite dans la cuisine, devant le dîner de jambon fumé et de galettes de pommes de terre que la domes-tique leur avait préparé.

Helena goûtait ces moments paisibles, passés en tête à tête avec son père, où les problèmes du monde étaient momentanément oubliés. Cependant, devant l'air soucieux de son père et ses épaules tombantes, elle comprit qu'ils ne l'étaient pas tout à fait.

— Comment s'est passée ta journée ? demanda-t-elle comme chaque soir au moment du dîner.

Son père lui parla des patients qu'il avait examinés : une jambe cassée, une griffure de chat qui s'était infectée, une plaie à la tête.

Quand il eut fini, elle dit :

— J'ai eu moi aussi une journée pleine d'imprévus.

Les prunelles de Jack se mirent à pétiller.

— Je parie que Mme Burrage n'avait pas la sorte de fil qui te convenait ?

Helena le foudroya du regard.

— Je sais que la vie d'une femme est morne, comparée à la vie d'un médecin de campagne, mais il m'arrive parfois des choses extraordinaires. Et aujourd'hui ce fut le cas.

— Allons, bon. Ne me fais pas languir, ma fille. Raconte. Que s'est-il passé de si extraordinaire ?

— Patrick Quinn et John Standon ont échangé des coups de poing.

Jack écarquilla les yeux.

— Diable ! Et qui a gagné ?

— D'aucuns diraient que c'est Standon. Patrick l'a provoqué et Standon a riposté. Pauvre Patrick. Il n'avait pas la force de se battre, mais il a tout de même essayé. Si le policier n'était pas intervenu, je crois bien que Patrick se serait battu jusqu'au bout, quitte à y laisser sa peau.

Jack se rembrunit d'un coup.

— Le jeune Quinn ferait mieux de tirer un trait sur le passé une bonne fois pour toutes.

— Je crains qu'il ne soit pas de cet avis. Si tu avais vu l'expression de haine sur son visage quand il a aperçu Standon.

Elle frissonna.

— La colère dans ses yeux…

— Le jeune Quinn ne pardonnera jamais à Standon de l'avoir envoyé en prison et je le comprends.

— Tu penses qu'il va essayer de se venger ?

Jack haussa les épaules.

— Ce serait pure folie de sa part. On ne vit plus à l'époque où les clans lavaient ce genre d'affront dans le sang jusqu'à extinction complète de leurs ennemis. Nous avons des lois. Si le jeune Quinn attente aux jours de Standon, il retournera croupir en prison, ou, pis, dans une galère jusqu'à la fin de ses jours. D'ailleurs, je le crois assez rancunier pour tenter le coup.

— Espérons que non, dit Helena en remplissant à nouveau la tasse de son père. Richard aurait le cœur brisé si cela devait se produire.

Le visage de Jack s'illumina d'un seul coup.

— Ah ! ah ! voilà que tu t'inquiètes pour Richard, maintenant ?

— S'inquiéter n'est pas aimer, Jack Considine, et tu le sais très bien.

Voyant que sa fille était prête à monter sur ses ergots, il préféra battre en retraite et ils terminèrent de dîner en silence.

— Il paraît qu'il y a eu un meeting aujourd'hui, en ville, dit-il lorsque Helena se leva pour débarrasser.

— Je sais. Un nationaliste est venu haranguer la foule à l'entrée du pont. Patrick et moi sommes allés l'écouter.

— Et qu'a-t-il dit ?

— Que si les propriétaires terriens refusaient de diminuer les loyers, le peuple se soulèverait. Est-ce vrai, père ?

Il lui sourit gentiment, se leva et passa un bras réconfortant autour de ses épaules.

— Ne t'inquiète pas, ma fille. Ton père veillera à ce qu'il ne t'arrive rien.

Helena se rebiffa.

— Ce genre de choses nous concerne tout autant que les hommes, car si vous, les hommes, avez le pouvoir, ce sont nous, les femmes, qui soignons les blessés. Dois-je te rappeler que je suis, moi aussi, dotée d'un cerveau, père, et que je suis capable de raisonner ?

— Allons, allons, ma fille, inutile de t'emporter contre ton vieux papa. Je ne voulais pas te vexer.

Elle se radoucit aussitôt et ils se dirigèrent ensemble vers le salon.

Ils s'assirent au coin du feu, comme ils le faisaient chaque soir après dîner et Helena prit son ouvrage tandis que son père se servait un petit verre de whisky et allumait sa pipe.

L'aiguille d'Helena progressait lentement, mais sûrement.

— Ces derniers temps, on n'entend parler que d'émeutes. D'aucuns disent que nous allons vivre des temps aussi difficiles qu'à l'époque de la grande famine.

L'aiguille de la jeune femme resta suspendue en l'air.

— Est-ce vrai, père ?

Jack tira longuement sur sa pipe, l'air sombre.

— J'avais douze ans à peine à l'époque de la grande famine, en 1847, mais jamais je n'oublierai. La récolte de pommes de terre avait été si mauvaise cette année-là que les gens, affamés, tombaient comme des mouches. Un jour, en accompagnant mon père à Skibbereen, j'ai vu des enfants faméliques, avachis et usés comme des vieillards. Des cadavres d'hommes et de femmes gisaient au bord de la route, sans personne pour leur donner une sépulture.

Il secoua la tête.

— C'était l'horreur absolue.

— Et personne n'a rien fait pour les aider ? s'indigna Helena.

Jack haussa les épaules.

— Certains disent que c'est la faute au gouvernement britannique qui avait interdit à l'Irlande d'exporter son blé. Quant aux propriétaires terriens, leur unique préoccupation était d'encaisser les loyers. Évidemment, s'il n'y avait pas de récolte, les métayers ne pouvaient pas payer leurs loyers.

— Qu'ont fait les paysans ?

— Ils ont émigré, par centaines de milliers. La plupart en Amérique et les autres, en Australie. Si tu avais vu ça, Lena. Des bateaux noirs de monde, alignés côte à côte dans le port de Queenstown. Et tous ces gens qui pleuraient parce qu'ils ne reverraient plus jamais leur famille ou leur pays.

— Quelle horreur !

— Et malheureusement, l'histoire semble sur le point de se répéter.

— Tu crois vraiment ? demanda Helena en levant des yeux affolés sur son père.

Il eut de nouveau un haussement d'épaules.

— Ce ne sera peut-être pas aussi dramatique, mais ce sera dur tout de même. La récolte de pommes de terre a été mauvaise cette année encore et l'agitation gronde parmi les paysans. Ils ne pensent qu'à se soulever, cela n'augure rien de bon.

Posant brusquement sa broderie, Helena observa :

— Si les sociétés secrètes se liguent à nouveau contre les propriétaires terriens, cela veut dire que les Quinn et lord Nayland sont menacés.

— Peut-être pas. Quinn et Nayland ont un avantage sur des hommes comme Standon. Ils administrent eux-mêmes leur domaine et n'ont pas intérêt à ce que la situation se dégrade.

Cela ne rassura nullement Helena. Elle repensa aux hommes qu'elle avait vus chez les O'Hara, le jour où elle avait accompagné son père. Il y avait de la colère dans leurs voix et dans leurs yeux. Elle songea ensuite à la foule qu'elle avait vue aujourd'hui au meeting. Ces gens n'avaient qu'une seule préoccupation : cultiver leur lopin de terre pour pouvoir nourrir leur famille. Ils semblaient prêts à se battre jusqu'au bout pour défendre leurs intérêts. Et quand leur survie était menacée, il ne fallait pas leur demander de faire preuve d'objectivité ou d'essayer de se mettre à la place des propriétaires.

Elle soupira.

— Enfin, espérons que nous n'en arriverons pas à de telles extrémités.

Brusquement abattue, Helena s'excusa et monta se coucher. Cependant, elle était agitée et il lui fallut un long moment avant de sombrer dans le sommeil.

Helena s'éveilla en sursaut, tirée du sommeil par des bruits insolites. Elle se redressa et tendit l'oreille. Un bruit de voix étouffées lui parvint et elle entendit claquer la porte d'entrée. Elle courut à la fenêtre et vit deux hommes qui couraient dans l'allée.

Elle alluma une chandelle et se faufila à pas de loup dans la chambre de son père. Son lit était inoccupé, le couvre-pieds remonté. Les vêtements propres qu'elle lui avait préparés pour le lendemain avaient disparu du fauteuil. En revanche, sa sacoche était toujours là.

Helena fronça les sourcils. Il arrivait que son père fût tiré du lit en pleine nuit pour répondre à une urgence, dans ce cas, il emportait toujours sa sacoche avec lui.

Saisissant le sac de cuir, elle dégringola l'escalier quatre à quatre en appelant son père. Trop tard, ni lui ni son compagnon n'étaient plus en vue lorsqu'elle atteignit la porte d'entrée.

Elle resta un moment à grelotter sur le pas de la porte, puis, comprenant qu'elle ne pourrait pas le rattraper, décida de remonter se coucher.

Le lendemain matin, lorsqu'elle lui demanda où il était allé en pleine nuit sans sa sacoche, son père lui répondit qu'il s'était rendu au chevet d'une femme dont la maladie ne nécessitait pas l'emploi d'instruments médicaux. Voyant qu'il fuyait son regard, la jeune femme, mal à l'aise, jugea préférable de ne pas insister.

Quelques mois plus tard, elle regretta de ne pas avoir poussé plus loin son interrogatoire.

5

Arrivée devant la lourde porte en acajou, Margaret hésita. La dernière fois que son oncle l'avait convoquée dans son bureau, ce dernier lui avait administré une correction qu'elle n'était pas près d'oublier. Elle avait treize ans à l'époque et Mme Ryan l'avait surprise derrière l'écurie en train de flirter avec le palefrenier.

« Qu'ai-je bien pu faire cette fois ? », se demanda-t-elle.

Soudain, sa main se mit à trembler. Mlle Considine avait-elle dit à Richard qu'elle l'avait surprise en compagnie de Thomas, au château de Ballymere ? Si c'était le cas, cette traîtresse d'Helena ne perdait rien pour attendre.

Relevant la tête d'un air de défi, la jeune fille s'assura que sa robe de taffetas vert n'était pas froissée, elle inspira profondément et frappa doucement à la porte.

— Entrez ! tonna Richard.

Margaret ouvrit tout grand la porte et entra d'un pas décidé.

— Vous avez demandé à me voir, mon oncle ?

Ce dernier était assis derrière un énorme bureau en chêne massif qui semblait occuper la moitié de la pièce.

— C'est exact, dit-il. Entre, Meggie, et viens t'asseoir.

La petite pièce qui servait de domaine privé à son oncle était aussi propre et ordonnée que le maître des lieux. Les livres de comptes et les registres étaient alignés avec précision, de façon à pouvoir être consultés à tout moment, et la table de travail n'était pas encombrée, hormis une petite pile de documents posée bien proprement sur un coin du bureau. Outre le fauteuil pivotant de Richard, la pièce ne comptait qu'un seul siège, car le propriétaire terrien ne recevait jamais plus d'un visiteur à la fois.

Feignant l'innocence, Margaret demanda d'une voix suave :

— Eh bien ! mon oncle, qu'ai-je fait, cette fois, qui me vaille d'être convoquée dans le saint des saints ? Allez-vous me châtier pour n'avoir pas été assez aimable avec le baron ? Ou parce que je suis allée me promener sans escorte ?

À sa grande surprise, Richard laissa échapper un petit rire bienveillant.

— Rien de tout cela, ma nièce. Je voulais simplement que nous parlions de ton cousin Patrick.

Margaret laissa échapper un petit soupir de soulagement. Ainsi donc, Helena avait tenu parole. Richard n'était pas au courant de sa liaison avec Thomas… pour l'instant tout au moins.

— Patrick ? dit-elle en décochant à son oncle un sourire éblouissant. De quoi voulez-vous parler au juste ?

Richard se renversa dans son fauteuil, l'air sombre.

— Je suis inquiet à son sujet. Je le trouve taciturne et dépressif.

— Peut-être devriez-vous en parler au Dr Considine, suggéra-t-elle.

— Je n'ai que faire d'un avis médical. En revanche, j'aimerais connaître ton opinion.

La jeune fille réfléchit un instant en laissant errer son regard sur les gravures qui ornaient les murs.

— À bien des égards Patrick n'a pas changé. Quand il monte à cheval, il essaie toujours de se surpasser, au point qu'il me donne parfois des frayeurs. Et puis il me taquine comme il le faisait jadis. Il vrai qu'il est souvent d'humeur changeante. Par moments, il rit et plaisante avec moi et brusquement, sans raison apparente, il devient taciturne et renfermé. Et il se comporte de façon si bizarre parfois...

Richard acquiesça.

— Je sais. Cette souris, qu'il emporte partout avec lui... jusque sur la table du petit-déjeuner. Je lui tordrais volontiers le cou. Mais je n'ose pas, car je sais qu'il y est très attaché.

— Mme Ryan m'a dit qu'il ne supportait pas de dormir porte close. Un soir qu'elle l'avait fermée par inadvertance, Patrick, qui dormait à poings fermés, s'est réveillé aussitôt et est allé la rouvrir. Il avait l'air terrorisé, à ce qu'il paraît.

Richard esquissa un petit sourire peiné.

— Après toutes ces années passées entre quatre murs, comment s'en étonner.

— Sans parler de ses cauchemars, ajouta Margaret. Une nuit que j'étais descendue à la cuisine pour grignoter un biscuit, je l'ai entendu geindre. Je suis allée jeter un coup d'œil dans sa chambre et j'ai vu qu'il se débattait dans son sommeil.

Richard opina gravement du chef.

— Il refuse d'aller à l'église ou de rendre visite à ses amis.

— Peut-être se sent-il humilié depuis que Standon l'a rossé en pleine rue, l'autre jour. Il m'a également confié que ses amis l'évitaient quand ils le croisaient dans la rue.

— Vraiment ! explosa Richard, les yeux brillants de colère. Ah ! les misérables, pour qui se prennent-ils !

— De plus, oncle Richard, je vous rappelle que ni vous ni moi n'avons été conviés une seule fois chez nos voisins depuis le retour de Patrick à la maison.

— Je n'ai que faire de leurs soirées mondaines ! maugréa le vieil homme. On s'y ennuie à mourir, de toute façon. D'ailleurs, je suis comme Patrick, je n'aime pas aller là où je ne suis pas le bienvenu.

— Elles ne me manquent guère à moi non plus, reconnut Margaret. Tous ces jeunes gens niais et insipides qui ne pensent qu'à vous dérober un baiser…

Elle regarda au-dehors et contempla un instant les hêtres qui oscillaient doucement dans la brise.

— Il y a autre chose que je trouve bizarre, ajouta Margaret. Patrick ne parle jamais de sa vie en prison. Chaque fois que j'aborde le sujet, il m'envoie promener et devient irascible.

Richard soupira en se frottant les yeux d'un geste las.

— C'est une expérience douloureuse et qui laisse des traces. Nous ne pouvons pas obliger Patrick à se confier à nous, ma nièce. Nous allons devoir nous armer de patience et prier le ciel pour que notre Patrick redevienne celui qu'il était jadis.

— Je crains que cela ne prenne très longtemps.

— Je n'en suis pas si sûr, rétorqua le vieil homme avec un sourire énigmatique. Merci, Margaret. Notre petit entretien m'a été d'un grand secours.

La jeune fille se leva et se dirigea vers la porte. Juste au moment où elle allait sortir, son oncle lui lança :

— Dis à Patrick de venir dans mon bureau, veux-tu ?

— Oui, mon oncle.

Dès qu'elle eut refermé la porte derrière elle, Margaret laissa échapper un énorme soupir de soulagement. Ainsi donc, son idylle avec Thomas était restée secrète. Tant qu'Helena tenait parole, tous les espoirs étaient permis. Elle finirait bien par trouver un moyen de convaincre son oncle d'accepter pour gendre le fils d'un métayer.

La jeune fille partit aussitôt à la recherche de Patrick. Son oncle avait raison, Patrick avait terriblement changé. Même si elle faisait de son mieux pour n'en rien laisser paraître, elle marchait sur des œufs quand elle était avec lui, craignant à tout moment de commettre un impair ou de le blesser.

Elle trouva son cousin dans l'allée d'ifs qui menait au jardin. Les mains dans le dos et la tête penchée, il marchait droit devant lui, comme un homme perdu dans ses pensées.

Lorsqu'elle lui dit que son père voulait le voir et lui proposa de l'accompagner, Patrick déclina sèchement son offre. Vexée, elle tourna les talons et prit la direction des écuries.

Richard s'efforçait d'ignorer la souris qui se tenait perchée sur l'épaule de son fils.

En dépit de sa mâchoire tuméfiée, Patrick avait bien meilleure mine que le soir où il était arrivé à Rookforest. Les repas pantagruéliques qu'il dévorait chaque jour depuis un mois commençaient à lui profiter. Son visage avait perdu son aspect émacié et son épaisse chevelure noire recommençait à pousser. D'ici quelques mois, plus personne ne songerait à le dévisager.

C'était surtout l'expression de ses yeux qui tourmentait Richard. L'étincelle de vie qui y brillait jadis semblait complè-tement éteinte, laissant son regard vide et froid comme du verre.

— J'ai besoin que tu m'aides à administrer le domaine, dit-il.

— Je… je ne me sens pas encore prêt, bredouilla Patrick en posant sur son père un regard affolé.

— Allons donc ! répliqua Richard. Tu l'as déjà fait par le passé. Ça n'est pas une nouveauté pour toi.

Patrick se leva et s'approcha de la fenêtre.

— Je ne me sens pas capable de traiter avec les métayers.

Richard éclata d'un rire sonore.

— Voilà que tu as peur des métayers maintenant ! Ce qu'ils peuvent penser de toi n'a pas la moindre importance. Relève la tête, mon fils, c'est le meilleur moyen de vaincre ton appréhension.

Patrick fit brusquement volte-face.

— Serais-tu en train de me traiter de lâche ? glapit-il.

— Allons, calme-toi. Je te demande simplement d'essayer. Il n'y a que le premier pas qui coûte, ensuite, les choses s'arrangeront d'elles-mêmes, tu verras.

— Très bien, murmura le jeune homme avec un soupir résigné. Que veux-tu que je fasse ?

Richard fouilla dans la pile de documents qui se trouvait sur son bureau.

— Demain mardi, c'est mon jour de permanence. Je voudrais que tu me remplaces au bureau, si tu es d'accord, bien entendu.

La souris de Patrick détala soudain le long de sa manche et vint se blottir au creux de sa main. Richard dut prendre sur lui pour ne pas exploser.

Il poursuivit :

— Certains de nos métayers n'ont pas encore réglé leur loyer, j'espère qu'ils le feront demain. Plusieurs baux arrivent à échéance et doivent être renouvelés. Il faudra que tu étudies chaque cas séparément et que tu me soumettes des propositions.

— Tu veux dire que tu serais prêt à les expulser alors que l'agitation sociale est à son comble ? demanda Patrick en caressant M. O'Malley d'une main distraite.

Richard acquiesça d'un petit signe de tête.

— Je suis un homme équitable. Quand je vois qu'un de mes fermiers travaille dur et qu'il fait tout ce qu'il peut pour s'acquitter de son loyer, je lui accorde le bénéfice du doute. Mais il y a des bons à rien parmi ceux dont le bail arrive à échéance. Ils voudraient que la terre leur soit cédée pour rien.

Patrick saisit les papiers que son père lui tendait.

— Je vais les étudier et je te donnerai ensuite mon avis.

— Je suis sûr que tu tomberas d'accord avec moi, conclut le vieil homme. C'est pourquoi je m'engage à soutenir toutes les décisions que tu jugeras utile de prendre dans les jours à venir.

Patrick eut un sourire amer.

— Suis-je vraiment digne d'une telle confiance ?

— Bien sûr. N'oublie pas que tu es mon fils.

Le lendemain, Patrick se rendit à l'agence de Mallow tôt le matin. À peine avait-il pris place derrière le bureau que trois hommes firent irruption dans son bureau.

Il reconnut d'emblée deux métayers de son père, mais leur chef, un individu jeune, trapu, au cou épais et aux cheveux rouge carotte, lui était inconnu. L'homme avait tout l'air d'un fauteur de trouble.

Patrick se leva en prenant un air assuré, car il savait que, au moindre signe de faiblesse, les hommes chercheraient à faire pression sur lui afin d'obtenir ce qu'ils voulaient.

— Finnerty… Mullray, dit-il en saluant d'un petit signe de tête les deux hommes qu'il connaissait. Ceux-ci marmonnèrent un vague bonjour. Puis il se tourna vers le rouquin.

— Et vous êtes… ?

— Jamser Garroty, répondit l'homme en adoptant aussitôt une pose belliqueuse, les pieds légèrement écartés. Fils de Galty Garroty. Où est le patron ?

— Mon père n'a pu venir ce matin, c'est moi qui le remplace. Je suis Patrick Quinn.

À ces mots, les hommes échangèrent un regard en coin.

— C'est moi qui suis chargé de collecter les loyers, expliqua Patrick.

— Ça tombe bien, lança Garroty, saisissant la balle au bond. Nous sommes justement venus pour discuter des loyers.

Il ajouta d'un ton railleur :

— Votre Honneur.

La morgue du meneur n'échappa pas à Patrick qui ne perdit pas son sang-froid.

— Asseyez-vous, dit-il, afin que nous puissions discuter à notre aise.

Finnerty et Mullray posèrent timidement leur séant sur les chaises qu'il leur indiquait, mais Garroty resta debout, ne voulant pas perdre la face.

— Le problème… Votre Honneur, enchaîna-t-il aussitôt, c'est qu'on n'a pas de quoi payer les loyers. L'an passé, la récolte a été mauvaise mais vous n'êtes peut-être pas au courant, vu que vous étiez… en déplacement, Votre Honneur.

— Je suis parfaitement au courant de la situation, Garroty, rétorqua Patrick, impassible. Continuez, je vous prie.

— On a perdu une douzaine de vaches. Et avec ça, le beurre nous a rien rapporté.

— Ma femme et mes gosses sont tombés malades, plaida Finnerty d'une voix mal assurée, en fuyant le regard de Patrick. Et j'avais pas un sou pour payer le docteur.

— Allez voir le Dr Considine, dit Patrick. Il vous fera crédit si vous ne pouvez pas le payer.

— Il nous fera pas crédit éternellement… Votre Honneur, lança Garroty en relevant le menton d'un air menaçant. Si on paie pas nos loyers, on va nous mettre dehors. Et alors on sera bons pour la prison ou l'émigration.

Fermement décidé à ne pas se laisser intimider, Patrick toisa longuement Garroty pour l'obliger à baisser les yeux, puis dévisagea tour à tour Finnerty et Mullray avant de se tourner à nouveau vers Garroty.

— Mon père et moi avons décidé d'étudier chaque cas séparément avant de prendre une décision. C'est pourquoi vous n'aurez pas de loyer à payer au cours des deux mois à venir. Ensuite, nous déciderons s'il est ou non opportun de diminuer les charges. Il serait regrettable que nous soyons obligés d'expulser l'un de vous.

— Je vous conseille d'y réfléchir à deux fois avant d'expulser quiconque, glapit Garroty. Cette terre est à nous et il y a des gens qui veilleront à ce qu'elle nous revienne.

Patrick sourit calmement.

— Seriez-vous en train de me menacer, monsieur Garroty ?

— Des menaces ? Non. Juste une petite mise en garde… Votre Honneur.

Sur ces mots, le rouquin sortit du bureau d'un pas décidé, ses deux acolytes à sa suite.

Après le départ des trois hommes, Patrick se renversa dans son fauteuil, satisfait de la façon dont l'entrevue s'était déroulée, même si ce coquin de Garroty cherchait de toute évidence à duper son père. Pourquoi diable les bons à rien se comportaient-ils toujours comme si tout leur était dû ?

Le reste de la journée se passa sans incidents, car aucun des métayers qui se présenta par la suite ne se montra d'humeur aussi belliqueuse que Garroty.

Après leur avoir assuré que tout serait fait pour qu'ils ne fussent pas expulsés, Patrick les renvoya chez eux, satisfaits, provisoirement tout au moins.

Quand sonnèrent quinze heures, Patrick ferma le bureau et s'en retourna à Rookforest.

Chemin faisant, il passa devant la maison des Considine. Celle-ci lui sembla tellement paisible et accueillante dans la lumière dorée du crépuscule qu'il ne put résister à l'envie de s'arrêter un instant pour la contempler.

Tout autour de la maison, une grande haie de chênes et de tilleuls cachait totalement Mallow à la vue.

C'était la maison idéale pour un médecin, suffisamment proche de la ville pour pouvoir soigner aisément ses patients et malgré tout suffisamment éloignée pour se sentir bien chez soi.

Songeant brusquement à ce que Finnerty lui avait dit concernant sa femme et ses enfants, il décida de s'arrêter pour en toucher un mot au médecin. Cependant, ce dernier ne semblait pas être chez lui.

Après avoir frappé plusieurs fois en vain à la porte, le jeune homme gagna silencieusement le jardin qui se trouvait sur l'arrière de la maison.

Il aperçut Helena à genoux dans un parterre de fleurs, en train d'arracher consciencieusement les mauvaises herbes. Elle lui tournait le dos et ne savait pas qu'il l'observait.

— Maudit chiendent, maugréa-t-elle à voix haute en saisissant un pissenlit par la racine.

Incapable de se retenir, Patrick éclata de rire.

La jeune femme sursauta violemment et se retourna d'un bond, les yeux écarquillés et la bouche légèrement entrouverte. Dès qu'elle l'aperçut, ses joues pâles virèrent au rose.

— Monsieur Quinn…, bredouilla-t-elle, confuse, en se relevant précipitamment. Je ne vous avais pas entendu arriver.

Elle baissa les yeux et, voyant ses mains couvertes de terre, rougit de plus belle.

— J'ai frappé à la porte, mais comme personne ne répondait, je me suis permis de venir jusqu'ici, expliqua Patrick en avançant prudemment sur l'étroit sentier qui cheminait entre les fleurs.

— Mon père n'est pas là, dit-elle en s'essuyant les mains pour essayer d'en ôter la terre.

Voulant écarter une mèche folle de devant son visage, elle laissa une traînée grise sur sa joue.

— Je vous prie de m'excuser, je ne suis vraiment pas présentable.

À dire vrai, Patrick la trouvait plutôt jolie ainsi, tout échevelée et rougissante. Son air pincé et collet monté qui l'irritait tant avait disparu pour faire place à une simplicité des plus engageantes.

Il se surprit à dire :

— On ne saurait entretenir un aussi joli jardin sans se salir les mains.

Son compliment la laissa sans voix. Elle le regarda bouche bée, puis, se ressaisissant brusquement, proposa avec un petit sourire timide :

— Puis-je vous offrir une tasse de thé et des galettes ? Je crois me souvenir que vous avez un faible pour les galettes.

— En effet, cependant, je ne puis malheureusement m'attarder. J'étais venu voir votre père, mais puisqu'il n'est pas là…

— Oh ! mais je suis parfaitement capable de lui transmettre un message, monsieur Quinn.

— Inutile de prendre la mouche, mademoiselle Considine. Je ne sous-entendais rien de désobligeant.

Afin de l'amadouer, il lui raconta sa journée au bureau et lui confia que certains membres de la famille Finnerty avaient besoin de consulter un médecin.

Helena eut l'air contrarié. Elle secoua la tête et remarqua :

— Mon père aurait certainement prodigué les soins nécessaires aux Finnerty s'il avait su qu'ils étaient malades.

Patrick sembla surpris.

— Vous voulez dire qu'ils ne sont jamais allés au dispensaire ?

Elle secoua la tête.

— Je n'ai pas souvenir qu'ils l'aient jamais consulté.

Patrick fronça les sourcils.

— Ainsi donc, Finnerty m'aurait menti pour essayer de m'apitoyer.

— C'est bien possible. Francis Finnerty est sournois et paresseux. Il vendrait père et mère si cela pouvait lui rapporter quelque chose.

— Vous semblez bien connaître ces gens.

— Ce sont des patients de mon père.

— Dites-moi… que pensez-vous du fils Garroty ?

— Jamser ? Il fait le faraud quand il est avec ses camarades, mais prenez-le entre quatre yeux et c'est une vraie poule mouillée.

Patrick acquiesça.

— Quand il a déboulé dans mon bureau, ce matin, j'ai tout de suite vu à qui j'avais affaire.

— C'est un fauteur de trouble, toutefois il lui manque l'essentiel pour être un vrai meneur, dit-elle en tapotant sa tempe de l'index.

Juste au moment où elle levait le bras, sa manche retomba, révélant la vilaine cicatrice rouge et boursouflée qu'elle portait au poignet.

— Oh ! mon Dieu ! s'écria Patrick, qu'est-il arrivé à votre poignet ?

Il regretta aussitôt ces paroles malheureuses.

Baissant précipitamment le bras, Helena rabattit sa manche, son sourire affable soudain remplacé par une froideur hostile.

— Ce n'est rien, répondit-elle d'une voix morne. Je me suis brûlée il y a très longtemps.

Puis, sans lui donner le temps de s'excuser, elle ajouta :

— Merci de votre visite. Je dirai à mon père que vous êtes passé et je lui transmettrai votre message.

Elle tourna les talons et s'empressa de regagner la maison sans jeter un regard en arrière.

— Mademoiselle Considine, je…

Trop tard. La porte de la maison se referma avec un claquement sourd.

Patrick resta un instant cloué sur place, livide de rage. Comment osait-elle refuser ses excuses !

— Mademoiselle Considine ! s'écria-t-il en s'élançant vers la porte close. Ouvrez-moi, je vous en prie. Je voudrais vous parler.

Il se mit à marteler la porte à grands coups de poing. En vain. Il essaya d'actionner la poignée, mais Helena avait verrouillé la porte de l'intérieur. Il l'appela à nouveau et attendit. Toujours pas de réponse. La maison semblait aussi silencieuse qu'un tombeau.

Au bout d'un moment, voyant qu'il n'arriverait à rien, Patrick décida de battre en retraite. Plutôt mourir que supplier cette pimbêche d'accepter ses excuses. Elle n'était tout de même pas sotte au point de croire qu'il avait délibérément cherché à l'offenser. Et pourtant, à voir la façon dont elle avait réagi, on aurait dit que c'était au visage qu'elle portait une cicatrice et non au poignet.

Patrick talonna rageusement sa monture et partit au galop.

De la fenêtre de sa chambre, Helena le regarda s'éloigner en se maudissant.

Pourquoi s'était-elle enfuie comme un lapin apeuré ? L'homme voulait seulement lui faire des excuses, rien de plus. Il avait eu l'air contrarié quand il avait remarqué qu'il l'avait vexée. Et elle l'avait offensé en refusant qu'il lui fît des excuses.

« Helena Considine, tu es la plus grande sotte que le monde ait jamais portée ! marmonna-t-elle en descendant à la cuisine pour se laver les mains. Tu aurais dû faire comme si de rien n'était et changer de sujet. Ainsi l'incident aurait été clos. »

Tandis qu'elle regardait la cicatrice que rien ni personne ne pourrait jamais effacer, elle comprit pourquoi elle s'était enfuie. Elle avait craint que Patrick ne lui posât des questions, des questions auxquelles elle n'aurait pas pu répondre sans révéler le terrible pouvoir que lui conférait cette cicatrice.

« Du coup, tu n'as fait que renforcer sa curiosité, s'exclama-t-elle tout haut. À présent, Patrick Quinn va penser que tu n'es qu'une vieille fille hystérique. Il faut absolument que tu ailles lui faire des excuses. Nous ne pouvons tout de même pas perdre l'amitié de Richard à cause d'un malentendu ridicule. »

« Demain, décida-t-elle, j'irai à Rookforest et je ferai des excuses à Patrick. »

Le lendemain, il faisait froid et gris et il pleuvait à verse, si bien qu'Helena décida que Patrick pourrait attendre un jour de plus. Le surlendemain, le temps était tout aussi maussade et, quand arriva vendredi, Jack prit la carriole au petit jour et ne rentra qu'en fin d'après-midi, si bien qu'elle ne put se rendre à Rookforest.

Le samedi, à court de prétextes, la jeune fille n'eut d'autre choix que d'aller trouver Patrick.

Elle passa sa jolie robe de lainage ornée d'un col de dentelle, dans laquelle elle se sentait jolie et en confiance, elle attela la carriole et se rendit à Rookforest.

À son arrivée, Mme Ryan la fit passer au salon et s'en fut aussitôt chercher le maître.

Comme elle s'y attendait, Patrick la fit lanterner. Pour passer le temps, elle s'approcha de la grande baie vitrée qui donnait sur le parc. Dehors, deux hérons cendrés prenaient gracieusement leur essor pour se réfugier au sommet d'un arbre.

La porte s'ouvrit enfin et Patrick parut. À son expression figée, elle comprit d'emblée qu'il lui réservait un accueil glacial.

Il souleva un sourcil étonné en disant :

— Tiens donc, mademoiselle Considine… je commençais à me demander si nous vous reverrions un jour.

Helena passa nerveusement sa langue sur ses lèvres sèches.

— Je suis venue vous faire des excuses pour ma conduite inqualifiable.

— C'est oublié, dit-il avec un petit geste désabusé de la main.

Cependant, il posa sur elle un regard implacable qui laissait clairement entendre qu'il ne lui avait pas pardonné.

Elle contempla en silence le tapis persan qui s'étirait sous ses pieds, tout en réfléchissant soigneusement à ce qu'elle allait dire.

— Je… Je sais que je me suis comportée comme une idiote, mais il se trouve que je suis terriblement complexée par… ma cicatrice, confessa-t-elle à mi-voix en gardant les yeux baissés. C'est pourquoi je m'efforce de la cacher. Quand vous l'avez aperçue et que vous vous êtes récrié, j'ai cru mourir de honte. C'est la raison pour laquelle je suis allée m'enfermer dans la maison et que j'ai refusé de vous ouvrir.

Lorsqu'elle releva les yeux, elle vit que Patrick s'était approché. Il la dévisagea un long moment en silence, puis murmura avec une douceur qui ne manqua pas de la surprendre :

— Vous n'avez aucune raison d'avoir honte, mademoiselle. C'est moi qui devrais avoir honte de m'être comporté comme un goujat. Je vous prie de bien vouloir accepter mes excuses.

À son grand étonnement, il lui prit la main et s'inclina respectueusement. Sa main était chaude et ferme et Helena sentit un frisson lui parcourir le bras.

Patrick se redressa et posa sur elle un regard plein de chaleur et de compassion.

Elle lui sourit timidement et retira sa main.

— Vous avez essayé de me faire des excuses, si j'ai bonne mémoire, mais je ne vous en ai pas laissé le temps.

Il haussa les épaules.

— Bah ! l'affaire est close à présent. N'en parlons plus.

Helena eut brusquement l'impression que la glace était brisée entre eux.

— Soit.

Patrick s'approcha de la fenêtre et regarda les grands arbres qui se balançaient dans le vent.

— Il y a des cicatrices invisibles qui sont tout aussi douloureuses que les vôtres, dit-il, l'air sombre.

Elle sut d'emblée qu'il voulait parler des cicatrices de l'âme, celles que lui avait laissées son séjour en prison. Et pour la première fois, Helena éprouva un élan de sympathie pour ce jeune homme taciturne et révolté. Sans doute Patrick avait-il deviné ses sentiments, car il plissa brusquement les yeux tandis qu'une expression impénétrable se peignait à nouveau sur son visage, comme un masque.

Il s'inclina.

— Merci de votre visite, mademoiselle Considine. À présent, si vous voulez bien m'excuser, les affaires m'appellent.

Tout en regagnant le vestibule où le majordome lui remit son manteau, Helena se mit à songer malgré elle à Calypso Standon, qui menait désormais la grande vie en Angleterre. Lui arrivait-il de songer à l'homme qui avait tant souffert par amour pour elle ? Lui arrivait-il de regretter l'attitude intransigeante de son frère à l'égard de Patrick Quinn ?

Helena était à mille lieues de se douter que la réponse à ces questions lui serait donnée dès le lendemain, à l'église, pendant le service religieux.

6

Patrick s'agitait nerveusement sur le banc en jetant des regards furieux à sa cousine. Celle-ci avait tellement insisté pour qu'il se rendît à l'église que, las d'entendre pérorer son père, il avait fini par céder.

À son grand regret du reste, car à peine avait-il franchi le seuil de l'église que tous les regards s'étaient posés sur lui. Feignant de les ignorer, Patrick avait remonté dignement l'allée centrale jusqu'au banc réservé aux Quinn. Lorsqu'il était passé devant Helena Considine, celle-ci lui avait adressé un petit sourire auquel il avait répondu par un hochement de tête quasi imperceptible.

Depuis leur entrevue de la veille, l'antipathie qu'il nourrissait à l'égard de la jeune femme s'était estompée. La cicatrice qu'elle portait au poignet était peut-être responsable de son air toujours distant et préoccupé.

Perdu dans ses pensées, Patrick ne remarqua pas d'emblée la vague de murmures qui arrivait du fond de l'église et se répandait comme un raz de marée parmi la congrégation. Ce n'est que lorsque Margaret fit : « Oh, non ! » d'une voix étouffée qu'il tourna la tête pour voir quelle était la cause de ce remue-ménage.

Tiré à quatre épingles, le fringant John Standon remontait la nef sans prêter attention aux regards ébahis qui se posaient sur lui. Cependant, ce n'était pas l'homme qui attirait les regards, mais la femme qui était à son bras.

Un nom explosa soudain dans la tête de Patrick : Calypso !

Tout d'abord, il n'aperçut que sa gracieuse silhouette. Elle était entièrement vêtue de noir, mais ce détail ne le frappa pas immédiatement. Il ne voyait qu'une chose : son visage dont la fascinante beauté hantait depuis quatre ans chacune de ses nuits.

Elle était encore plus belle que dans ses souvenirs, songea-t-il à mesure qu'elle se rapprochait. La maturité avait adouci ses traits et donné à son teint un éclat de porcelaine, tout en conférant à ses lèvres pulpeuses une moue sensuelle.

Ayant atteint le banc qui leur était réservé, lequel était situé à l'exact opposé de celui des Quinn, Standon s'écarta pour laisser passer sa sœur. Au même moment, celle-ci tourna la tête et ses yeux d'améthyste rencontrèrent ceux de Patrick ; elle alla s'asseoir, n'offrant plus à la vue que son profil de camée.

Patrick se sentit brusquement pris de sueurs froides, tandis que son cœur se mettait à battre la chamade. Que faisait-elle en Irlande ? Pourquoi n'était-elle pas en Angleterre avec son époux ?

Il fallait à tout prix qu'il sortît de cette église. Ignorant la main de son père qui tentait de le retenir, Patrick se leva d'un bond et, remontant la nef en titubant comme un ivrogne, gagna la sortie.

Personne n'osa le suivre.

Au sortir de la messe, Helena eut l'impression de se trouver dans une ruche tant les langues allaient bon train.

— C'est donc là la fameuse Calypso Standon ? murmura son père lorsque la marquise et son frère sortirent de l'église.

— Au nom du ciel ! cesse de les dévisager, gémit Helena en le saisissant par le bras et en l'entraînant un peu plus loin.

— Et pourquoi m'en priverais-je ? répliqua-t-il. Les autres le font bien. D'ailleurs, c'est une femme superbe, on croirait voir Dervorgilla en personne. La femme pour qui un roi avait jadis donné son royaume.

— Papa, je t'en prie…, chuchota-t-elle avec un petit reniflement contrarié. Le moment est mal choisi pour faire une leçon d'histoire.

Cependant, Helena elle-même ne put résister à l'envie de dévisager la jeune femme. Son père avait raison. Calypso Standon possédait la même beauté ténébreuse que la légendaire reine d'Irlande. Et, tout comme elle, elle excitait la jalousie des autres femmes et suscitait l'admiration des hommes. Rien d'étonnant à ce que Patrick Quinn fût amoureux fou d'elle.

Les pensées d'Helena se tournèrent soudain vers Patrick. Le retour de Calypso l'avait visiblement ébranlé. Il était livide lorsqu'il avait quitté précipitamment l'église, au point qu'Helena avait éprouvé un pincement au cœur.

Richard et Margaret étaient restés jusqu'à la fin du service et aussitôt après ils s'étaient esquivés par une porte dérobée, afin d'éviter les questions embarrassantes.

À présent, c'était au tour des Standon de s'esquiver. John prit le bras de sa sœur avec un air de propriétaire et tous deux regagnèrent leur voiture en hâte. Dès qu'ils eurent disparu, les langues recommencèrent à s'agiter de plus belle.

— Je me demande ce qu'elle est venue faire en Irlande ? murmura Helena intriguée.

— Elle est venue rendre visite à son frère.

— Dans ce cas, pourquoi son époux ne l'a-t-il pas accompagnée ?

— Parce qu'il aura préféré rester en Angleterre, ou à Drumlow. Personnellement, si j'avais une épouse aussi belle, je la tiendrais à l'œil.

— Pourquoi était-elle en noir ? On dirait qu'elle est en deuil.

Jack lui lança un regard excédé.

— Que ne ferait pas une femme pour attirer l'attention sur elle ! Quoi qu'il en soit, rassure-toi, tu finiras bien par le savoir, ma fille.

Cependant, Helena avait le sentiment que la présence de Calypso à Mallow était un mauvais présage.

Le soleil couchant déversait une lumière exquise dans la bibliothèque, mais Patrick n'était pas en état d'apprécier le bleu intense du ciel ou la lumière ambrée qui filtrait à travers les fenêtres.

Affalé dans un fauteuil de cuir, il était en train de se verser le fond d'une carafe de whisky. En rentrant de l'église, ce matin, Patrick s'était enfermé dans la bibliothèque et n'en avait pas bougé depuis.

— … l'est b-belle, m'sieur O'Malley, dit-il pour la énième fois en vidant son verre d'un trait. Elle est tou-toujours aussi belle.

Blotti dans la main de Patrick, M. O'Malley fixait sur son maître deux petits yeux noirs et brillants.

— Ch-che croyais qu-que je l'aimais plus, après t-tout ce qu'elle m'a fait. Elle m-m'a pris la moitié du cœur, p-parfaitement. E-elle m-m'a volé ma liberté, m-mon âme. Et voilà qu-qu'elle revient.

Avec un petit sanglot de désespoir, Patrick rejeta la tête en arrière. Il pleurait à chaudes larmes.

— Et tu sais pas le p-pire, mon ami ? Ch'suis tou-toujours f-fou d'elle.

Il tendit une main incertaine vers la bouteille, puis, voyant qu'elle était vide, la jeta à travers la pièce avec un juron. Celle-ci alla se fracasser à terre. Terrorisé, M. O'Malley fila se réfugier dans sa cachette.

Soudain, on frappa un grand coup à la porte.

— Patrick, ouvre cette porte immédiatement ! rugit son père.

— Allez au diable !

Mais ses bourreaux ne voulaient rien savoir. Déverrouillant la porte au moyen d'un passe, ils entrèrent en force, tel un bataillon de soldats lancés au pas de charge.

Dans son esprit embrouillé par les vapeurs de l'alcool, Patrick vit surgir deux Richard et trois Margaret.

— En voilà assez, s'exclamèrent les deux Richard.

— Oh ! Patrick…, tintèrent les voix stridentes des trois Margaret.

— Mettons-le au lit, dit Richard en saisissant son fils par le bras.

— Ch-che l'aime encore, marmonna Patrick tandis que son père le tirait hors de son fauteuil et essayait de le mettre sur ses pieds.

— Margaret, appelle le majordome. Je n'y arriverai jamais tout seul.

— Mais… la souris ? hurla soudain Margaret, épouvantée. Jamais je ne pourrais toucher cette bestiole.

— Ne me dis pas que tu as peur d'une souris ? De toute façon, tu n'as rien à craindre, elle est allée se réfugier dans sa poche de poitrine.

Patrick sourit en entendant cette repartie et le monde entier sombra dans une vapeur chaude et réconfortante. Il perdit connaissance.

Le lendemain matin, Patrick se réveilla avec la bouche pâteuse et l'impression que son crâne était transpercé de part en part par un fer de lance. Avec un grognement de douleur, il se retourna dans son lit et remonta le drap par-dessus sa tête. La douleur lancinante qui lui martelait les tempes refusait de céder.

Au bout d'un moment, il parvint à s'asseoir, prêt à affronter les conséquences des excès de la veille. Quand il réussit à soulever ses paupières, il les referma aussitôt et retomba sur l'oreiller en gémissant. Il resta ainsi cloué au lit toute la matinée et une bonne partie de l'après-midi, en s'efforçant de ne pas penser à ce qui s'était passé la veille et à la raison pour laquelle il avait bu jusqu'à tomber raide.

Un peu plus tard, Mme Ryan entra et lui demanda d'une voix où pointait visiblement la désapprobation s'il voulait manger quelque chose. À la seule pensée de la nourriture, Patrick sentit son cœur se soulever, si bien qu'il congédia la gouvernante avec quelques grognements inintelligibles.

Quelques heures plus tard, la douleur qui lui martelait la tête commença à s'estomper et Patrick sonna la femme de chambre pour qu'elle lui apportât du thé et des galettes d'orge. Légèrement requinqué par la nourriture, il appela ensuite le valet de chambre pour qu'il l'aidât à s'habiller. Il descendit au rez-de-chaussée.

Il trouva son père dans son bureau.

— Père…, dit-il en clignant des yeux, ébloui par la lumière du jour. Si vous riez, je vous jure que…

— Je n'ai pas la moindre envie de rire, dit Richard, l'air grave. J'imagine sans peine ce que tu as ressenti, hier, en voyant Calypso Standon entrer dans l'église.

Patrick s'approcha de la fenêtre. Dehors, le temps était gris et maussade.

— Bah ! je me console en me disant qu'elle s'en retournera bientôt en Angleterre.

Richard s'éclaircit la voix, l'air embarrassé.

— Malheureusement, mon fils, Calypso ne retournera pas en Angleterre.

Patrick se retourna brusquement, les yeux exorbités.

— Comment !

— J'ai dit : Calypso ne retournera pas en Angleterre. Elle est revenue vivre auprès de son frère. Définitivement.

Voyant l'expression de stupeur sur le visage de son fils, Richard lui céda son fauteuil et conseilla :

— Tu ferais mieux de t'asseoir.

Patrick sentit la migraine qui recommençait à lui marteler les tempes, tandis que les questions se bousculaient dans sa tête. Calypso est de retour ? Pour toujours ?

— Mais, et son mari ? s'écria-t-il soudain.

— Son mari est mort, dit son père. C'est la raison pour laquelle elle était en noir. Le marquis d'Eastbrook a été mortellement blessé lors d'un accident de chasse, le mois dernier.

— Comment l'as-tu appris ?

— Par ta cousine Margaret.

Un rictus amer tordit les lèvres de Richard.

— Ne me demande pas d'où elle tient cette information, je l'ignore.

— Des commérages de campagne.

— Sans doute, qui n'en demeurent pas moins fiables, mon fils.

— Allons, ne me cache pas la vérité, s'écria Patrick, soudain pris de sueurs froides. Je veux tout savoir.

— Selon les sources de ta cousine, le marquis est mort avant que Calypso n'ait pu lui donner un héritier mâle. Étant donné que sa fille ne peut hériter…

— Calypso a un enfant ?

Richard hocha la tête.

— Une fille de dix-huit mois. Le portrait craché de sa mère, à ce qu'il paraît, si ce n'est que la petite est blonde.

Il laissa à Patrick le temps de digérer cette nouvelle avant de poursuivre.

— Tout l'héritage va au frère cadet du marquis, lequel a généreusement offert une maison à Calypso et à sa fille, ainsi qu'une petite rente.

— Dans ce cas, pourquoi n'est-elle pas restée en Angleterre ?

— Si tu cesses de m'interrompre à tout moment, je te le dirai peut-être ! riposta sèchement Richard.

Il se trouve que l'homme est marié à une femme vaniteuse, cupide et jalouse de Calypso. Celle-ci a obligé son mari à revenir sur son offre, de telle sorte que Calypso est ruinée et n'a d'autre choix que de revenir vivre à Drumlow.

Patrick serra les poings.

— Et comment John a-t-il réagi ?

Richard haussa les épaules.

— Margaret ne me l'a pas dit. Mais tu connais John, son ambition n'a pas de limites. Il trouvera sûrement un autre moyen de mettre à profit la beauté de sa sœur.

— Il essaiera peut-être de la fiancer à un duc, cette fois, marmonna Patrick entre ses dents.

Il se leva et se dirigea vers la porte.

— Où vas-tu ? demanda Richard.

— Je vais faire un tour. J'ai besoin de prendre l'air.

Richard jeta les journaux d'un geste rageur, incapable de se concentrer. Il était inquiet pour son fils.

La veille au soir, quand Margaret et lui l'avaient trouvé ivre mort dans la bibliothèque, Richard l'avait entendu murmurer : « Je l'aime enc-core. »

Il se leva et s'approcha de la fenêtre. Il aperçut Patrick qui se dirigeait vers l'écurie, la tête baissée contre le vent. Sans doute pensait-il à Calypso.

Qu'allait-il faire, maintenant que cette dernière était de retour à Mallow ? Tant qu'elle était mariée et vivait en Angleterre, elle était inaccessible, désormais, elle était veuve et vivait à deux pas d'ici… Allait-il oublier le mal qu'elle lui avait fait et recommencer à la courtiser ? Il fallait espérer que non. Avec toutes les menaces qui pesaient déjà sur les propriétaires terriens, c'était bien la dernière chose dont il avait besoin.

« Patrick… Patrick, pensa le vieil homme en hochant gravement la tête. Que va-t-il advenir de toi ? »

Cependant, si l'avenir de Patrick était compromis, celui de Margaret, en revanche, semblait prometteur. Et Richard était bien décidé à la convaincre d'épouser Nayland.

Voyant qu'elle était en retard à son rendez-vous, Margaret oublia de prendre les précautions d'usage. Au lieu d'attacher sa jument Bramble dans le bosquet et de faire le reste du chemin à pied, elle gravit la colline à cheval, ignorant toute prudence. Une fois au sommet, n'apercevant pas Thomas, elle l'appela.

Voyant que personne ne répondait, elle songea, trop tard, qu'il était déjà parti.

Juste au moment où elle allait faire demi-tour, Thomas surgit de derrière un mur en ruines.

— Thomas ! s'écria-t-elle, folle de joie.

Ce dernier ne fit pas un geste pour venir à sa rencontre. Il avait l'air de mauvaise humeur.

— As-tu perdu la tête, femme, glapit-il, pour venir jusqu'ici à cheval, en plein jour ?

— Ne te fâche pas. Personne ne nous verra, répondit-elle en sautant de sa monture pour courir au-devant de son amoureux.

— Helena Considine nous a vus, elle, l'autre jour, glapit-il, les yeux étincelants de colère.

— Elle m'a promis de ne pas nous trahir, répliqua Margaret en se jetant à son cou, espérant ainsi le faire changer d'humeur.

À son grand regret, il la saisit par les poignets et s'arracha à son étreinte.

Vexée de se voir ainsi repousser, Margaret secoua la tête.

— Est-ce là tout le plaisir que tu as de me voir, Thomas Sheely ?

Ignorant ses protestations, il plissa les yeux et se mit à scruter les bois et la vallée alentour. Après s'être assuré que personne ne les observait, il lui décocha un sourire radieux et l'attira contre lui.

— Le plaisir de te voir, ma toute belle…, murmura-t-il en pressant ses lèvres contre les siennes.

Avec un petit grognement de plaisir, Margaret lui passa les bras autour du cou et pressa sa bouche sur la sienne, s'abandonnant avec délectation à ses caresses.

Quand ils se séparèrent enfin, hors d'haleine, Thomas lui dit sur un ton de reproche :

— On n'est jamais assez prudent. Imagine que ton oncle, ou mon père, vienne à apprendre que nous nous voyons en cachette !

— C'est vrai qu'on n'est jamais assez prudent, reconnut-elle, mais j'avais peur d'être en retard et que tu ne sois déjà parti.

Les prunelles du jeune homme se mirent soudain à danser.

— J'ai beau être fou de toi, ma toute belle, j'ai horreur d'attendre.

— J'avais une bonne excuse, cependant, dit-elle, et elle lui expliqua que Calypso Standon était de retour et que Patrick avait perdu la tête.

Thomas eut un sourire diabolique.

— Ainsi donc, les espoirs de Standon s'envolent en fumée.

Le jeune homme cracha avec dédain, puis ajouta :

— Un jour, il aura ce qu'il mérite, une place de premier choix en enfer.

— Chut ! dit Margaret en posant un doigt sur ses lèvres. Nous avons mieux à faire que de parler des Standon, tu ne crois pas ?

Thomas sourit et la prit dans ses bras.

Plus tard, tandis que Thomas s'éloignait d'un pas guilleret à travers champs, Margaret remonta en selle et retourna à Rookforest en empruntant des chemins détournés.

Elle nageait littéralement dans le bonheur. Son amour pour Thomas était à son comble. Oh ! bien sûr, les mauvaises langues ne manqueraient pas de dire que ce fermier mal dégrossi et cette jeune fille de bonne famille n'étaient absolument pas faits l'un pour l'autre. Mais ses manières frustes étaient précisément ce qui attirait Margaret. Elle aimait son côté farouche et ses bras puissants et elle ressentait des picotements délicieux quand il la caressait tendrement de ses mains calleuses. Et puis Thomas Sheely était plein de fougue, pas comme ce mollasson de lord Nayland.

Malheureusement, le père de Thomas était un véritable tyran. Il s'était mis en tête de lui faire épouser la fille d'un riche fermier dont la dot était suffisante pour faire vivre les huit frères et sœurs de son aîné. Ainsi le voulait la tradition. Cependant, Margaret ne l'entendait pas de cette oreille.

« La dot que m'octroiera oncle Richard devrait leur permettre de vivre au moins aussi bien que celle d'une fille de paysan », songea Margaret.

Soudain quelqu'un l'appela. Margaret sursauta, brusquement tirée de sa délicieuse rêverie. Elle releva la tête et aperçut Patrick qui arrivait à cheval dans sa direction.

— Que fais-tu seule ici à seize heures ? demanda-t-il sur un ton de reproche.

Elle releva la tête d'un air de défi et dit :

— J'aime me promener seule. Après tout, je suis la sauvageonne de la lande, non ?

Il n'était pas d'humeur à plaisanter.

— Tu n'es pas raisonnable. Avec tous les bandits qui hantent les campagnes et incitent les paysans à la rébellion, une jeune femme, *a fortiori* la nièce d'un propriétaire terrien, ne doit pas se promener seule. Père est décidément trop complaisant avec toi.

— Arrête de t'en prendre à moi ! Ce n'est pas ma faute si Calypso Standon est de retour à Mallow, répliqua-t-elle sèchement.

— C'est ce que j'appelle un coup bas, dit Patrick en lui décochant un regard furibond.

— Désolée, mais tu l'as bien cherché.

Il eut un sourire amer.

— C'est vrai.

Ils chevauchèrent quelques instants en silence, chacun ruminant ses propres pensées.

Au bout d'un moment, Margaret prit la parole :

— Mon pauvre Pat, ce doit être horrible pour toi.

L'amertume et le ressentiment jaillirent d'un seul coup.

— Horrible, c'est bien le mot. La femme pour laquelle j'ai passé quatre ans de ma vie à croupir en prison ne se trouve qu'à deux pas et je risque de la croiser à tout moment.

— Oncle Richard t'a-t-il dit pourquoi elle était ici ?

Patrick hocha la tête.

— Oui, et je sais également que c'est toi qui es allée aux nouvelles.

— Il se trouve que la fille de ma modiste est femme de chambre à Drumlow. Et elle n'a pas sa langue dans sa poche. Personne n'était au courant que Calypso avait perdu son mari jusqu'à vendredi dernier. Le secret avait été jalousement gardé par les Standon. Ils n'aiment pas que les gens fourrent leur nez dans leurs affaires.

Voyant la mine renfrognée de son cousin, Margaret hésita à lui poser la question qui lui brûlait les lèvres.

— Patrick, dit-elle enfin, que vas-tu faire maintenant que Calypso est de retour ?

Il tourna vers elle un visage sombre et figé.

— Que veux-tu dire ?

Margaret détourna les yeux.

— Tu vas recommencer à la courtiser ?

Renversant la tête en arrière, Patrick éclata d'un rire sans joie.

— Faire la cour à cette femme ? Après tout le mal qu'elle m'a fait ? Ma chère Meggie, me prendrais-tu pour le dernier des imbéciles ?

« Oui, songea Margaret en elle-même, un imbécile qui ne sait même pas qu'il est amoureux. » Mais elle se contenta de répondre :

— Je ne te prends pas pour un imbécile, Pat. Simplement, je me posais la question.

— Eh bien ! rassure-toi, Calypso Standon – ou plutôt Sa Seigneurie la marquise du Grand-Mépris – pourrait se jeter nue à mes pieds et implorer mon pardon que je ne la verrais même pas.

— Patrick Augustus Quinn, châtiez votre langage, que diable ! s'exclama Margaret, feignant la pruderie. En tout cas, me voilà rassurée. Je n'avais aucune envie de te voir tomber deux fois dans le même piège. Soudain, il la surprit en lui demandant :

— Au fait, mon père t'a-t-il fait part de ses sentiments pour Helena Considine ?

Margaret écarquilla des yeux stupéfaits.

— J'ignorais que l'oncle Richard avait des sentiments pour elle. Enfin, Patrick, tu ne parles pas sérieusement !

Il s'arrêta à son tour et posa sur elle un regard solennel.

— Si, malheureusement.

— Mais… elle a presque trente ans de moins que lui.

Patrick secoua les épaules.

— Allons, réfléchis. Pourquoi crois-tu qu'il invite aussi souvent les Considine à dîner ? Sans parler du savon qu'il m'a passé un jour où j'avais été grossier avec la dame de ses pensées.

— Il le fait parce qu'il est bon et généreux.

Elle fronça les sourcils.

— Tu ne penses tout de même pas qu'il a l'intention de l'épouser ?

— Comment le saurais-je ? Il a toujours fait ce que bon lui semble.

— De toute façon, rien ne te dit qu'Helena accepterait.

Patrick lui jeta un regard sceptique.

— Quelle femme sensée refuserait la main d'un homme aussi riche que Richard Quinn ?

— Sauf si elle ne l'aime pas.

— Il y a des femmes qui se marient par intérêt, répondit-il, et sa cousine comprit qu'il faisait allusion à Calypso.

— Peut-être, mais Helena Considine n'en fait pas partie, insista Margaret. Si elle se marie un jour, ce sera par amour.

— Tu sembles bien sûre de toi ?

— Je sais qu'elle a été jadis fiancée à un homme dont elle était très éprise et qui a connu une mort tragique. Depuis lors, elle n'a plus jamais cherché à se marier.

Patrick eut une petite moue méprisante.

— Quel homme voudrait d'elle ? Elle est plutôt quelconque, tu ne trouves pas ?

— Il n'y a pas que la beauté qui compte, Pat. Helena Considine n'est peut-être pas aussi belle que Calypso Standon, mais elle est bonne et généreuse et elle est constante dans ses sentiments.

Il rougit.

— Touché, une fois de plus, Meggie.

— Heureusement que tu as une cousine pour te faire entendre raison de temps à autre.

Il éclata de rire.

Ils continuèrent leur route en silence.

Margaret avait besoin de digérer la nouvelle. L'idée d'une liaison entre son oncle et Helena ne lui plaisait guère. Cela risquait de tout compromettre, car, une fois mariée à Richard, Helena se sentirait certainement obligée de lui raconter sa liaison avec Thomas.

Ce soir-là, Helena fut soulagée quand la soirée chez les Quinn s'acheva.

Le dîner lui avait semblé particulièrement tendu et fastidieux. Patrick, qui était d'une humeur de chien, n'avait pour ainsi dire pas desserré les dents, quant à Margaret, elle était restée étrangement distante. Seul Richard se montrait aussi empressé qu'à l'ordinaire.

À peine Helena se fut-elle mise au lit que quelqu'un frappa bruyamment à la porte. Passant précipitamment sa robe de chambre, elle s'empressa d'aller ouvrir, mais son père était déjà en bas et s'entretenait avec un homme qui se tenait dans l'ombre.

— Que se passe-t-il, père ? demanda-t-elle à voix basse, quand il referma la porte.

— Les nationalistes, répondit-il sèchement en entrant dans sa chambre et en refermant la porte derrière lui.

Il en ressortit quelques instants plus tard entièrement vêtu et muni de sa sacoche.

— Quelqu'un a été blessé ? s'enquit-elle.

— Oui, dit-il, l'air sombre, sans lui fournir davantage d'explications. Ne m'attends pas. Je ne serai peut-être pas de retour avant l'aube.

Il sortit et claqua la porte derrière lui.

Ce n'est que le lendemain au petit-déjeuner qu'Helena découvrit ce qui s'était passé.

— Ils ont attaqué un fermier de Ballyclogh, dit son père d'une voix lasse, les yeux rougis d'avoir veillé. Il a voulu s'approprier les terres d'un voisin qui venait de se faire expulser. Les nationalistes ont mutilé ses vaches pour le mettre en garde et il est allé porter plainte à la police.

Jack prit une gorgée de thé et continua, sans lever les yeux :

— Si bien que la nuit dernière, les nationalistes l'ont cardé, lui et sa femme.

Helena fronça les sourcils.

— Cardé ? Que veux-tu dire ?

— Grands dieux ! ma fille, ne sais-tu pas comment on carde la laine ?

Elle eut un haut-le-corps.

— Tu veux dire que…

Il hocha la tête en soupirant.

— Ils plantent des clous sur une planche avec laquelle ils cardent le dos de leurs victimes.

Jack repoussa sa tasse avec un geste de dégoût.

— Le résultat n'est pas beau à voir, Lena. Heureusement, je suis arrivé à temps. Le fermier et sa femme ne s'étaient pas complètement vidés de leur sang.

Helena était tellement interloquée qu'elle en eut le souffle coupé. Lorsqu'elle eut enfin retrouvé l'usage de la parole, elle s'écria :

— Comment peut-on commettre des actes d'une telle barbarie !

— Les nationalistes sont convaincus que leur cause est juste et que la fin justifie les moyens.

Helena frissonna.

— Leurs méthodes sont monstrueuses.

Jack ne répondit pas.

Elle ajouta :

— N'y a-t-il personne qui puisse identifier ces bandits ?

Il secoua la tête.

— Personne n'osera jamais les dénoncer. Les paysans craignent trop les représailles. Et ça n'est pas moi qui leur jetterais la pierre.

Helena jeta un coup d'œil à la fenêtre de la cuisine. Tout semblait si incroyablement calme ce matin. Le soleil brillait gaiement dans le ciel d'un bleu limpide. Et dans le petit jardin, les fleurs multicolores ondoyaient doucement dans la brise.

Helena savait que cette paix fragile risquait d'un moment à l'autre de voler en éclats et, pour la première fois, elle se demanda quelles horreurs son don de double vue allait lui révéler dans les jours à venir.

7

La porte grinça, rompant le silence qui régnait dans l'étable déserte. Huit hommes entrèrent en file indienne en s'éclairant d'une lanterne.

Après s'être assurés que personne ne les avait vus, l'homme qui tenait la lanterne la posa à terre et dévisagea un à un ses compagnons.

— Vous avez p't'êt remarqué qu'il y a un absent, dit-il, l'air renfrogné.

Les autres échangèrent des regards surpris.

— Où est-il ? demanda l'un d'eux.

— S'il n'est pas là ce soir, c'est qu'il n'a pas été convoqué, répondit le chef. Et s'il n'a pas été convoqué, c'est parce que c'est un traître.

Un silence de mort s'abattit sur l'assistance. Puis les hommes réagirent et les protestations commencèrent à fuser.

— Calomnies !

— Il est aussi loyal que toi et moi !

— Jamais il ne nous trahirait !

Leur chef leva sa grosse main calleuse pour réclamer le silence.

— Un à la fois, les gars. Vous aurez une chance de le défendre, même s'il ne le mérite pas.

L'un des hommes fit un pas en avant, pénétrant dans le cercle de lumière.

— Pourquoi dis-tu que c'est un traître ? Il est avec nous. Il ne nous a jamais fait faux bond.

Une rumeur d'approbation s'éleva dans l'étable.

— Ça, je ne peux pas le nier, reconnut le chef. Mais ce n'est pas un des nôtres. Il n'est pas paysan que je sache ? Il n'a jamais payé de fermage. Il n'a jamais travaillé aux champs du matin au soir. Il n'a jamais vu ses cultures détruites ou ses vaches crever. Il n'a jamais entendu ses gosses crier famine. Les autres ne pipèrent mot, ils savaient qu'il avait raison. Néanmoins ils persistaient à défendre leur compagnon absent.

— Mais il n'a jamais refusé de nous prêter main-forte. Et il a toujours fait sa part de besogne.

— Oh ! pour ça, oui, concéda leur chef. Je ne suis pas sûr pour autant qu'il soit prêt à rallier la cause qui nous tient tous à cœur : libérer l'Irlande du joug des Anglais.

— Qu'en sais-tu ? l'interpella l'un des hommes.

Le chef se mit à arpenter la grange de long en large. Avec l'aplomb d'un grand orateur, il s'adressait à chaque homme comme s'il était son unique interlocuteur.

— Heany et sa femme ont mérité de se faire carder, oui ou non ?

Sept têtes opinèrent à l'unisson.

— N'empêche qu'il y en avait un parmi nous qui n'était pas d'accord. Et quand il a appris ce qu'on avait fait à Heany, il a dit pis que pendre du capitaine Tucker.

Les autres échangèrent un coup d'œil embarrassé.

— Dès l'instant qu'il ne partage pas nos opinions, il est dangereux. Il vous connaît, dit-il en pointant un doigt menaçant sur chacun des hommes présents. Et savez-vous ce qu'il pourrait faire ?

Comme personne ne répondait, il poursuivit :

— Il pourrait nous dénoncer. Et qu'adviendrait-il de nous ?

— On nous pendrait haut et court, marmonna un homme sans grande conviction.

— Exactement.

Le plus ardent défenseur de l'accusé intervint soudain.

— S'il le faisait, il serait pendu lui aussi ! Il est aussi coupable que nous.

Le chef s'esclaffa.

— Non, mon gars, car, lui, c'est un monsieur. Il fraye avec Richard Quinn. Il dîne chez le patron et boit son vin de Bordeaux. Tu ne crois tout de même pas qu'ils laisseraient pendre un des leurs ? Non, non, ils trouveraient bien un moyen de le sortir de là. Ils diraient qu'il faisait semblant d'être des nôtres pour pouvoir nous espionner. Si bien qu'il serait pardonné d'avoir retourné sa veste.

Il se tut un court instant et ajouta :

— Songez-y, les gars, il y va de nos vies.

Voyant l'incrédulité et la déception se peindre sur les visages, le chef eut un petit sourire de satisfaction. Il avait touché la corde sensible et les hommes avaient réagi comme il le souhaitait.

Cependant, l'un d'eux refusait toujours d'entendre raison.

— Jamais il ne nous trahira, maugréa obstinément le dissident.

Le chef regarda les autres.

— Et vous, les gars, qu'en dites-vous ? Vous croyez vraiment qu'il hésiterait si l'occasion se présentait ?

— Moi, je crois qu'il en est capable, dit un homme.

Six têtes opinèrent lentement.

Leur chef eut un sourire amer.

— Vous êtes des gars sensés.

Le dissident repartit à la charge.

— Vous semblez oublier ce qu'il a fait pour nous. Comment pouvez-vous condamner un homme sans même lui donner une chance de se défendre ? S'il était à notre place, sûr qu'il nous laisserait notre chance.

— Au diable ce qu'il a fait pour nous ! coupa un autre. On ne peut pas prendre le risque d'avoir un mouchard parmi nous.

Les autres acquiescèrent, résignés.

Satisfait, le chef inspira lentement.

— Parfait, dit-il, maintenant qu'on est tous d'accord, il va falloir décider d'un châtiment.

Comme personne ne proposait d'idée, il ajouta :

— Nous allons faire un exemple, afin que les gens sachent qu'on ne trahit pas impunément le capitaine Tucker.

Il s'interrompit pour ménager son effet.

— Il va être exécuté, sans délai.

Un silence consterné s'abattit sur l'assistance.

Un homme sortit du rang.

— Jamais ! s'écria-t-il. Vous n'avez pas le droit ! On n'est pas des assassins.

S'approchant de lui, le chef le saisit fermement par le col de sa chemise.

— Écoute-moi bien, mon petit, dit-il d'un ton coupant et lourd de menaces. Si on a décidé qu'on allait le supprimer, c'est pas toi qui vas nous en empêcher ! Et si jamais l'envie te prenait de dénoncer le capitaine Tucker, je te conseille d'y réfléchir à deux fois. Tu voudrais pas que ta jolie petite chérie subisse le sort de Mme Heany, pas vrai ? La cardeuse n'est pas tendre avec le dos des demoiselles.

Le garçon blêmit et avala sa salive. Il laissa échapper un petit rire nerveux.

— Tu ferais tout de même pas une chose pareille ? bredouilla-t-il en roulant des yeux effarés.

— Ah ! non ? Et qu'aucun de vous ne s'y méprenne…

Le chef lui laissa dix bonnes secondes pour méditer, puis demanda :

— Alors, tu es des nôtres ou pas ?

Le jeune homme songea à sa jeune épouse, à son dos joliment cambré, à sa peau de velours et finit par acquiescer à contrecœur.

Avec un sourire satisfait, le chef lui assena une tape sur l'épaule.

— Tu es un brave, dit-il. Et maintenant, passons aux choses sérieuses. Comment va-t-on procéder ?

L'un des hommes sortit une gourde et la fit passer de main en main. Après avoir porté maints toasts à la santé du capitaine Tucker, ils décidèrent du sort de Jack Considine.

Un mois plus tard, Helena était dans son salon en train de coudre quand elle leva les yeux vers la pendule et se rendit compte qu'elle n'avait pas vu le temps passer.

Posant son ouvrage, elle se leva, étira ses membres engourdis et s'approcha de la fenêtre pour voir si elle apercevait son père.

Les derniers vestiges du crépuscule d'été commençaient à s'étioler. La silhouette noire des arbres se découpait sur le ciel bleu sombre où scintillaient les premières étoiles.

Son père lui avait promis d'être de retour avant la nuit.

— Il te reste un quart d'heure pour tenir ta promesse, papa, murmura-t-elle en reprenant son ouvrage.

Un quart d'heure plus tard il n'était toujours pas de retour.

Helena s'enveloppa dans son châle de laine car, bien qu'on fût début juillet, l'air du soir était frais, et sortit sur le seuil guetter le retour du docteur. Étant donné l'agitation croissante qui régnait dans les campagnes, Helena n'aimait pas le savoir sur les routes.

Le matin même, au petit-déjeuner, elle lui avait fait part de ses inquiétudes.

— Père, je n'aime pas te savoir dehors en pleine nuit. Avec les bandits qui sèment la terreur dans nos campagnes…

— Allons, Lena, ne t'inquiète pas pour moi, l'avait-il rassurée en lui tapotant doucement la main. Je suis médecin. Il est de mon devoir de me rendre au chevet de mes malades. Je ne vais tout de même pas me laisser intimider par une bande de renégats.

— Ces renégats, comme tu les appelles, sont des sauvages qui s'en prennent à des innocents. Qui sait ce qu'ils te feraient si tu les surprenais chez un patient ? Ils seraient capables de te tuer.

— Pour l'amour du ciel, Lena, ce ne sont pas des assassins ! Personne ne me tuera. Tous les fermiers des environs me connaissent et m'estiment. Tu oublies que je soigne leurs femmes et leurs enfants ! Pourquoi voudraient-ils me tuer ?

La jeune femme avait hoché la tête de mauvaise grâce et ils avaient fini de déjeuner en silence.

Voyant que la nuit tombait et que son père n'était toujours pas de retour, Helena sentit ses craintes redoubler.

Au bout d'un moment, lasse d'attendre, elle referma la porte et retourna dans le salon.

Une heure plus tard, elle sursauta en entendant tourner la clé dans la serrure.

— Père ? appela-t-elle en lâchant précipitamment son ouvrage. Que se passe-t-il, tu ne dis rien ? Pas de chanson ce soir ? Je n'ai même pas entendu arriver la carriole.

Jack Considine se tenait dans le vestibule, plus silencieux qu'un tombeau et, quand sa fille s'approcha de lui pour lui souhaiter le bonsoir, il ne lui dit pas un mot, se contentant de regarder fixement devant lui comme s'il ne la voyait pas. Il commença à monter l'escalier en silence.

— Père, que se passe-t-il ? insista-t-elle.

Le docteur ne répondit pas. Il continuait à gravir lentement les marches, l'air sombre, comme un homme qui porte toute la misère du monde sur ses épaules.

— Que se passe-t-il ? répéta-t-elle, affolée. Tu as perdu un patient ? Quelqu'un est mort ?

Voyant qu'il refusait obstinément de lui répondre, la jeune femme en vint à la conclusion que quelque chose d'épouvantable était arrivé. Saisissant la lampe, elle s'élança à sa suite et atteignit l'étage juste au moment où son père entrait dans sa chambre.

— Papa, dis quelque chose, je t'en supplie. J'ai peur. Je…

Ce qu'elle vit la laissa sans voix : la chambre était vide.

S'appuyant d'une main au chambranle, elle brandit sa lampe et scruta un instant l'obscurité. En vain. Son père n'y était pas.

— Où est-il donc ? Comment est-ce possible ? balbutia-t-elle en inspectant la pièce dans ses moindres recoins. Je l'ai pourtant vu monter l'escalier. Je l'ai vu entrer dans sa chambre. Il est forcément ici. Il n'a tout de même pas disparu comme… comme un spectre.

Au même moment, son poignet se mit à l'élancer, obligeant Helena à se rendre à l'évidence. Son père était mort. Et elle avait vu son fantôme.

Elle se sentit soudain gagnée par une sensation étrange qui semblait émaner de son poignet. Posant la lampe sur la table de chevet, elle s'assit dans le fauteuil sur lequel elle étalait chaque jour les effets paternels.

À présent, elle comprenait pourquoi son père l'avait ignorée. Ce qu'elle avait vu n'était pas le Dr Considine, mais une apparition surnaturelle qui lui ressemblait trait pour trait.

Helena avait été prévenue de la mort du médecin.

Brusquement, chassant la léthargie qui s'était emparée d'elle, la jeune femme se ressaisit. Le spectre n'était peut-être qu'un simple avertissement. Peut-être son père n'était-il pas mort, auquel cas elle avait peut-être encore une chance de le sauver.

Sans perdre une seconde, Helena dégringola l'escalier et sortit dans la nuit.

Une demi-heure plus tard, elle était à Mallow et tambourinait à la porte du constable Treherne.

— Mademoiselle Considine ! dit-il en la faisant entrer dans le petit vestibule. Que se passe-t-il ?

— C'est au sujet de mon père, expliqua la jeune femme, je crois qu'il est en danger. Il faut absolument que vous le retrouviez avant qu'il ne soit trop tard !

Le policier eut l'air surpris.

— Comment le savez-vous ?

— En partant de la maison, cet après-midi, il m'avait promis d'être de retour avant la nuit. Il n'est toujours pas rentré et je crains qu'il ne lui soit arrivé malheur.

Treherne et sa femme échangèrent un regard en coin.

— Votre père est médecin, mademoiselle. Ne lui arrive-t-il jamais de s'attarder au chevet d'un malade ?

Helena s'obstinait.

— Pas cette fois-ci. Je redoute qu'il ne lui soit arrivé malheur.

Voyant qu'il hésitait, la jeune femme s'écria :

— Je vous en supplie. Trouvez mon père avant qu'il ne soit trop tard !

L'homme la dévisagea un moment en silence, puis acquiesça à contrecœur.

— Bon, puisque vous insistez… je vais réunir mes hommes et nous allons partir à sa recherche.

— Merci, murmura Helena. Vous allez lui sauver la vie.

Comme promis, le policier réunit ses hommes et ils partirent aussitôt.

Une heure plus tard, ce n'était pas son père qui se présenta chez Helena, mais le constable Treherne et ses hommes. Tous tenaient leurs chapeaux à la main.

Dès qu'elle vit leur air grave, la jeune femme comprit qu'ils étaient porteurs d'une mauvaise nouvelle.

— Vous… vous avez trouvé mon père ? demanda-t-elle d'une voix brisée.

Le gardien de la paix hocha la tête, l'air solennel.

— Votre père est mort, mademoiselle, je suis navré.

La pièce se mit soudain à vaciller et Helena eut l'impression qu'on lui avait plongé un couteau dans le cœur. Craignant de s'évanouir, elle inspira profondément pour se ressaisir.

— Où l'avez-vous trouvé ? demanda-t-elle. Comment est-il mort ?

— Êtes-vous sûre de vouloir un récit détaillé, mademoiselle ? Vous venez de recevoir un choc terrible.

— Oui, je veux connaître la vérité.

L'homme soupira.

— Nous avons retrouvé sa carriole au bord de la route, l'informa-t-il, non loin du pont. Nous avons repêché son corps dans la rivière. Selon toute vraisemblance, il est tombé à l'eau et s'est fracassé la tête contre les rochers.

La jeune femme lui jeta un regard surpris.

— Pourquoi mon père se serait-il arrêté sur le pont alors qu'il était à deux pas de la maison ? Son cheval boitait-il ?

— Pas d'après ce que nous avons remarqué.

Perdant soudain patience, elle s'écria :

— J'ai du mal à croire qu'il est descendu de sa carriole sans la moindre raison et pour se jeter à l'eau, qui plus est.

Le policier se balança nerveusement d'une jambe sur l'autre et s'éclaircit la voix.

— Euh ! nous avons retrouvé des preuves comme quoi le docteur avait bu, mademoiselle.

— C'est grotesque, voyons ! Mon père ne buvait jamais quand il faisait ses tournées.

— Je ne fais que rapporter ce que j'ai vu, ou plutôt senti, insista le policier.

— Que voulez-vous dire ?

— Son plastron empestait le whisky, mademoiselle Considine.

Tous les hommes présents acquiescèrent en silence.

La voix d'Helena se fit soudain stridente.

— Mon père n'était pas ivre !

Sans ajouter un mot, elle se laissa choir dans un fauteuil.

— Je sais que c'est un choc terrible pour vous, dit la voix soudain lointaine de Treherne. J'aimerais néanmoins vous poser quelques questions.

La jeune femme releva la tête.

— Avant de procéder à l'interrogatoire, demanda-t-elle, auriez-vous la gentillesse d'envoyer un de vos hommes chez Richard Quinn pour lui demander de venir sur-le-champ ?

Le policier fit signe à un de ses hommes qui partit aussitôt pour Rookforest.

Complètement abasourdie, Helena était incapable de faire un geste ou de proférer une seule parole. Elle entendait des voix étouffées et avait vaguement conscience que des gens se mouvaient autour d'elle, mais c'était comme si elle s'était débattue dans de l'ouate. Rien ne parvenait à pénétrer dans son cerveau engourdi.

Dès qu'elle aperçut Richard Quinn entrant au pas de charge dans le salon, quelque chose en elle se brisa comme une digue qui explose. Incapable de retenir plus longtemps ses larmes, elle éclata en sanglots.

— Oh ! Richard ! Mon père est mort ! gémit-elle en se précipitant entre les bras grands ouverts de son ami.

— Je sais, Helena, et j'en suis bouleversé, murmura-t-il en la prenant dans ses bras et en pressant sa tête doucement contre son épaule.

Au bout d'un moment, ses larmes se tarirent et la jeune femme s'arracha à son étreinte.

— Je n'arrive pas à croire qu'il est mort. J'ai l'impression que c'est un cauchemar et que je vais me réveiller à tout moment.

Le vieil homme posa sur elle des yeux brillants de larmes.

— Moi non plus, je n'arrive pas à y croire. Jack Considine était l'un de mes meilleurs amis. Comment est-il possible qu'il soit parti d'une façon aussi… aussi stupide ?

Le visage d'Helena se crispa.

— Que vais-je devenir ? sanglota-t-elle.

Il la fit asseoir et lui tendit un mouchoir.

— Vous n'avez pas à vous faire de souci. Je me charge des funérailles.

Il hésita un instant, puis ajouta :

— Vous allez rassembler quelques affaires et venir vivre avec nous à Rookforest.

Helena secoua résolument la tête.

— Merci, c'est très généreux à vous, mais je ne peux pas quitter cette maison. Pas pour l'instant, en tout cas.

— Helena…

— Non, Richard ! Je préfère rester ici avec mes souvenirs. Je vous en prie, n'insistez pas.

Voyant qu'elle n'en démordrait pas, il battit en retraite.

— Comme vous voudrez. Néanmoins, je vais demander à Mme Ryan de venir vous tenir compagnie pour la nuit. Vous avez reçu un choc terrible et je ne veux pas que vous restiez seule.

C'est alors qu'Helena remarqua la présence de Patrick qui se tenait un peu en retrait. Il avait dans les yeux une expression étrange qui n'était ni du chagrin ni de la pitié. L'homme qui se tenait aujourd'hui devant elle était radicalement différent de celui qui s'était introduit dans ce même salon quelques mois auparavant. Ses cheveux avaient repoussé et formaient désormais une épaisse toison brune, sa silhouette s'était étoffée grâce à une nourriture saine et abondante. Patrick Quinn était devenu un homme à la stature imposante.

— Toutes mes condoléances, murmura-t-il. Je ne connaissais guère votre père, cependant je l'estimais beaucoup.

Des paroles toutes simples qui venaient du cœur.

Les lèvres de la jeune femme se mirent à trembler tandis que ses yeux se remplissaient à nouveau de larmes.

Richard lui tapota doucement l'épaule.

— Si vous voulez bien m'excuser quelques instants, dit-il, j'aimerais dire un mot à ce brave Treherne.

Helena hocha la tête en esquissant un petit sourire. Elle ferma les yeux et se renversa dans son fauteuil. Elle ne voulait plus penser à rien, elle ne voulait plus ressentir cette horrible douleur. Elle voulait que tout prenne fin.

Après plusieurs jours de temps maussade, le soleil revint juste à temps pour les funérailles de Jack Considine, illuminant chaque recoin du petit cimetière où les fidèles étaient venus nombreux.

La pluie aurait mieux convenu à la gravité des circonstances, se dit Helena. Néanmoins, la chaude caresse du soleil sur ses épaules avait quelque chose de réconfortant, comme une bénédiction. À cette pensée, elle esquissa malgré elle un petit sourire sous son voile de crêpe noir.

Lorsque le service se fut achevé et que la dernière poignée de terre eut été lancée sur le cercueil, les fidèles s'en retournèrent vaquer à leurs occupations, laissant la jeune femme et Richard seuls.

— Venez…, murmura le vieil homme en lui effleurant le coude, il est temps de partir.

Elle acquiesça d'un hochement de tête.

— Adieu, papa, chuchota-t-elle, avant de s'éloigner au bras de son ami.

— Votre père était un homme très respecté, fit observer le vieux Quinn tandis qu'ils regagnaient le portail où les attendaient Patrick et Margaret. Les gens étaient venus nombreux pour lui rendre hommage.

— Il était très aimé, en particulier des paysans.

Le vieil homme s'éclaircit la voix.

— Et maintenant, qu'allez-vous faire ?

Elle haussa les épaules.

— Je n'y ai pas vraiment pensé.

— Voulez-vous… ? Enfin, je veux dire, êtes-vous… ? bredouilla Richard, soudain rouge comme une pivoine. Ah ! au diable les politesses. Je n'ai pas l'habitude de tourner autour du pot. Comment allez-vous vivre maintenant que votre père est mort ?

— Si vous faites allusion à ma situation financière, vous n'avez aucun souci à vous faire. Mon ex-fiancé et mon père y ont pourvu.

Au minimum, songea-t-elle, et à condition de vivre frugalement, elle arriverait à joindre les deux bouts.

— Oh !

La jeune femme eut un regard surpris.

— Qu'y a-t-il, vous semblez déçu ?

— Je le suis, d'une certaine façon, dit le vieil homme. Et je vous aurais demandé de venir vivre avec nous à Rookforest si votre situation financière l'avait exigé. Nous avons plus de place qu'il n'en faut pour vous accueillir.

— Je… je suis très touchée de votre sollicitude, Richard, et je vous remercie.

— C'est la moindre des choses. J'ai une dette vis-à-vis de votre père. Jamais je ne pourrais lui rendre la gentillesse qu'il a témoignée à Minna durant sa maladie.

Et si, en vous aidant, je pouvais effacer, en partie tout au moins, cette dette…

— Vous êtes trop obligeant. Mais, comme je vous l'ai dit, mon père a pensé à mon avenir.

Il se rembrunit soudain, comme quelqu'un qui n'arrive pas à formuler sa pensée. Brusquement, il explosa.

— Pour l'amour du ciel, Helena ! Vous êtes une jeune femme avenante et vous avez la vie devant vous. Vous ne comptez tout de même pas finir vos jours toute seule, entre quatre murs ?

La jeune femme, qui connaissait les intentions du riche propriétaire la concernant, se demanda s'il s'agissait là d'une proposition de mariage à mi-mots.

Elle ôta son bras du sien, visiblement contrariée.

— Je… je ne sais pas encore ce que je vais faire, l'informa-t-elle. Je viens de perdre mon père. Il est encore trop tôt pour songer à l'avenir.

Il soupira.

— Je comprends, dit-il tristement. Je vous prie d'excuser ma maladresse.

Entre-temps, ils avaient regagné le portail où la voiture les attendait. Patrick aida Margaret à prendre place à bord, tandis que Richard assistait Helena. Ils se mirent en route et n'échangèrent que quelques mots pendant le trajet.

De retour chez elle, Helena prit pour la première fois toute la mesure du drame qui venait de s'abattre sur sa vie. En perdant son cher papa, elle avait perdu sa raison d'être.

Du temps où elle était fiancée à William, elle n'avait eu qu'une idée en tête, se dévouer entièrement à son mari : lui offrir un foyer confortable et élever leurs enfants dans l'amour et la tolérance. À sa mort, tous ses rêves avaient volé en éclats. Elle s'était alors trouvé un autre but : se consacrer entièrement à son père. Et voilà qu'une fois de plus le destin lui avait ôté sa raison d'être.

— Combien d'années encore suis-je condamnée à souffrir ? s'écria-t-elle soudain.

Lorsqu'elle entra dans le salon, elle sentit les larmes lui monter aux yeux. Jamais plus elle n'attendrait le retour de son père avec sa pipe et son whisky. Jamais plus elle ne raccommoderait ses effets. Sa vie n'avait désormais plus de sens.

À vingt-trois ans, elle n'était déjà plus qu'une vieille fille sans avenir, avec, devant elle, une route interminable qui ne menait nulle part.

Elle se rappela Richard et la proposition qu'il lui avait faite le matin même. Il lui suffisait de l'encourager un peu et il aurait fait d'elle sa femme et la maîtresse de son domaine, remplissant sa vie comme jamais auparavant.

— Mais tu ne l'aimes pas, dit-elle tout haut en frottant machinalement son poignet. Et puis voudrait-il seulement de toi quand il découvrirait que tu es douée de ce maudit don de double vue ?

Elle sourit amèrement. Si seulement ses pouvoirs surnaturels l'avaient aidée à entrevoir ce que l'avenir lui réservait… Malheureusement ça n'était pas le cas. Elle avait déjà essayé de les exercer à son profit, mais en vain : ils ne se manifestaient pas sur commande. Son avenir reposait désormais entièrement entre ses mains.

Le lendemain après-midi, tandis qu'il chevauchait dans les collines, Patrick songea à son père et à Helena Considine. Tout au long de la veillée funèbre et, ensuite, à l'église et au cimetière, Richard s'était comporté avec elle en chevalier servant, la suivant comme son ombre, buvant religieusement chacune de ses paroles. Patrick était à peu près certain que son père allait la demander en mariage.

Cette pensée le contrariait tellement qu'il ne remarqua pas que Gallowglass fonçait tête baissée dans une futaie. Heureusement, il pila net, évitant de justesse la catastrophe.

— Ma parole, maugréa-t-il en lui-même, tu ne réagirais pas autrement si tu étais amoureux de la donzelle.

Bien que ses relations avec Mlle Considine se fussent nettement améliorées, elles n'en demeuraient pas moins fragiles. En outre, il n'avait aucune envie qu'Helena devînt sa belle-mère. Cependant, que pouvait-il faire si son père décidait de l'épouser ?

Le jeune homme s'arrêta au sommet d'une crête. Soudain, il aperçut un autre cavalier chevauchant paisiblement dans la vallée en contrebas. Malgré la distance, il vit qu'il s'agissait d'une femme montée en amazone, le long voile noir de son haut-de-forme flottant à sa suite. Il plissa les paupières, mais elle était trop éloignée pour qu'il pût distinguer son visage.

Brusquement, le cheval de la dame se cabra, projetant violemment son écuyère à terre où elle demeura étendue, sans bouger.

Patrick s'élança aussitôt à la rescousse. Il dévala la colline à bride abattue, sauta de sa selle avant même que Gallowglass se fût complètement arrêté.

L'inconnue gisait face contre terre, un bras ramené près de son visage. Son chapeau était tombé et sa chevelure brune s'était répandue. Patrick jeta un rapide coup d'œil autour de lui, pour voir si la cavalière avait une escorte. Mais il n'en vit point. Cette écervelée était sortie seule.

S'agenouillant à côté d'elle, il posa une main sur son épaule et la secoua doucement.

— Mademoiselle, vous vous êtes fait mal ?

Soudain la femme gémit et remua légèrement. Rassuré, Patrick décida de la retourner délicatement sur le dos.

— Là, doucement. Je vais vous aider…

D'épais cils noirs se mirent à battre et deux prunelles violettes plongèrent dans les siennes.

Patrick ôta brusquement sa main comme s'il avait touché une vipère et se releva d'un bond.

— Toi !

— Patrick…, murmura Calypso Standon d'une voix chaude et sensuelle.

Patrick sentit un frisson de répulsion le parcourir de la tête aux pieds. Cependant, il n'arrivait pas à arracher son regard de ces yeux langoureux et de ce visage à la beauté si parfaite.

— Ne compte pas sur moi pour t'aider à te relever, lança-t-il d'un ton froid et dédaigneux. Les années que j'ai passées en prison ont eu raison de mes manières de gentilhomme.

— Je n'attends rien de toi, le rassura-t-elle en se redressant tant bien que mal et en s'asseyant.

Elle enfouit sa tête entre ses mains et inspira plusieurs fois.

— Mon cheval s'est cabré à la vue d'un lapin.

— Tu ne devrais pas sortir sans escorte.

— J'aime la solitude.

La belle tenta de se relever, en vain. Elle leva sur lui des yeux brillants.

— Je t'en prie, aide-moi. Je… je me sens si faible.

À ces mots proférés d'une voix suppliante, le jeune homme retrouva aussitôt ses manières de gentilhomme et lui tendit une main secourable.

Dès que ses doigts touchèrent les siens, Patrick sentit une brusque bouffée de chaleur s'emparer de lui, l'obligeant presque à lâcher prise. Mais il reprit aussitôt contenance et la souleva de terre aussi facilement que s'il se fut agi d'une plume.

— Merci, murmura-t-elle d'une voix haletante en s'appuyant sur lui.

Craignant qu'elle ne tournât de l'œil, le jeune homme lui passa instinctivement un bras autour de la taille. À demi consciente, Calypso s'abandonna à son étreinte, son parfum aux accents épicés ravivant soudain de poignants souvenirs.

Le jeune Quinn se raidit brusquement, chassant au loin les chimères qui commençaient à l'assaillir. La jeune femme était souple comme un roseau et donnait l'impression de fondre entre ses bras. Il serra les dents, soudain prit d'une violente bouffée de désir.

— Tu as mal ? marmonna-t-il d'un ton bourru.

Calypso battit des paupières, émergeant d'un seul coup de l'inconscience.

— Je… je ne sais pas ce qui m'arrive, je me sens toute molle. Ta sollicitude me touche.

— Tu confonds la politesse et la sollicitude, répliqua-t-il sèchement.

Puis, sans un mot, il tourna les talons et s'en fut chercher le cheval de la jeune femme. Celui-ci paissait tranquillement, indifférent à l'émoi qu'il avait suscité. Le saisissant par les rênes, Patrick ramena l'animal à sa maîtresse. Il ramassa ensuite son chapeau d'écuyère, l'épousseta légèrement et le lui rendit dans un geste brusque.

— Je suppose qu'il faut également que je t'aide à remonter en selle, grommela-t-il avec un coup d'œil dédaigneux à la gracieuse monture.

La lèvre de la marquise se mit à trembler.

— Je t'en saurais gré. Je… je me sens encore un peu faible et je n'y arriverai pas toute seule.

— Très bien. Approche et je vais t'aider, même si, sache-le, je le fais à contrecœur.

Calypso hésita, fit un pas en avant et posa une main ferme sur son bras.

— Oh ! Patrick, pourquoi tant de dureté ?

Il détourna les yeux.

— Pourquoi tant d'amertume ? Nous avons été amis, jadis.

Il rejeta la tête en arrière et éclata d'un rire féroce qui résonna dans toute la vallée.

— Et comment devrais-je me comporter, d'après toi ? Dois-je te rappeler que je viens de passer quatre années en prison à cause de toi et de ton bâtard de frère ?

Elle se rapprocha, pour l'obliger à la regarder.

— Je l'ai supplié de ne pas te traîner en justice, mais il n'a rien voulu savoir. Je n'y suis absolument pour rien. Tout est la faute de mon frère et de… mon époux. Il faut me croire. Pour rien au monde je n'aurais voulu te faire de mal.

— Et, naturellement, tu n'as pas pu intercéder en ma faveur ?

Elle baissa tristement les yeux.

— Tu connais John. Il est exactement comme papa. Il n'a jamais voulu m'écouter. Pour lui, je ne suis qu'un pion qu'il déplace à sa guise sur l'échiquier de ses ambitions.

En voyant le vent jouer dans ses cheveux défaits, Patrick fut soudain pris d'une irrésistible envie de les caresser… Il se ressaisit aussitôt. Il était hors de question de retomber sous son charme !

Malgré ses bonnes intentions, il ne put s'empêcher de dire :

— Il n'empêche que tu m'as assommé avec une bouteille, ce soir-là, à Ostende. Et que tu as appelé la police.

Deux yeux d'améthyste imploraient son pardon.

— Tu m'avais enlevée et j'étais complètement terrorisée. Je n'avais aucune envie d'être… d'être ravie par un homme, même par toi !

— Ça n'était pas une raison pour te conduire comme tu l'as fait, dit-il obstinément. Tu connaissais mes sentiments pour toi et si tu avais pris le temps d'essayer de me raisonner…

— Tu dis cela maintenant, mais tu n'étais pas dans ton état normal, cette nuit-là. Si seulement tu t'étais vu ! Tu étais déchaîné, irascible… tu ne ressemblais plus au Patrick que j'avais connu. Tu étais déterminé à aller jusqu'au bout et rien de ce que je pouvais dire ou faire n'aurait pu t'en empêcher.

— N'empêche que tu as détruit ma vie, s'écria-t-il d'une voix tremblante. Tu m'as condamné à l'enfer. Jamais je ne te le pardonnerai. Jamais !

Elle baissa les yeux.

— Je... je sais, reconnut-elle d'une voix à peine audible. Quand je t'ai aperçu à l'église l'autre jour, j'ai compris combien tu avais souffert...

Sa voix s'étrangla soudain dans sa gorge et elle ajouta dans un sanglot :

— Oh ! mon Dieu ! Si seulement je pouvais défaire ce qui a été fait...

Elle se ressaisit aussitôt et prit la main de Patrick dans les siennes.

— Ça n'était pas ma faute, plaida-t-elle. John était intraitable. Il voulait se venger et m'a menacée des pires tourments si je refusais de me soumettre à sa volonté.

Calypso lui relâcha la main et ses yeux se remplirent de larmes.

— Tu sais bien que je n'ai jamais pu tenir tête à mon frère. Il est le portrait craché de mon père, cruel et sans cœur...

— Dans ce cas, pourquoi es-tu retournée vivre auprès de lui ?

— Parce que je n'ai pas le choix ! Je suis seule au monde ! s'écria-t-elle. Tu préférerais sans doute que je sois à la rue avec mon enfant ?

Patrick ne répondit rien.

— J'ignore ce qu'on t'a raconté de... de ma vie, poursuivit-elle.

— Pas grand-chose, déclara Patrick d'un air blasé. La chronique mondaine de Londres n'intéresse guère les gens de Mallow. Cette vie ennuyeuse et futile.

Ignorant ses piques, la jeune femme lui dit que la mort de son mari était survenue alors qu'il n'avait pas d'héritier mâle, de telle sorte que son titre et toute sa fortune revenaient à son frère cadet.

— Sa famille a donc refusé de te verser une pension ? demanda-t-il en haussant un sourcil incrédule. Voilà bien des gens durs et sans cœur. Tant il est vrai que qui se ressemble s'assemble, tu n'as eu que ce que tu méritais.

Calypso laissa échapper un petit soupir. Puis elle lui dit que son beau-frère lui avait fait des propositions malhonnêtes et que son épouse, jalouse, l'avait chassée.

— Elle n'avait pourtant rien à craindre de moi, poursuivit-elle. Je n'avais aucune envie de devenir la maîtresse de son imbécile de mari. Tout ce que je voulais, c'était un toit pour ma petite Louisa et moi.

Lorsqu'elle prononça le nom de sa fille, l'expression de la marquise se radoucit, la rendant encore plus séduisante. Patrick détourna les yeux, faisant mine d'inspecter les harnais.

— Résultat, conclut la jeune femme, me voilà de retour en Irlande et à la merci de mon frère, une fois de plus.

— Je vous souhaite tout le bonheur que vous méritez, à toi et à ton frère.

Le teint diaphane de Calypso se teinta légèrement de rose.

— Pourquoi tant de haine, Patrick ? dit-elle doucement.

Il la maudit en silence.

— Bien, et maintenant, si tu veux bien te donner la peine de monter en selle.

La jeune femme hésita et finit par s'approcher d'un pas.

— Si cela peut te consoler, murmura-t-elle, j'ai souffert moi aussi. La plaisanterie s'est retournée contre moi. Mon beau et charmant prétendant s'est révélé n'être qu'un individu dépravé et sans scrupules.

Son visage s'empourpra davantage et elle ajouta d'une voix mal assurée :

— Peu après mon mariage, j'ai découvert que... qu'il lui arrivait de jouir des faveurs de gentilshommes.

Ignorant le regard outré de Patrick, elle poursuivit :

— Et... et contrairement à ce qu'ont affirmé les journaux, il n'est pas mort d'un accident de chasse.

Elle soupira longuement et ferma les yeux.

— Il... il a été assassiné dans un quartier de Londres où aucun honnête homme ne met jamais les pieds. Sa famille a réussi à étouffer le scandale.

Elle rouvrit les yeux.

— Tu vois, conclut-elle avec un sourire amer, tu n'es pas le seul à avoir été victime des machinations de John. Moi aussi j'ai payé le prix fort.

Abasourdi par ce qu'il venait d'entendre, Patrick resta sans voix.

Joignant les deux mains pour former un étrier de fortune, il les tendit à Calypso pour qu'elle y posât son pied.

La jeune femme saisit les rênes et se remit en selle. Elle demeura un moment sans bouger, les yeux fermés, comme si elle avait été brusquement prise de vertiges.

— Es-tu sûre de pouvoir rentrer seule ? s'enquit-il, sans animosité cette fois.

— Oui, je te remercie.

Et, sans ajouter un mot, la belle cavalière partit au pas, tandis que Patrick la regardait s'éloigner dans la prairie.

8

Helena jeta un coup d'œil à la fenêtre et aperçut une carriole qui remontait l'allée. Celle-ci était conduite par une femme de forte corpulence dont le visage lui était inconnu.

Une fois devant le perron, la grosse femme tira sans ménagement sur les rênes de son malheureux poney en beuglant :

— Oh ! là !

Elle descendit de voiture avec la grâce d'un éléphant.

Helena s'éloigna promptement de la fenêtre, tentée de faire comme si elle n'était pas chez elle, quand une grêle de coups de poing s'abattit sur la porte d'entrée.

— Grands dieux ! songea-t-elle. Je ferais mieux d'aller ouvrir avant qu'elle ne défonce la porte.

Elle s'exécuta aussitôt et se trouva nez à nez avec une femme à la stature gigantesque, engoncée dans une robe de voyage du même gris métallique que sa chevelure.

— Mademoiselle Considine ? demanda celle-ci en entrant dans le vestibule sans y avoir été invitée.

— C'est moi-même, dit Helena. Mais je ne crois pas avoir l'honneur de vous connaître, madame…

— Janeaway, aboya la commère en gratifiant la jeune fille d'une poignée de main vigoureuse. Edith Janeaway.

— Et que puis-je faire pour vous, madame Janeaway ? Je n'ai pas l'honneur de vous connaître et…

La grosse femme lui décocha un large sourire, révélant de grandes dents jaunes.

— Lorsque je vous aurai dit que j'ai fait tout le chemin depuis Cork pour venir vous voir, je suis sûre que nous deviendrons les meilleures amies du monde.

Helena en doutait. Cependant, elle garda pour elle son opinion et invita l'importune à passer au salon. Ce que celle-ci fit aussitôt, se laissant choir de tout son poids dans le fauteuil favori du Dr Considine, au grand dam d'Helena.

— Puis-je vous offrir une tasse de thé et des biscuits ? proposa-t-elle.

— C'est une excellente idée, ma foi. Il n'y a rien de tel qu'un petit en-cas pour stimuler les facultés intellectuelles.

Quelques instants plus tard, la jeune femme reparaissait avec un plateau chargé de douceurs qu'elle posa sur la table de salon.

Edith Janeaway s'empara aussitôt d'un biscuit, tandis qu'Helena lui servait une tasse de thé.

— Tout d'abord, je tiens à vous présenter mes sincères condoléances pour la disparition de votre papa. C'était un très brave homme.

La jeune femme hocha poliment la tête, bien qu'intérieurement elle bouillît d'impatience, ne comprenant pas où voulait en venir cette rustaude.

— Et que me vaut l'honneur de votre visite ?

L'autre prit soudain l'air grave. Posant le biscuit qu'elle tenait à la main, elle se pencha en avant dans un douloureux grincement de ressorts.

— Vous avez certainement entendu parler de la Ligue nationaliste ? murmura-t-elle.

Flairant le danger, Helena posa sa tasse et dit :

— Tout le monde en Irlande a entendu parler de la Ligue.

— Certes, mais connaissez-vous ses nobles desseins ?

— Bien sûr.

— Et les approuvez-vous ?

La jeune fille était sur ses gardes à présent. Il y avait quelque chose de déplaisant dans la façon dont cette femme la dévisageait.

— J'approuve tout ce qui peut contribuer à améliorer la vie des paysans, concéda-t-elle prudemment.

Un sourire triomphant illumina la face adipeuse de la mégère.

— J'en étais sûre ! Je savais que je trouverais en vous une alliée, mademoiselle Considine !

— Mais, s'empressa d'ajouter Helena, je n'approuve pas la violence.

Le sourire de la femme s'évanouit et elle prit l'air offensé.

— La Ligue non plus n'approuve pas la violence.

La jeune fille haussa un sourcil incrédule.

— Peut-être pas ouvertement. Toutefois, je crois savoir que la Ligue n'est pas contre la violence quand celle-ci lui permet d'arriver à ses fins.

La grosse femme secoua vigoureusement la tête.

— Ce ne sont là que vils ragots colportés par nos détracteurs.

Helena sentit son visage s'empourprer violemment.

— Oh ! mais non ! s'écria-t-elle. Le capitaine Tucker a commis les pires exactions ici même, à Mallow, mutilé des animaux, menacé des gens de mort…

— Je ne nie pas qu'il y ait eu quelques débordements, mais les temps sont difficiles et la fin justifie les moyens, mademoiselle. C'est parce qu'ils sont désespérés que les paysans ont recours à de telles pratiques. Si la Ligue triomphe, elle n'aura plus besoin de brigands pour faire respecter la loi.

— Je suis désolée, déclara la jeune femme d'un ton catégorique, mais je suis contre la violence.

Mme Janeaway resta un moment silencieuse, tel un soldat qui recharge son fusil. Puis elle repartit à la charge.

— Seriez-vous prête à intervenir pour arrêter cette violence ?

— Naturellement, dit Helena sans l'ombre d'une hésitation.

Voyant alors l'expression de triomphe dans les yeux de son interlocutrice, elle comprit qu'elle venait de tomber à pieds joints dans un piège.

— Parfait ! J'étais sûre que nous finirions par nous entendre !

Elle se pencha en avant, manquant presque renverser sa tasse avec sa volumineuse poitrine, et déclara solennellement :

— Je suis venue pour vous demander de vous enrôler dans la Ligue des femmes irlandaises.

Helena fit la moue.

— Au risque de vous sembler obtuse, madame Janeaway, je ne vois pas en quoi je peux…

— Si vous cessiez à tout moment de m'interrompre, je pourrais peut-être vous expliquer, s'écria l'autre, excédée.

Elle fit une pause avant de reprendre.

— Les leaders nationalistes sont menacés de prison. Nous avons des raisons de penser que le gouvernement voudrait les faire condamner pour conspiration contre les propriétaires terriens. Auquel cas, ce serait à nous, les femmes, de prendre la relève.

Un sourire féroce joua sur les lèvres de la mégère.

— Vous semblez surprise, mademoiselle. Feriez-vous partie de ces femmes qui pensent que le sexe faible n'est pas capable d'assumer ce genre de responsabilités ?

— Détrompez-vous. Je sais très bien, au contraire, que les femmes sont à même d'assumer un grand nombre de responsabilités qui ne leur sont jamais confiées. Mais je m'étonne que vous puissiez me faire une telle proposition.

— Et pourquoi cela ? Vous m'avez l'air énergique et instruite. Votre papa avait épousé la cause des paysans. Pourquoi sa fille ne marcherait-elle pas dignement dans les traces de son père ?

— Parce que sa fille n'en a pas envie.

Visiblement contrariée, Mme Janeaway se renversa dans son fauteuil en levant les yeux au ciel.

— Comment une femme irlandaise peut-elle refuser de rallier notre cause !

— Je vous l'ai déjà dit, rétorqua Helena. J'ai des doutes quant au bien-fondé de votre cause. De plus, et bien que je sois sensible à la condition des paysans, je compte plusieurs propriétaires terriens parmi mes amis les plus chers.

La mégère eut une moue de mépris.

— Vous voulez sans doute parler de Richard Quinn et de ce falot de Nayland ?

La jeune fille releva le menton d'un air de défi.

— En effet, et ce sont l'un et l'autre des gens honorables qui se comportent équitablement avec leurs métayers.

— Sans doute, concéda la commère, mais que dire de gens comme John Standon ? Ne voulez-vous pas nous aider à mettre un terme à leur cupidité, celle-là même qui engendre la misère des paysans ?

— Pas aux dépens de mes amis, répliqua Helena d'une voix ferme.

— Vous me décevez, mademoiselle.

— Désolée, je ne peux rien pour vous.

La jeune fille se leva, indiquant ainsi à son interlocutrice que l'entretien était terminé.

La grosse femme se leva à son tour, non sans mal. Une fois debout, elle agita son index sous le nez d'Helena.

— Un jour viendra où il faudra que vous choisissiez votre camp, mademoiselle Considine. Et j'espère pour vous que vous choisirez le bon.

Elle tourna les talons et se dirigea, tête haute, vers la sortie.

— Je vous raccompagne, proposa la jeune fille.

— C'est inutile, répondit Edith Janeaway en poussant la porte sans prendre la peine de se retourner.

— Si, si, j'insiste.

Juste au moment où Helena sortait sur le perron, elle aperçut Patrick Quinn qui arrivait au petit trot sur son pur-sang noir. Elle ne put s'empêcher de sourire en voyant sa mine ahurie à la vue de l'imposante Mme Janeaway remontant à bord de sa carriole.

Lorsqu'il ralentit sa monture pour passer à côté de la carriole, Helena ne put résister à l'envie de crier haut et fort :

— Bonjour, Patrick !

— Bonjour ! répondit-il, tout en jetant un regard surpris à la grosse femme qui essayait de faire faire demi-tour à son poney récalcitrant.

— Madame Janeaway, dit Helena d'un air malicieux, j'aimerais vous présenter Patrick Quinn, dont le père n'est autre que Richard Quinn, le propriétaire de Rookforest.

Ils échangèrent un hochement de tête poli, puis la mégère bredouilla quelque chose d'inintelligible en décochant un regard haineux à Patrick.

Dès qu'elle eut disparu au détour du chemin, ce dernier déclara :

— Je n'avais encore jamais vu quelqu'un d'aussi…

— Immense ? demanda Helena. Colossale ?

— Le terme éléphantesque conviendrait mieux.

Il fronça les sourcils.

— Janeaway… ce nom ne me dit absolument rien. Elle est des environs ?

— Je ne l'avais jamais vue jusqu'à aujourd'hui, dit la jeune fille.

Elle lui expliqua brièvement l'objet de la visite de la commère.

Patrick eut l'air surpris.

— Ainsi, elle cherche à rallier les femmes à la cause nationaliste. Et vous avez refusé ?

— Naturellement, s'écria la jeune fille. Jamais je ne ferai quoi que ce soit qui puisse nuire à votre famille ou à lord Nayland.

Elle détourna les yeux car le jeune homme la dévisageait avec une insistance qui la mettait mal à l'aise.

Quand elle le regarda à nouveau, elle fut surprise de voir à quel point il avait changé en un mois. À présent, ses cheveux noirs de jais étaient presque trop longs, lui recouvrant les oreilles et rebiquant légèrement sur sa nuque. Il s'était même laissé pousser deux imposants favoris, sans toutefois porter de barbe. Bien que svelte, il était vigoureux et en bonne santé et ses mouvements avaient une grâce féline.

Cependant, il y avait toujours quelque chose d'éteint et de distant dans ses yeux, comme une tristesse qui semblait ne jamais devoir disparaître.

— Puis-je vous offrir une tasse de thé ? proposa Helena.

Il secoua la tête.

— Non, merci, je ne puis m'attarder. Je dois me rendre à Mallow pour affaires. Mon père m'a demandé de passer pour vous inviter à dîner vendredi soir.

Voyant qu'elle hésitait, il fit observer :

— Vous n'êtes pas venue une seule fois à Rookforest depuis la mort de votre père.

La jeune fille détourna les yeux.

— Je suis en deuil et n'ai guère envie de voir du monde. Dites-le-lui, il comprendra sûrement.

— Comme il s'attendait à ce genre de réponse de votre part, il m'a chargé d'insister. Il a même dit : « Au diable les convenances », or vous savez combien mon père est à cheval sur l'étiquette.

Cependant, Patrick n'ajouta pas que cela serait également un plaisir pour lui-même et pour Margaret.

— Dans ce cas, dit la jeune fille avec un sourire forcé, dites à Richard que je serai ravie d'envoyer les convenances au diable et d'accepter son invitation.

— Je lui transmettrai votre message, dit le jeune homme. La voiture passera vous prendre à l'heure habituelle.

Avec un petit salut, il éperonna son cheval et s'éloigna au galop.

À peine avait-il repris sa route que Patrick se mit à songer à Calypso. Il accéléra brusquement l'allure de son cheval, comme s'il avait voulu laisser ce souvenir obsédant loin derrière lui, mais en vain.

Depuis sa rencontre avec la marquise, l'autre jour, il n'avait cessé de penser à elle. Chaque matin au réveil, il était assailli par le souvenir de son beau visage, de ses yeux d'améthyste, de sa voix rauque et sensuelle.

Patrick secoua la tête, écœuré.

— Il faut être complètement idiot, confia-t-il à Gallowglass, pour aimer une femme qui vous a brisé le cœur. Et pourtant je n'arrête pas de penser à elle, nuit et jour. C'est de la folie.

Quelques instants plus tard, la ferme de Francis Finnerty était en vue et le jeune homme chassa Calypso de ses pensées pour se concentrer sur la pénible mission qu'il devait accomplir.

La ferme des Finnerty était semblable à toutes les autres métairies de Rookforest, à cela près qu'elle était beaucoup plus grande. Le corps principal n'était pas une humble chaumière, mais une grande ferme confortable, dotée d'un étage et d'un toit en ardoise, refait à neuf grâce à la générosité de Richard. La grange, spacieuse et solide, faisait la fierté des fermiers.

Décidément, songea Patrick en contournant la maison, ces gens n'étaient pas à plaindre, même si leurs vues divergeaient de celles de leurs patrons.

Soudain, un coin de rideau se souleva et il sut qu'il était observé. Il n'en avait cure, étant le fils du propriétaire, il était en droit d'aller où bon lui semblait sans rendre de compte à personne.

Il poursuivit son chemin à travers champs jusqu'à ce qu'il eût trouvé ce qu'il cherchait.

Ayant contourné la colline, il avisa une chaumière de construction récente qui s'efforçait de passer inaperçue. Aux termes de la loi, cette maison n'aurait pas dû exister. Patrick fit la grimace. Il ne pouvait en aucun cas laisser passer une infraction aussi grave.

Brusquement, quelqu'un cria son nom. Il pivota sur sa selle et vit Finnerty en personne, flanqué de ses deux fils, qui arrivait dans sa direction, une expression farouche dans les yeux. Le père tenait une fourche à la main, mais les autres n'étaient pas armés.

— Bonjour, messieurs, dit le jeune homme sans descendre de cheval.

— Monsieur Quinn, dit le vieux Finnerty, tandis que ses garçons bredouillaient quelques paroles inintelligibles.

Patrick considéra un instant la chaumière en silence, puis se tourna à nouveau vers les hommes.

— Comment se fait-il que cette maison ait été construite sans autorisation, Francis ?

Les doigts de Finnerty se resserrèrent sur sa fourche et il lança un regard plein de défi au jeune homme.

— C'est pour Joseph, mon aîné. Il vient de se marier et il avait besoin d'un toit et d'un lopin de terre.

— Et que se passera-t-il quand Joseph aura lui-même un fils, à qui il voudra à son tour donner un petit lopin de terre et quand ce fils aura lui-même un fils ?

Le fermier serra les dents, l'air renfrogné.

— Vous ne pouvez pas obliger un jeune couple à vivre sous le même toit que les anciens. Comme j'avais assez de terre, j'en ai cédé une partie à mon fils.

— Cette terre ne vous appartient pas, lui rappela Patrick. Vous la louez à mon père et, conformément aux termes du contrat, vous n'avez pas le droit de diviser la terre entre vos différents enfants.

Le dénommé Joseph décocha un regard plein de haine au jeune propriétaire.

— Cette terre nous appartenait avant que les Anglais…

— Silence ! glapit son père.

Puis il dit à Patrick :

— Que ferait votre père s'il ne pouvait pas léguer ses terres à son fils ?

Le jeune homme aurait voulu lui dire qu'il le comprenait, qu'il était naturel de vouloir léguer son bien aux générations futures, mais s'il le faisait il savait qu'ils prendraient sa compassion pour de la faiblesse et chercheraient à lui forcer la main. Or, il en allait de la survie même de Rookforest et de ses métayers. C'est pourquoi le fils de Richard se montra intraitable.

— Dans le cas de mon père, c'est différent. Il est propriétaire de son domaine et peut en faire ce que bon lui semble. Vous n'êtes que locataire et, en tant que tel, vous devez respecter les termes du contrat.

— C'est injuste ! rugit Finnerty, pâle de rage et de frustration.

— C'est la loi, répliqua Patrick en fronçant les sourcils. Vous avez deux semaines pour détruire cette chaumière.

Voyant que les deux frères échangeaient un regard entendu, il ajouta sèchement :

— Je vous déconseille d'avoir recours à la force, messieurs. Sans quoi, mon père vous enverra vous balancer au bout d'une corde.

Les hommes le dévisagèrent en silence, leur colère à peine contenue. Le fils de Richard savait qu'ils mouraient d'envie de le tirer à bas de son cheval et de le réduire en chair à pâté. Cependant, une chose les en empêchait. Cette chose, Patrick ne tarda pas à la découvrir.

Ivre de rage, Joseph éructa soudain :

— Patience, Votre Honneur. Votre heure viendra. Le capitaine Tucker y veillera personnellement.

Sans ajouter une parole, les trois hommes tournèrent les talons.

De retour à Rookforest, le jeune homme alla trouver son père dans son bureau.

— Eh bien ? demanda celui-ci.

Patrick s'installa face au vieil homme et sortit M. O'Malley de sa poche, sous le regard désapprobateur de Richard.

— Vous aviez raison, père, les Finnerty…

— Au diable les Finnerty ! Est-ce qu'Helena a accepté mon invitation ?

Patrick écarquilla les yeux, stupéfait. L'un des fermiers de son père bafouait ouvertement la loi et la seule préoccupation de Richard Quinn était de savoir si Helena viendrait dîner vendredi.

— Oui, elle a accepté.

Une expression de soulagement se peignit aussitôt sur le visage du vieil homme.

— Parfait, dit-il en se levant. Et comment l'as-tu trouvée ?

Patrick haussa les épaules.

— Elle avait l'air triste, même si elle s'efforçait de ne pas le montrer. Je crois que son père lui manque énormément.

Richard joignit ses mains derrière son dos et s'approcha de la fenêtre.

— Elle a besoin de compagnie. Il ne faut pas qu'elle reste seule à se morfondre toute la journée.

— Elle est en deuil et, en pareilles circonstances, il est normal de décliner les invitations.

Son père lui décocha un regard qui disait clairement ce qu'il pensait de ce genre de conventions ridicules.

Patrick se mit à caresser nerveusement M. O'Malley tout en s'efforçant de choisir soigneusement ses mots afin de ne pas susciter la colère paternelle. Pour finir, ne sachant comment tourner la chose, il lança de but en blanc :

— Seriez-vous amoureux, mon père ?

Le vieil homme s'éclaircit la voix, puis, retournant à son bureau, fit mine de classer des papiers.

— Tu me connais, mon fils, dit-il d'une voix hésitante. Je n'ai pas l'habitude de mâcher mes mots et je n'aime pas tourner autour du pot. Oui… je suis amoureux.

Il devint rouge comme une tomate et détourna les yeux.

— Vos sentiments sont-ils partagés ? demanda Patrick en retenant son souffle.

— Je l'ignore, confessa Richard. Je ne lui ai pas encore fait ma déclaration.

Patrick laissa échapper un petit soupir de soulagement. Tout espoir n'était pas perdu et il avait encore une chance d'empêcher son père de commettre une folie.

— Et croyez-vous qu'elle se doute de quelque chose ?

Le vieux Quinn haussa les épaules.

— Je n'ai jamais été très doué pour deviner ce genre de chose.

Patrick sourit amèrement.

— Il serait sage de connaître ses sentiments à votre égard avant de lui demander sa main.

— Mais je veux l'épouser, répondit son père.

Patrick s'efforça de masquer sa contrariété.

— Vous pensez qu'elle va accepter ?

— Je n'en sais rien. Je suis suffisamment vieux pour être son père. Je n'ai rien d'un Apollon et je ne suis pas un homme romantique. Cependant, Helena est une fille raisonnable. Elle sait que je ferais un bon mari et qu'avec moi elle sera à l'abri du besoin. De plus, reconnut-il, je ne suis plus très jeune et j'ai besoin d'une compagne pour mes vieux jours.

Patrick, qui avait été lui-même jadis romantique au point de sacrifier quatre années de sa vie par amour, trouvait les arguments de son père détestables et terre à terre.

Richard le considéra un instant en silence.

— Sache néanmoins qu'Helena ne prendra jamais la place de ta mère dans mon cœur, avoua le vieil homme. Mes sentiments pour elle sont d'une autre nature. Et tu demeures mon unique légataire. Aucun des enfants qui pourraient naître de cette union n'héritera de Rookforest.

Des enfants ! Patrick n'avait pas envisagé une telle éventualité. L'idée d'avoir des frères et sœurs le dérangeait terriblement. Il n'en laissa rien paraître et dit avec un petit sourire :

— Diable ! Vous voilà soudain bien gaillard, mon père.

Richard lui rendit son sourire.

— Tous mes vœux de bonheur, ajouta le jeune homme. Quand avez-vous l'intention de lui demander sa main ?

Le vieil homme se renversa dans son fauteuil et croisa les mains sur sa nuque.

— Elle vient de perdre son père, je ne veux pas la bousculer. La coutume veut qu'elle observe le deuil pendant un an. Ensuite…

— Dire que je vais avoir une belle-mère, dit Patrick sur le ton de la plaisanterie, bien que la pensée d'avoir une belle-mère qui allait enfanter une tripotée de garnements ne l'enchantât guère.

Brusquement, son père revint aux affaires.

— Assez parlé de mariage. Qu'as-tu découvert chez les Finnerty ? Est-il exact qu'il a divisé ses terres ?

Patrick hocha la tête et lui conta les événements de l'après-midi. Quand il eut fini, le vieil homme se mit à arpenter rageusement la pièce.

— Que le diable l'emporte ! rugit-il.

Patrick soupira.

— Dans un sens, je le comprends. Ce qu'il veut, c'est léguer quelque chose à ses fils.

— Hum ! Si on les laisse faire, toutes les terres d'Irlande seront progressivement divisées et redivisées et on finira par vivre dans un mouchoir de poche. Non, je ne peux pas laisser passer ça.

Patrick acquiesça, l'air grave.

— Ce serait comme de revenir au XVIIIe siècle.

— C'est précisément pour cela que la division des terres est interdite. Il a fallu des années à mon père pour se débarrasser de tous les intermédiaires et de tous les baux à long terme. Et maintenant, allons-nous revenir en arrière ?

Patrick prit M. O'Malley et le remit dans sa poche. Puis il leva les yeux vers son père.

— Il y a autre chose qu'il faut que vous sachiez. Le vieux Francis et ses fils m'ont menacé.

Le visage de Richard s'empourpra d'un seul coup.

— Ils ont osé lever la main sur toi ?

— Non, mais j'ai senti qu'ils en avaient envie.

— Ah ! les misérables !

— J'ai senti de l'animosité chez eux, père. Il vaut mieux que nous soyons sur nos gardes. Avec les nationalistes qui exigent que la terre soit rendue aux Irlandais et le capitaine Tucker qui fait régner la terreur dans les campagnes, je crois que nous allons vivre des jours sombres. Les fermiers ne nous témoignent plus aucun respect. Ils deviennent arrogants.

— Je vais leur apprendre où est leur place. Foi de Richard, s'ils veulent la bagarre, ils l'auront.

Surpris de sa véhémence, Patrick demanda :

— Que comptez-vous faire ?

— Si la chaumière n'est pas rasée dans deux semaines, j'expulse les Finnerty. Ils serviront d'exemple.

9

Helena fut tirée du sommeil par des cris stridents. Bondissant de son lit, elle se précipita à la fenêtre et aperçut la domestique qui se tenait sur le perron, aussi raide que si elle avait aperçu un fantôme.

Ouvrant la fenêtre, elle lui cria :

— Mary ! Que se passe-t-il ?

La jeune femme leva vers elle un visage terrorisé.

— Oh ! mademoiselle ! gémit-elle en se tordant les mains. C'est horrible ! Venez voir !

Helena enfila un peignoir et dégringola l'escalier rapidement. À peine eut-elle ouvert la porte qu'une vision de cauchemar s'offrit à elle : un grand corbeau à la tête coupée gisait sur le seuil dans une mare de sang.

Elle fit la grimace et releva le bas de son peignoir d'un air dégoûté.

— Mon Dieu ! quelle horreur !

Puis sa répulsion fit place à la colère.

— Mary, ne reste pas là à trembler comme une feuille. Ce n'est tout de même pas la première fois que tu vois un oiseau mort.

— Non, répondit la servante en se tordant les mains de plus belle. J'en ai déjà vu, mais jamais comme ça, avec la tête coupée. Sûr qu'on l'aura mis là exprès.

— C'est sans doute une mauvaise blague des garnements du village.

Bien qu'elle fît mine de prendre la chose à la légère, la fille du médecin sentit un frisson de terreur la parcourir des pieds à la tête.

L'autre n'était pas dupe.

— Non, dit-elle en contournant prudemment l'oiseau pour entrer dans la maison. Ce ne sont pas les gosses du village.

Elle baissa la voix et ajouta :

— Moi, je dirais plutôt que c'est la bande du capitaine Tucker.

— Pourquoi s'en prendrait-il à moi ? Je mène une vie paisible et je ne fais pas de politique.

La domestique eut l'air gêné.

— Mais vous êtes amie avec les Quinn.

— Et en quoi est-ce que cela les regarde ?

— On raconte que ça ne leur plaît guère.

Helena plissa les yeux et décocha à la domestique un regard suspicieux.

— Que veux-tu dire, Mary ? Explique-toi.

La bonne haussa les épaules et se mit à danser nerveusement d'un pied sur l'autre.

— Disons qu'il y a des bruits qui courent. Mais c'est rien que des ragots, mademoiselle.

La fille du médecin posa une main sur l'épaule de la servante et l'obligea à la regarder dans les yeux.

— Mary, mon père et moi t'avons toujours traitée décemment, n'est-ce pas ?

La fille hocha la tête.

— Oui, mademoiselle. Vous avez toujours été très bons pour moi.

— Eh bien ! en échange, je voudrais que tu me dises ce que tu sais.

La bonne lança des petits regards furtifs autour d'elle, comme si elle craignait que les murs eussent des oreilles.

— Sauf votre respect, mademoiselle, je ne peux pas vous en dire plus. Tout ce que je sais, c'est que les hommes du capitaine Tucker, ils n'aiment guère les propriétaires et leurs intendants.

— Je vois, dit Helena.

— Oh ! mademoiselle, s'écria la servante, la gorge soudain nouée par la peur. Le capitaine Tucker est partout. S'il apprenait que je vous ai parlé et que je vous ai dit ça, il me carderait, ou même pis encore.

Elle posa précipitamment ses mains sur sa bouche.

— J'en ai déjà trop dit, marmonna-t-elle.

— Je comprends, soupira sa maîtresse. Mets le corbeau dans un sac et va l'enterrer au fond du jardin. Ensuite, tu nettoieras le perron.

Mary acquiesça et, soulagée, fila à la cuisine.

— Comment ces bandits osent-ils s'en prendre à moi ? marmonna Helena en regagnant sa chambre. J'ai le droit de fréquenter qui bon me semble.

Elle avait beau vouloir passer pour vaillante, la jeune femme savait qu'elle se trouvait dans une situation de faiblesse. Son père parti, elle était désormais seule au monde, sans personne pour la protéger. La veille au soir, quand le corbeau avait été déposé sur le pas de sa porte, elle n'avait rien entendu. Qui sait si une bande de brigands ne chercherait pas à s'introduire chez elle en pleine nuit…

Elle réprima un frisson et chassa les sinistres pensées qui lui venaient à l'esprit. Pas question de se laisser intimider.

Plus tard, tandis qu'elle prenait son petit-déjeuner, Helena se rappela les propos de cette mégère d'Edith Janeaway : tôt ou tard, il faudra que vous choisissiez votre camp.

Avait-elle été désignée comme cible parce que son père occupait jadis une position importante au sein de la communauté ? En l'obligeant à couper les ponts avec les Quinn, les nationalistes espéraient peut-être inciter d'autres personnes à faire de même. Mais la jeune femme ne l'entendait pas de cette oreille.

Cependant, elle était loin de s'imaginer combien il lui serait difficile de garder sa neutralité.

Tandis qu'elle descendait la grand-rue de Mallow, les métayers qu'elle croisait au passage lui souhaitaient le bonjour en ôtant respectueusement leur couvre-chef. Chaque fois, Helena les regardait droit dans les yeux, espérant y déceler une lueur de culpabilité. Mais, si ces hommes avaient eu pour mission de l'intimider, ils cachaient habilement leur jeu.

Une heure plus tard, ayant fini ses emplettes, elle s'apprêtait à remonter dans sa carriole quand une voix l'appela. Elle se retourna et se retrouva nez à nez avec John Standon et sa sœur.

Ils formaient un couple superbe, dans leur attelage tiré par des pur-sang noirs. John était particulièrement à son avantage dans sa redingote anthracite qui mettait en valeur sa beauté virile. Sa sœur avait échangé ses vêtements de deuil pour un ensemble mauve qui s'accordait admirablement avec ses yeux magnifiques.

— Monsieur Standon, murmura poliment Helena, bien qu'avec une légère retenue.

— Ah ! dit-il, l'air contrit en ôtant son haut-de-forme pour la saluer, je vois que vous ne m'avez toujours pas pardonné d'avoir rossé Quinn.

Cependant, la lueur espiègle qui brillait dans ses yeux trahissait ses véritables sentiments.

— J'imagine que mon opinion à ce sujet vous est parfaitement indifférente, monsieur Standon.

Ne voulant pas polémiquer, il changea de sujet.

— Au fait, je ne crois pas que vous connaissiez ma sœur, lady Eastbrook.

— Nous n'avons en effet jamais été présentées, dit Helena.

— Dans ce cas, permettez-moi de vous présenter Calypso Eastbrook. Calypso, je te présente Helena Considine, la fille de feu le Dr Considine.

— Enchantée, mademoiselle, dit l'aristocrate d'une voix grave et sensuelle.

— Lady Eastbrook, répondit Helena avec un petit signe de tête poli, j'espère que votre appréciez votre séjour en Irlande.

La marquise décocha un regard furtif à son frère.

— Mon séjour ici est… des plus plaisants.

La fille du médecin, qui n'avait aucune envie de s'attarder en compagnie des Standon, allait prendre congé quand Calypso proposa :

— Accepteriez-vous de m'accompagner jusqu'à la boutique de Mme Burrage, mademoiselle Considine ?

Avec un autre coup d'œil en biais à son frère, elle expliqua :

— J'ai quelques achats à faire, mais John a horreur des magasins.

Surprise par cette requête, la jeune femme n'osa refuser de crainte de paraître impolie.

— Comme vous voudrez, lady Eastbrook.

S'inclinant profondément devant Helena, John lui prit la main et la porta à ses lèvres.

— Merci, mademoiselle, susurra-t-il. Vous venez de me sauver la vie.

Puis, se tournant vers sa sœur, il dit sèchement :

— Si tu n'es pas là dans une demi-heure, je rentre. Tant pis pour toi si tu tardes trop, tu rentreras à Drumlow à pied.

— Je ne traînerai pas, promit la marquise avec un sourire.

Ouvrant une gracieuse ombrelle, elle se mit en route.

Tout en emboîtant le pas à la jeune femme, Helena se demanda pourquoi l'élégante aristocrate avait jeté son dévolu sur une fille de médecin sans fortune. Elle ne tarda pas à l'apprendre.

— Vous vous demandez sans doute pourquoi je vous ai demandé de m'accompagner ? remarqua Calypso en posant sur elle deux prunelles violettes bordées de longs cils noirs.

— En effet, lady Eastbrook.

— Eh bien ! tout simplement parce que j'ai besoin d'avoir une amie.

Cette confession prit Helena de court. Elle leva un sourcil étonné.

— Une dame de votre rang n'a-t-elle pas un grand nombre d'amies, lady Eastbrook ?

— Des connaissances, oui, mais pas de vraies amies, soupira la marquise avec un sourire pathétique. Une femme belle et riche s'attire davantage de jalousie que d'amitié. Lorsque je suis devenue lady Eastbrook, je ne comptais plus mes amis. Depuis que la chance a tourné… et que je suis de retour en Irlande… les gens qui cherchaient jadis à s'attirer mes faveurs se gaussent de mon infortune.

— Comment est-ce possible ? s'étonna Helena.

Calypso hocha tristement la tête.

— C'est pourtant la vérité, mademoiselle Considine. Les rares invitations auxquelles j'ai répondu ont tourné au désastre. Les gens ne faisaient que me dévisager et cancaner derrière mon dos. Alors, je reste cloîtrée et ce, malgré l'insistance de mon frère.

Elle soupira à nouveau.

— Je me sens terriblement seule, mademoiselle. J'ai besoin de compagnie.

La fille du médecin se sentit soudain rougir jusqu'aux oreilles.

— Mais, lady Eastbrook, vous et moi ne sommes pas du même monde.

— Sans doute, mais cela m'est égal. J'ai entendu dire le plus grand bien de vous. Il paraît que vous êtes honnête, charitable et généreuse. Si je vous tends la main aujourd'hui, c'est dans l'espoir que vous accepterez de devenir mon amie.

Helena s'éclaircit la voix.

— Vous me mettez dans une position embarrassante, madame. Vous savez certainement que je suis très liée aux Quinn.

Une lueur de désappointement brilla dans les beaux yeux violets de la marquise.

— Ah ! je vois. Vous craignez que notre amitié ne soit perçue comme une trahison par vos amis.

— Pour être parfaitement honnête, oui.

La voix de Calypso se mit à trembler.

— Je vous comprends. Il est vrai que la rancœur des Quinn à l'égard de ma famille est en grande partie fondée.

Ces paroles surprirent la fille du médecin. Elle ne s'attendait pas à ce que la jeune femme endossât la responsabilité de ce qui s'était passé entre elle et Patrick.

Les deux femmes étaient arrivées devant la boutique de Mme Burrage, à présent. Plongeant la main dans son sac, la marquise en sortit une carte de visite qu'elle tendit à Helena.

— Je comprends votre réticence, mademoiselle Considine. Et je n'ai aucune envie de porter ombrage à votre amitié avec les Quinn. Néanmoins, si vous changiez d'avis, n'hésitez pas à venir me rendre visite à Drumlow. Vous serez toujours la bienvenue.

Avec un sourire grave et désemparé, elle lui souhaita le bonjour et poussa la porte de la mercerie.

La carte de Calypso à la main, Helena resta un instant interdite en se demandant ce qu'elle devait faire.

Le lendemain, au réveil, Helena découvrit son jardin entièrement saccagé. Des vandales en avaient arraché les fleurs qui gisaient à terre pêle-mêle.

— Les lâches, pesta-t-elle tandis que des larmes de colère lui montaient aux yeux.

Le jour suivant, Mary, éplorée, lui annonça qu'elle lui rendait son tablier, sans lui fournir plus d'explication. Mais Helena savait pourquoi : son amitié avec les Quinn avait offensé le tout-puissant capitaine Tucker et elle avait été choisie pour servir d'exemple à tous ceux qui osaient lui tenir tête.

La jeune femme rassura Mary et lui dit qu'elle n'avait de toute façon plus les moyens de la garder à son service. Dès que la servante fut partie, la fille du médecin attela la carriole et se rendit à Rookforest.

Sitôt qu'elle entra dans le vestibule, Mme Ryan s'écria :

— Oh ! mon Dieu ! Mademoiselle Considine, que s'est-il passé ? Vous êtes pâle comme la mort et vous tremblez de la tête aux pieds.

— Je voudrais voir M. Quinn, dit Helena en joignant les mains pour les empêcher de trembler. Je sais que ça n'est pas l'heure des visites, mais il faut absolument que je le voie.

— Ne vous inquiétez pas, la rassura la vieille gouvernante en lui tapotant gentiment la main. Vous êtes toujours la bienvenue ici. Ils sont en train de déjeuner, si vous voulez bien me suivre…

La frêle gouvernante la mena jusqu'à la salle à manger et ouvrit toute grande la porte à double battant.

— Je vous prie d'excuser mon intrusion à une heure aussi peu convenable…, dit Helena en entrant dans la salle à manger.

Richard se leva aussitôt de table, l'air surpris.

— Ne vous excusez pas, dit-il avec empressement. Vous êtes toujours la bienvenue.

Patrick, qui s'était également levé, remarqua d'emblée sa mine défaite.

— Helena, que se passe-t-il ?

Elle accepta avec gratitude la chaise que lui présentait le vieil homme.

— Je… il me semble que je fais l'objet de menaces de la part du capitaine Tucker.

Margaret eut un petit haut-le-corps et elle échangea un petit coup d'œil en coin avec son cousin. Richard fronça les sourcils.

— Que le diable emporte ces maudits nationalistes ! Que vous ont-ils fait ?

D'une voix haletante, Helena leur raconta l'épisode du corbeau décapité, puis celui du jardin saccagé.

— Ah ! les lâches ! rugit le propriétaire terrien. Ils osent s'en prendre à une femme sans défense…

Margaret ne fit aucun commentaire, mais Helena remarqua non sans une certaine amertume que Patrick réprimait un sourire moqueur.

— Je ne saisis pas bien l'humour de la situation, dit-elle sèchement en le fusillant du regard.

Patrick s'essuya les lèvres avec sa serviette et dit sur un ton paternel :

— Au regard des autres exactions commises par les nationalistes, ces deux méfaits me semblent bien innocents.

Il se renversa sur sa chaise.

— Vous ne pensez pas plutôt qu'il s'agit d'un mauvais tour de garnements ?

— J'y ai songé, avoua Helena. Depuis la mort de mon père, je vis seule et je suis une cible de choix pour les vauriens du village. Cependant, je trouve surprenant que ces deux méfaits aient été perpétrés peu après la visite de Mme Janeaway, représentante de la Ligue nationaliste, laquelle a essayé en vain de me faire rallier sa cause. Je trouve également curieux que la servante, qui travaillait chez nous depuis trois ans, m'ait annoncé il y a moins d'une heure qu'elle quittait mon service.

Margaret haussa les épaules.

— Les domestiques changent fréquemment de maison. On lui aura offert un meilleur emploi ailleurs.

— Dans ce cas, pourquoi ne me l'a-t-elle pas dit ? Mary a refusé de me fournir la moindre explication. Et lorsque j'ai insisté, elle a eu l'air affolé.

— Vous pensez que les nationalistes l'ont menacée, dit Richard en lui offrant une tasse de thé.

Helena hocha la tête en silence.

— Mais pour quelle raison s'en prendraient-ils à vous ? demanda Patrick, l'air sceptique. Le capitaine Tucker s'en prend aux métayers, pas aux femmes seules et sans défense.

— C'est vrai, dit Margaret. Cela ne tient pas debout. Votre père était aimé et respecté à Mallow. Pour quelle raison s'en prendraient-ils à vous ?

La jeune femme secoua la tête.

— J'ai beau réfléchir, je n'y comprends rien.

— En tout cas, il est hors de question que vous restiez là-bas toute seule, déclara Richard. Vous allez venir vous installer à Rookforest.

Elle lui sourit.

— Merci, c'est très aimable à vous, mais je ne puis accepter.

— Et pourquoi cela ?

Elle releva la tête d'un air résolu.

— Parce que c'est précisément ce que veulent ces bandits. Et je ne leur donnerai jamais cette satisfaction.

— Le courage est une belle et grande chose, reconnut le vieil homme, toutefois, dans votre cas, c'est de la folie.

— Il me semble que nous avons déjà eu cette discussion, par le passé, répondit-elle avec un beau sourire, et ma réponse est non.

— Décidément, vous êtes la femme la plus obstinée qu'il m'ait jamais été donné de rencontrer, dit Richard. Puis il ajouta : Laissez-moi tout au moins vous envoyer une de mes servantes pour remplacer celle que vous avez perdue.

— J'accepte volontiers.

— Peut-être pourrait-elle s'établir à demeure, suggéra Margaret, afin que vous ne soyez plus seule.

— Et le constable Treherne pourrait mettre un vigile à votre disposition la nuit, ajouta Patrick.

Helena sourit tristement.

— Merci, mes amis. Votre sollicitude me va droit au cœur et je me sens déjà mieux.

Lorsqu'elle se leva pour prendre congé, le vieux Quinn l'imita.

— À quoi servent les amis, sinon à s'entraider dans les moments difficiles ? proclama-t-il en lui offrant son bras. Puis-je vous raccompagner ?

— Volontiers, dit la jeune femme.

Ayant souhaité le bonjour à Patrick et à Margaret, elle sortit au bras de Richard.

Patrick les regarda s'éloigner d'un œil maussade.

— Eh bien ! Pat, murmura Margaret. À en juger par ton œil torve, l'histoire de Mlle Considine ne t'a pas convaincu.

Un rictus amer plissa les lèvres du jeune homme.

— On ne peut décidément rien te cacher, Meggie.

Elle haussa un sourcil gracieux.

— Tu ne crois pas que les nationalistes l'aient menacée ?

— Pourquoi s'en prendraient-ils à une femme seule, une vieille fille dont le père passait presque pour un saint aux yeux des paysans ?

Patrick se renversa sur sa chaise et croisa les bras.

— Ne vois-tu pas qu'elle nous joue la comédie ? Elle arrive ici tout éplorée et, naturellement, mon père s'empresse de la consoler.

— Tu veux dire qu'il s'agit d'une ruse destinée à prendre l'oncle Richard dans ses filets ? suggéra Margaret légèrement surprise.

— Évidemment.

La jeune fille eut un petit hochement de tête indigné.

— Quel cynisme, mon cher cousin. D'après toi, toutes les femmes sont à l'image de Calypso Standon.

La vérité le blessait, mais Patrick n'en laissa rien voir à sa cousine.

— Cynique, ma chère ? Vous n'y êtes pas. Réaliste, tout simplement.

Non loin du portail de Rookforest, une silhouette solitaire à demi cachée par une haute futaie observait et attendait.

Soudain sa patience fut récompensée. Les grilles de fer s'ouvrirent sans bruit et une carriole menée par une femme seule sortit et prit à droite. La femme passa à côté de l'homme tapi dans les fourrés sans le voir.

Il l'observa jusqu'à ce que la voiture eût disparu au détour de la route et jura entre ses dents. Ainsi donc, elle persistait à leur tenir tête, malgré leurs mises en garde.

Le temps était venu de sévir. Le capitaine allait lui donner une leçon qu'elle n'était pas près d'oublier.

Le vendredi soir, lorsque Helena revint dîner à Rookforest, elle sentit d'emblée qu'il y avait de l'animosité dans l'air. Seuls Richard et lord Nayland semblaient sincèrement contents de la voir.

Quand elle entra dans le salon, le baron se leva, un sourire avenant sur les lèvres.

— Quel plaisir de vous revoir, mademoiselle Considine, s'écria-t-il en lui baisant la main. Je sais que vous avez passé des moments difficiles depuis la mort de votre père. Je suis sûr qu'une soirée entre amis vous fera le plus grand bien.

— Buvons à sa santé, proposa Richard, et il servit un sherry à Helena.

Margaret, ravissante dans sa robe de soie rose rehaussée de fine dentelle, semblait de méchante humeur. Elle ne daigna même pas adresser un sourire à la fille du médecin lorsque celle-ci lui souhaita le bonsoir.

Quant à Patrick, posté devant la baie vitrée, il ne semblait pas avoir remarqué l'arrivée d'Helena. La lumière du crépuscule jetait des reflets bleu foncé dans ses cheveux noirs. Il était l'élégance même, dans son habit noir au plastron d'une blancheur immaculée. La jeune femme frissonna quand il lui adressa un petit salut sec et distant.

« Qu'ai-je donc fait pour mériter un tel accueil ? », songea-t-elle en prenant place sur le divan.

Au même moment, Richard apparut avec un verre de sherry et elle chassa ses sombres pensées.

— Eh bien ! plus de corbeaux devant votre porte ? demanda-t-il.

Helena secoua la tête.

— Dieu merci, non. Je vous remercie du fond du cœur de m'avoir envoyé Lily pour me tenir compagnie.

Outre qu'elle était grande et robuste, Lily était une femme de chambre zélée, dont les doigts agiles avaient su dompter l'épaisse chevelure d'Helena et tresser l'élégant chignon qu'elle portait ce soir.

— Tout le plaisir est pour moi, répondit le vieil homme, avec un sourire rayonnant.

Lord Nayland opina gravement du chef.

— Ah ! ces nationalistes…

— A-t-on réussi à les identifier ? demanda la fille du médecin.

Patrick, qui avait repris son poste d'observation favori, à côté de la cheminée, ricana.

— Si nous le savions, il y a belle lurette qu'ils seraient en train de se balancer au bout d'une corde.

Richard décocha un coup d'œil furibond à son fils.

— Et vous, Nayland, avez-vous été inquiété ? demanda-t-il au baron.

Le jeune lord ôta ses lunettes et se frotta les yeux.

— J'ai consenti des facilités de paiement à mes fermiers, mais certains d'entre eux ont refusé catégoriquement de sortir le moindre sou. Heureusement, les terres que je possède en Angleterre me rapportent suffisamment pour vivre, cependant, tôt ou tard, il faudra que j'expulse les mauvais payeurs.

— Quant à moi, je vais devoir expulser Francis Finnerty, annonça Richard.

À ces mots, Margaret pâlit et s'écria :

— Mais c'est impossible, oncle Richard ! Les Finnerty travaillent pour vous depuis toujours. Vous ne pouvez pas les chasser.

— Je n'y peux rien, ma nièce. Le vieux Finnerty a divisé ses terres au mépris de la loi et il refuse d'entendre raison. Je n'ai d'autre choix que de l'expulser, afin de faire un exemple.

Les joues pâles de Margaret s'empourprèrent d'un seul coup.

— Vous arrive-t-il jamais de vous mettre à la place de vos métayers, mon oncle ? Avez-vous seulement idée de ce qu'ils doivent faire pour survivre ?

Ce petit sermon prit tout le monde de court, en particulier le vieux Quinn.

— De quel côté es-tu, au juste ? maugréa-t-il.

La jeune fille releva brusquement la tête d'un air de défi.

— Je suis du côté de la justice et de l'équité, mon oncle. Je sais que nous sommes propriétaires et que nous vivons des loyers que nous versent les métayers…

— Précisément ! coupa le vieil homme.

— … mais je crois que nous devrions faire un effort.

Richard vida son whisky d'un trait et foudroya sa nièce du regard.

— Qu'est-ce que c'est que ces sornettes, Margaret ?

— N'ai-je pas le droit d'avoir mes propres opinions ? répliqua-t-elle fièrement. Dois-je dire *amen* à tout ce que vous ou lord Nayland décrétez ?

Voyant que les choses se gâtaient, Helena jugea préférable d'intervenir. Se levant brusquement, elle fit mine de s'éventer de la main.

— J'ai un peu chaud, dit-elle. Margaret, voudriez-vous faire quelques pas avec moi dans le jardin ? Il fait si doux ce soir.

— Vous avez raison, approuva la jeune fille. L'air est irrespirable ici.

Dans un froissement de soie, elle sortit d'un pas résolu, la fille du médecin à sa suite.

Dehors, le crépuscule commençait à faire place à la nuit et les corbeaux regagnaient leurs nids par centaines en poussant des cris rauques.

Il flottait dans l'air une délicieuse odeur d'humus et d'herbe fraîchement coupée.

Helena inspira profondément. Pour la première fois depuis la mort de son père, elle se sentait rassérénée. Derrière les hautes murailles de Rookforest, elle se sentait en sécurité. Ici, le capitaine Tucker et ses exactions ne pouvaient pas l'atteindre.

Brusquement, Margaret demanda :

— Vous allez parler de Thomas à mon oncle ?

— J'aimerais mieux ne pas avoir à le faire, répondit Helena, contrariée.

Une lueur de soulagement brilla dans les yeux de Meggie.

— Merci ! Vous n'imaginez pas comme je vous suis reconnaissante d'avoir tenu parole.

Ainsi donc, la jeune fille n'avait nullement l'intention de parler à Richard.

Déconcertée, la fille du médecin déclara :

— Je ne puis pas vous promettre de garder le silence éternellement. J'ai l'impression d'être chaque jour un peu plus déloyale à l'égard de votre oncle. Il a été tellement généreux avec moi, je ne pense pas pouvoir lui rendre un jour toutes ses bontés. Et garder le silence reviendrait à le trahir.

La jeune fille s'obstinait.

— Vous aviez pourtant promis !

Helena décida qu'il était temps d'essayer de raisonner Margaret.

— Avez-vous jamais imaginé que cette liaison risquait de vous compromettre ?

— Me compromettre ? Ne soyez pas ridicule ! Thomas m'aime. Jamais il ne ferait quoi que ce soit qui puisse entacher ma réputation !

— Au nom du ciel ! Margaret, ouvrez les yeux, explosa soudain Helena. Ne voyez-vous pas que les fermiers sont en train de se soulever contre les propriétaires terriens. Vous et votre Thomas appartenez à deux camps ennemis.

En dehors de ses proches, jamais personne n'avait osé parler sur ce ton à Margaret. Furieuse, elle toisa Helena du regard.

— Patrick avait raison. Vous n'êtes qu'une vieille fille racornie qui ne comprend rien à l'amour.

Ses paroles atteignirent Helena comme si la jeune fille l'avait souffletée au visage. Patrick avait dit cela d'elle, alors qu'elle croyait qu'il commençait à l'estimer ? Cependant, ne voulant pas donner à la jeune effrontée la satisfaction de voir qu'elle l'avait blessée dans son amour-propre, elle refoula les larmes qui lui montaient aux yeux.

Margaret poursuivit :

— Notre amour est si grand qu'il viendra à bout de tous les obstacles.

« Pauvre petite fille gâtée », songea Helena en elle-même.

— En somme, vous avez l'intention de renoncer à tout ceci, soupira-t-elle en désignant le manoir et le parc d'un geste large, pour une vie avec Thomas dans une chaumière.

— Peut-être au début, reconnut la jeune fille, mais dès que nous serons mariés, nous émigrerons en Amérique ou en Australie, des pays où les hommes comme Thomas peuvent faire fortune. Et un jour nous reviendrons en Irlande la tête haute.

— Je vois.

En fait, Helena ne voyait que trop clairement. Thomas allait séduire Margaret, si cela n'était déjà fait et exiger ensuite de Richard qu'il lui cédât des terres, voire un petit pécule lui permettant de quitter l'Irlande sans s'embarrasser d'une enfant gâtée et enceinte par-dessus le marché. Évidemment, la jeune fille était trop amoureuse pour entendre raison.

La fille du médecin fut prise de remords. Elle avait tort de juger trop hâtivement la jeune fille, alors qu'elle-même avait brûlé d'une passion tout aussi dévorante pour William.

Margaret s'arrêta et saisit fermement Helena par le bras.

— Vous ne direz rien à l'oncle Richard, n'est-ce pas ?

— Je ne peux malheureusement rien vous promettre.

Quelque chose qui ressemblait à de la haine traversa soudain le regard de la jeune fille. Ses lèvres se crispèrent en une ligne amère.

— Je vous déconseille formellement de lui parler, glapit-elle brusquement. Sans quoi vous pourriez le regretter.

La menace, proférée sur le ton du défi, était tellement inattendue qu'Helena en eut le souffle coupé. Elle songea au corbeau décapité, à son jardin saccagé, et frissonna.

Cependant, il n'était pas dans sa nature de capituler. Rejetant les épaules en arrière, elle rétorqua sèchement :

— J'ai horreur du chantage, Margaret.

La jeune fille se contenta de sourire, puis, reprenant sa promenade, lâcha d'une voix pleine de suffisance :

— Prenez garde, Helena.

Soudain, Rookforest cessa d'être le havre de paix qu'elle s'était plu à imaginer. Les corbeaux s'étaient tus comme s'ils les avaient épiées et les ombres de la nuit avaient gagné le parc.

Sans ajouter un mot, les deux jeunes femmes regagnèrent la maison.

Le dîner se déroula ensuite dans une atmosphère tendue et déplaisante.

N'ayant aucune envie de rester seule avec Margaret pendant que ces messieurs prenaient un digestif en fumant le cigare, Helena prétexta une migraine.

À sa grande surprise, juste au moment où Richard allait donner l'ordre au cocher de la ramener chez elle, Patrick proposa :

— Je pourrais la raccompagner, père, si vous êtes d'accord.

— Certainement, approuva Richard.

Bien que profondément blessée par les propos qu'il avait tenus à son sujet et que lui avait rapportés Margaret, la fille du médecin n'osa pas refuser et lui adressa un sourire poli lorsqu'il l'escorta jusqu'à la voiture qui les attendait dehors.

La nuit était limpide et la lune brillait comme une pièce d'or dans le ciel constellé d'étoiles. Cependant, la jeune femme n'était pas rassurée et elle frissonna malgré elle.

— Vous avez froid ? s'enquit Patrick.

Le son de sa voix la fit sursauter.

— Non, lui avoua-t-elle. J'ai peur.

Il se tourna vers elle et elle vit ses dents blanches luire dans l'obscurité.

— Comment ? Même avec un grand gaillard comme moi à vos côtés ? Je ne suis plus l'avorton que j'étais à ma sortie de prison, vous savez.

Les mots « vieille fille racornie » résonnaient encore à ses oreilles et Helena ignora son ton badin.

— Il fut un temps où j'aimais bien me promener au clair de lune, soupira-t-elle. Mon fiancé et moi avions coutume de descendre marcher sur la plage, les soirs d'été, pour écouter le bruit des vagues contre les rochers. Désormais, quand la nuit tombe, je ne peux m'empêcher de songer au capitaine Tucker qui sème la terreur dans nos campagnes.

Sans détourner les yeux de la route, Patrick demanda :

— Parlez-moi de votre fiancé, comment était-il ?

Elle avait mentionné William uniquement pour faire savoir à Patrick Quinn qu'il y avait jadis un homme qui avait trouvé cette vieille fille racornie suffisamment attirante pour vouloir l'épouser. Sa question la surprit, d'autant qu'elle semblait sincère.

— C'était l'homme le plus merveilleux de la terre, murmura-t-elle simplement. Il était fort et intègre et il avait beaucoup d'humour. C'était un être d'exception.

— Et comment est-il mort ?

— Il… il a eu une pneumonie, il y a trois ans.

— Oh ! je suis navré.

— William était un homme généreux et brillant, l'un des meilleurs avocats de la ville de Cork. Il avait tant à donner. Et dire qu'il a été fauché à la fleur de l'âge.

Elle se mit à frotter machinalement son poignet en se demandant pourquoi son fiancé était revenu pour l'accabler d'un don de double vue.

— La vie est souvent injuste, cependant, vous êtes encore jeune, fit observer Patrick. Tôt ou tard vous trouverez quelqu'un.

— Non, répondit-elle d'une voix résolue.

Surpris, il se tourna vers elle, ses yeux bleus scintillèrent au clair de lune. Il semblait mal à l'aise.

— Vraiment ? railla-t-il. Il n'y a donc personne qui puisse trouver grâce à vos yeux, mademoiselle Considine ?

Comprenant brusquement où il voulait en venir, elle riposta :

— N'ayez crainte, Patrick. Je n'ai aucune intention d'épouser votre père.

Il sursauta légèrement puis, feignant l'embarras, bredouilla :

— Excusez-moi si je vous ai offensée, je voulais juste m'assurer que…

— Que je n'étais pas une croqueuse de diamants ? le devança-t-elle.

— Je voulais simplement connaître vos intentions, rétorqua-t-il.

Cette fois, la coupe était pleine. Elle le foudroya du regard.

— Vous seriez-vous mis en tête de choisir la future épouse de votre père, monsieur Quinn ? Mais pour qui vous prenez-vous donc ?

Il se renfrogna, mais sa voix était parfaitement calme lorsqu'il déclara :

— Je vous prie d'accepter mes plus humbles excuses. Je vous ai mal jugée.

— J'ai beau être une vieille fille racornie, je ne suis pas pour autant dénuée de scrupules. Sachez que je n'épouserai jamais un homme uniquement pour son argent.

En entendant ses propres paroles dans la bouche d'Helena, le jeune homme fut soudain pris de remords.

— Je me suis trompé à votre sujet, reconnut-il, puis, voyant qu'elle ne répondait pas, il ajouta : Pourrez-vous un jour me pardonner ?

Folle de rage et d'indignation, la jeune femme ne répondit pas. Au bout d'un moment, elle se radoucit.

— Très bien, dit-elle, j'accepte vos excuses.

Le jeune homme lui tendit aussitôt la main et s'écria, avec un large sourire :

— Amis ?

— Amis, murmura Helena en lui rendant solennellement sa poignée de main.

Elle retomba dans le silence et savoura le trot paisible du cheval. Juste au moment où ils atteignaient le dernier virage avant sa maison, son poignet se mit à palpiter. La jeune femme comprit qu'elle allait avoir une vision. Retenant son souffle, elle serra les poings en s'efforçant de contenir la vague de panique qui s'emparait brusquement d'elle.

Pourquoi ici ? Et maintenant ?

Elle regarda Patrick. Ce dernier n'avait pas quitté la route des yeux. Elle fut prise d'une étrange sensation de vertige qui l'obligea à fermer les paupières. Quand elle les rouvrit, son cœur se mit à battre violemment dans sa poitrine.

Sa maison était en flammes.

De gigantesques langues de feu jaillissaient des fenêtres, tandis que d'autres s'élançaient vers le ciel en dévorant le toit. Seuls les murs de granit étaient encore debout.

La jeune femme aperçut soudain des silhouettes qui s'enfuyaient.

C'était un cauchemar. Elle entendait crépiter les flammes et s'effondrer les poutres. La chaleur était insupportable, même à cette distance, et l'odeur âcre de la fumée lui remplissait les narines, la faisant suffoquer. Elle ne pouvait pas fuir la vision d'horreur qui s'offrait à elle. Il lui fallait attendre que la vision eût atteint son terme.

La fin arriva promptement. Sa tête tomba en avant et elle cligna des paupières. Lorsqu'elle se redressa, elle vit sa maison telle qu'elle l'avait laissée quelques heures auparavant, silencieuse et paisible. Aucune flamme n'était visible.

Mais, cette fois, la vision avait été trop forte et, malgré elle, Helena saisit le bras de Patrick en s'écriant :

— Regardez ! Ma maison brûle !

Patrick arrêta la carriole et observa la maison. Celle-ci était parfaitement silencieuse et sombre. Aucune fumée ne sortait des fenêtres ou du toit.

Il regarda Helena sans comprendre.

— Que voulez-vous dire ? Je ne vois rien.

La jeune femme continuait de le regarder fixement, les yeux écarquillés. Ses lèvres se mirent à trembler et elle marmonna :

— Pas encore, mais bientôt.

Soudain il y eut un bruit de verre brisé. Patrick lâcha les rênes et le cheval partit au galop. Quelques secondes plus tard, ils atteignaient le perron.

Au premier étage, Patrick aperçut une lueur orange qui dansait furieusement derrière les fenêtres. Helena avait raison : sa maison était en train de brûler.

Juste au moment où il allait sauter au bas de la carriole, la jeune femme l'en empêcha.

— Non, n'y allez pas, s'écria-t-elle en le retenant par le bras. Vous ne pourrez jamais l'éteindre tout seul, vous allez périr dans les flammes.

— Mais Lily ? Elle est peut-être prisonnière à l'intérieur !

— Elle n'est pas là. Je lui ai donné sa soirée.

— Dans ce cas, filons à Mallow pour demander de l'aide, dit-il. En priant le ciel pour qu'il ne soit pas trop tard.

— Non, non, Helena, s'écria Richard en posant une main paternelle sur son épaule. Vous allez venir habiter à Rookforest. Vous n'avez nulle part où aller.

Il avait raison. Des dizaines d'hommes étaient accourus des fermes alentour et avaient lutté pendant des heures pour essayer d'éteindre les flammes, en vain. L'incendie était trop important. Le temps qu'Helena et Patrick revinssent avec du renfort, tout le premier étage avait brûlé et s'était effondré.

À présent, il ne restait plus qu'une coquille calcinée qui achevait de se consumer au clair de lune dans une volute de fumée.

Malgré la fumée âcre qui lui piquait les yeux et les narines, la jeune femme était trop abasourdie pour pleurer. L'œil sec et les bras croisés, elle contemplait l'ampleur du désastre, tandis que les hommes, épuisés, commençaient à regagner leur logis un à un.

— Partie en fumée…, murmura-t-elle. Il ne me reste plus rien.

Patrick arrivait dans leur direction. Il avait combattu bravement l'incendie avec les autres et semblait à bout de forces. Son visage ruisselait de suie et de transpiration.

— Nous ferions mieux de rentrer, suggéra-t-il. Il n'y a plus rien à faire désormais.

— Vous allez venir avec nous à Rookforest, Helena, j'insiste, répéta le vieux Quinn.

Les nationalistes avaient eu le dernier mot. Elle avait perdu la partie. Elle acquiesça en silence et se dirigea vers la carriole, sans jeter un regard en arrière.

10

Le lendemain, Patrick se réveilla avec un goût âcre de fumée dans la bouche. Il était exténué et son corps tout entier le faisait souffrir comme s'il avait été roué de coups.

Secouant vigoureusement la tête pour chasser sa torpeur, il se leva et commença à faire sa toilette sous l'œil bienveillant de M. O'Malley. Ce faisant, il passa mentalement en revue les différents événements de la veille. Il y avait quelque chose d'étrange dans la façon dont l'incendie s'était déclaré. Helena l'avait saisi par le bras en criant au feu alors que la maison était parfaitement obscure et silencieuse. Lorsqu'il avait fait part de son étonnement à la jeune femme, celle-ci avait marmonné quelque chose d'inintelligible.

Ce n'est qu'après coup qu'ils avaient aperçu les premières lueurs des flammes qui dansaient à l'arrière de la maison.

Stupéfait, Patrick comprit soudain qu'Helena savait que sa maison allait brûler.

Le cœur d'Helena se serra quand, ouvrant les yeux, elle se rendit compte qu'elle se trouvait dans une chambre qui n'était pas la sienne. Ainsi donc, elle n'avait pas rêvé les événements tragiques de la veille.

Elle se sentait glacée jusqu'aux os et complètement abattue. Elle avait tout perdu – William, son père et, maintenant, sa maison –, désormais elle n'avait plus de raison de vivre.

Quelqu'un frappa doucement à la porte et Mme Ryan entra sur la pointe des pieds avec un plateau.

Le visage bienveillant de la gouvernante s'illumina lorsqu'elle aperçut la jeune femme dans le lit.

— Ah ! je vois que vous êtes déjà réveillée. Je vous ai apporté de quoi vous restaurer, mademoiselle Considine : des galettes aux raisins qui sortent du four, des œufs au bacon et du thé. Rien de tel pour retrouver sa bonne humeur.

Puis, ayant déposé le plateau sur la table de chevet, elle contourna le lit et alla ouvrir tout grands les rideaux pour laisser entrer la lumière du jour.

— J'ai pris la liberté de faire laver et repasser votre robe, l'informa la vieille dame. Je vous la ferai monter quand vous voudrez descendre voir le maître.

— Je vous remercie, madame Ryan.

La servante lui répondit par un sourire, puis s'esquiva.

Restée seule, Helena s'efforça de faire honneur au petit-déjeuner que lui avait apporté la gouvernante, mais en vain. Elle sentit soudain les larmes lui brûler les paupières. Presque aussitôt son chagrin se mua en colère.

Qui donc cherchait à lui nuire ? Et pour quelle raison ?

Si seulement la vision de l'incendie s'était manifestée plus tôt, la catastrophe aurait peut-être pu être évitée.

La jeune femme se frotta le poignet, lasse de chercher des réponses qu'elle n'obtiendrait probablement jamais. Après avoir grignoté une galette et bu une tasse de thé, elle se leva et sonna la gouvernante.

Helena trouva Richard dans son bureau, en compagnie de Patrick.

— Comment vous sentez-vous, ce matin ? s'enquit aussitôt le vieil homme en lui prenant les deux mains dans un geste paternel.

Elle lui sourit tristement.

— Aussi bien que le permettent les circonstances.

Quand elle salua Patrick, ce dernier lui rendit son bonjour avec une certaine froideur, puis détourna les yeux et se mura dans le silence. Déconcertée par ce brusque changement d'attitude, la jeune femme se tourna vers Richard.

— La police a-t-elle découvert l'auteur de l'incendie ? s'informa-t-elle.

— Le constable Treherne sort à l'instant, lui dit-il en l'amenant vers l'unique fauteuil de la pièce. D'après lui, ce sont les hommes du capitaine Tucker qui ont fait le coup.

Helena sentit soudain ses jambes se dérober sous elle.

— Les hommes du capitaine Tucker ? Mais pourquoi ?

— C'est ce que nous aimerions savoir, lâcha Patrick d'une voix à la fois mielleuse et menaçante qui mit aussitôt la jeune femme sur ses gardes.

Cependant, Richard ne semblait rien avoir remarqué. Il demanda :

— Auriez-vous fait quelque chose qui aurait pu mécontenter les nationalistes ?

Helena secoua les épaules.

— Pas à ma connaissance. Mon père a toujours été proche des paysans. Je ne comprends pas pourquoi ils me persécutent.

— Ils ne pourront plus le faire, désormais. Vous allez rester ici, avec nous, annonça le vieil homme.

Cette fois, Helena n'opposa aucune résistance. Elle n'avait plus de famille, hormis un oncle à Londres qu'elle n'avait pas vu depuis des années et qui n'aurait sans doute guère apprécié d'accueillir une vague parente nécessiteuse. Et maintenant qu'elle n'avait plus de maison, ses maigres économies n'allaient pas lui permettre d'aller bien loin. C'est pourquoi, ravalant son amour-propre, elle accepta l'offre généreuse de Richard.

Patrick toisa Helena du regard.

— Si elle doit venir habiter à Rookforest, fit-il observer, il va falloir songer à lui faire faire une garde-robe, père. Tout ce qu'elle possédait est parti en fumée.

À ces paroles prononcées sans ménagement, la jeune femme rougit violemment. Cependant, ne voulant pas donner à Patrick la satisfaction de l'humilier, elle répliqua :

— Je pourrai me contenter des vieilles robes de Margaret, si elle accepte de s'en défaire, naturellement. Au besoin, je les ferai retoucher.

Richard allait dire quelque chose mais, craignant de froisser Helena, il se ravisa.

— C'est une excellente idée, approuva-t-il. Je vais en parler à Margaret.

Après avoir remercié une fois de plus le vieil homme pour sa générosité, Helena prétexta un mal de tête et demanda à être excusée. À son grand dam, Patrick lui emboîta le pas.

À peine la porte du bureau s'était-elle refermée derrière eux qu'il lui lança :

— Il y a un détail qui ne cesse de me tracasser depuis hier soir, Helena.

— Ah ! oui ? Et lequel ?

Le regard du jeune homme se fit soudain suspicieux.

— Hier soir, quand vous m'avez dit que votre maison était en train de brûler, je n'ai pas vu la moindre flamme. Ce n'est que quelques minutes plus tard que le feu s'est déclaré. Comment expliquez-vous cela ?

Helena sentit son estomac se nouer d'un seul coup. Il savait !

— Vous… vous faites erreur, balbutia-t-elle en reculant d'un pas. Je vous ai dit que la maison brûlait au moment où j'ai aperçu les flammes.

— Désolé de vous contredire, mademoiselle Considine, mais je n'ai pas la berlue. La maison ne brûlait pas au moment où vous avez crié au feu. Je m'en souviens parfaitement. Et j'avoue même que, sur le coup, votre attitude m'a quelque peu surpris. Nous voici donc en présence de deux versions des faits contradictoires. Ce qui soulève un point intéressant : si vous avez vu l'incendie avant qu'il ne soit allumé, c'est que vous saviez qu'il allait se déclarer.

Helena écarquilla des yeux stupéfaits.

— C'est absurde ! protesta-t-elle. Pourquoi aurais-je laissé des criminels mettre le feu à ma maison ?

— Je l'ignore, rétorqua sèchement Patrick. Je finirai quand même par le savoir.

Puis il tourna les talons, la laissant muette de stupeur.

Helena referma son livre et regarda tomber la pluie. Pour la première fois depuis deux semaines elle se sentait en paix avec elle-même.

Au début de son séjour à Rookforest, elle s'était sentie comme une invitée qui abuse de l'hospitalité de ses hôtes. Elle n'était réellement à l'aise qu'en compagnie de Richard, car Patrick lui était brusquement devenu hostile et Margaret avait cessé de lui adresser la parole, même si elle lui avait malgré tout donné de bon cœur un grand nombre de ses vieilles toilettes.

Au bout d'une semaine, voyant que les deux cousins campaient toujours sur leurs positions, Helena avait décidé de ne pas se laisser empoisonner la vie et avait retrouvé sa bonne humeur.

Soudain, elle se rembrunit. L'attitude de Patrick la tourmentait. Il affichait une politesse feinte en présence des autres, mais elle le sentait déterminé à percer son secret, un secret qui, s'il venait à s'éventer, causerait sa perte.

— Il croit que j'en veux à l'argent de son père, soupira-t-elle tristement. Si seulement c'était vrai…

Au même moment, la porte de la bibliothèque s'ouvrit. Helena tourna la tête et, à sa grande surprise, vit entrer Patrick, une expression tourmentée sur le visage.

— Patrick, murmura-t-elle.

Il jeta un coup d'œil autour de la pièce pour s'assurer qu'ils étaient seuls, puis, refermant la porte d'un geste résolu, vint se planter devant elle.

— Ma parole, railla-t-il d'un ton grinçant, à vous voir ainsi, on croirait une châtelaine qui se prélasse dans sa bibliothèque. Il ne faut décidément pas grand-chose pour s'habituer au luxe et à l'oisiveté.

Sentant que ses mains se mettaient à trembler, la jeune femme inspira profondément. Elle leva la tête et le regarda droit dans les yeux.

— J'ignore ce que j'ai fait pour vous offenser, mais...

— De grâce, coupa sèchement son interlocuteur, cessez de jouer les innocentes. Je sais que vous avez des vues sur mon père. Vous voulez qu'il vous épouse afin de pouvoir vivre dans le luxe jusqu'à la fin de vos jours.

— Je n'ai nullement l'intention d'épouser votre père, répliqua Helena en s'efforçant de garder son calme, bien qu'elle fût à deux doigts d'exploser.

Patrick lui décocha un sourire de glace.

— Désolé, chère demoiselle, mais je ne suis pas dupe. J'en viens même à me demander si vous n'auriez pas payé quelqu'un pour mettre le feu à votre maison. Évidemment, mon père a toujours eu un faible pour les femmes en détresse.

Helena sentit soudain le feu lui monter aux joues. Se relevant d'un bond, elle s'écria :

— En voilà assez ! Vous ne pensez tout de même pas que je vais rester là à me laisser insulter sans rien dire ?

— Asseyez-vous, aboya Patrick en s'avançant vers elle, l'air menaçant. Vous allez écouter ce que j'ai à vous dire !

La jeune femme lui obéit à contrecœur.

— Comment osez-vous m'accuser d'un acte aussi monstrueux ! glapit-elle.

Posant une main sur son fauteuil, Patrick se pencha en avant, amenant son visage déformé par la colère à quelques centimètres seulement de celui d'Helena.

— Dans ce cas, dit-il, comment se fait-il que vous ayez su à l'avance que votre maison allait brûler ?

C'était donc là ce qui le tourmentait. Cependant, même si elle lui avait avoué qu'elle avait un don de double vue, il ne l'aurait pas crue.

Plongeant ses yeux dans les siens, elle mentit effrontément.

— Je ne l'ai jamais su à l'avance.

— Balivernes ! rugit Patrick.

— Je ne mens pas !

— Je sais ce que j'ai vu ! éructa-t-il.

Puis il se radoucit et dit, comme s'il s'était adressé à une enfant :

— Si la maison n'était pas en train de brûler quand vous avez crié au feu, c'est que vous saviez déjà ce qui allait se passer. Et si vous le saviez c'est parce que vous aviez tout manigancé afin que mon père, vous voyant sans ressources, vous invite à séjourner à Rookforest. Et une fois dans la place vous…

— Calomnie, s'écria la jeune femme, indignée.

Mais Patrick refusait d'en démordre et il repartit à l'attaque. Au bout d'un moment, voyant qu'il n'arriverait à rien, il renonça.

— Très bien, mademoiselle Considine, continuez de jouer les innocentes si cela vous chante. Sachez que je finirai tôt ou tard par découvrir la vérité.

— Je vous ai dit la vérité, répliqua-t-elle froidement en se levant, les jambes tremblantes. Malgré cela, vous refusez de me croire.

Juste au moment où elle passait devant lui, Patrick la saisit violemment par le poignet. La jeune femme réprima un haut-le-corps et essaya de se dégager de son étreinte, mais les doigts puissants du jeune homme la retenaient fermement.

— Lâchez-moi immédiatement ! cria-t-elle, tandis que son cœur se mettait à battre la chamade.

— Si je veux, la nargua-t-il. (Puis il la dévisagea sans vergogne.) Je ne vois vraiment pas ce que mon père vous trouve. Oh ! certes, vous avez des formes généreuses, dit-il en laissant errer un instant son regard sur sa poitrine haletante. Mais vous avez à peu près autant de charme qu'un passe-lacets, ma pauvre mademoiselle Considine.

Helena releva fièrement la tête.

— Une telle muflerie est indigne de vous, Patrick Quinn.

Une vague rougeur envahit ses joues. Puis, sans crier gare, il saisit son deuxième poignet et, lui passant les deux mains derrière le dos, l'attira contre lui en la retenant fermement prisionnière.

Tout arriva si vite qu'Helena en resta bouche bée, sans comprendre ce qui lui arrivait.

Tout à coup, il posa ses lèvres cruelles et méprisantes sur les siennes.

Helena eut soudain l'impression d'exploser comme un volcan au contact de cette bouche insistante et, l'espace d'un instant, elle crut qu'elle allait succomber. Depuis que William était mort, personne ne l'avait jamais embrassée ainsi et elle avait oublié combien il est agréable d'échanger un baiser. Toutefois, presque aussitôt elle se ressaisit et se débattit pour tenter de lui faire lâcher prise.

Le jeune homme se contenta de ricaner et de resserrer son étreinte, lui faisant ainsi clairement comprendre qu'il ne la laisserait pas partir tant qu'il n'aurait pas obtenu ce qu'il voulait.

Helena ferma les paupières et résista de toutes ses forces, et lorsque Patrick chercha à glisser sa langue entre ses lèvres, elle serra résolument les dents pour l'en empêcher.

Voyant qu'il insistait toujours, elle leva un pied et lui décocha un grand coup dans les tibias.

Patrick poussa un cri de douleur et la relâcha immédiatement. La jeune femme recula d'un bond et s'élança vers la porte. Mais Patrick fut le plus rapide des deux et il parvint à lui barrer la route.

— Osez encore une fois poser la main sur moi et je fais un esclandre, rugit-elle en tremblant.

Le jeune homme croisa les bras en souriant d'un air goguenard, sans chercher à la toucher.

— Quelle indignation, quel courroux… Permettez-moi de vous féliciter sur l'excellence de votre prestation, mademoiselle Considine. Vous devriez épouser la carrière de comédienne quand mon père aura enfin cessé de se faire des illusions à votre sujet et qu'il vous aura mise à la porte.

Piquée au vif, elle riposta du tac au tac.

— Et que dirait votre père s'il savait que vous m'avez harcelée ? Je ne pense pas qu'il prendrait la chose à la légère.

Le visage de Patrick devint de marbre.

— Je suis un ennemi féroce, Helena. Ne me menacez pas, sans quoi vous risqueriez de le regretter.

— Dans ce cas, laissez-moi tranquille.

— Je ne fais que vous mettre en garde. J'aime mon père et je ne tolérerai pas qu'il tombe entre les griffes d'une aventurière.

— Si vous voulez bien m'excuser, je crois que nous n'avons plus rien à nous dire.

Sur ces mots, la jeune femme se dirigea vers la porte. Juste au moment où elle allait sortir, Patrick se retourna et lança :

— Oh ! si. Une dernière chose.

Voyant qu'elle hésitait, il ajouta :

— Pour ce qui est de vous harceler, n'ayez crainte, mademoiselle Considine. Vos baisers sont aussi insipides que le reste de votre personne.

Ne voulant pas s'abaisser à répondre à une remarque aussi grossière, Helena ouvrit la porte et sortit avant que Patrick eût pu voir les larmes qui lui montaient aux yeux.

Une fois dans sa chambre, elle s'enferma à double tour et se lava la figure à grande eau. Après quoi, elle s'examina soigneusement dans la glace.

Elle n'était peut-être pas aussi belle que Calypso Standon, ni même aussi attirante que Margaret, néanmoins William l'avait toujours trouvée à son goût. Il disait qu'elle avait des yeux de biche et ne dédaignait pas ses formes généreuses.

« Il me trouvait suffisamment belle pour vouloir m'épouser », se dit-elle.

Reste que les remarques acerbes de Patrick l'avaient blessée. Ravalant ses larmes, elle ôta ses pantoufles et s'étendit sur le lit. Elle ferma les yeux pour essayer de trouver le sommeil, mais en vain. L'image de Patrick lui revenait sans cesse.

Son attitude l'avait choquée, mais sa propre réaction l'avait surprise bien davantage encore.

Elle avait beau se tourner et se retourner dans le lit, le souvenir du contact de ses lèvres sur les siennes revenait sans cesse. Elle avait presque oublié ce qu'on éprouvait quand un homme vous serrait dans ses bras et vous embrassait passionnément, même s'il y avait eu plus de haine que d'amour dans ce baiser.

Helena se redressa dans le lit et écouta la pluie qui tambourinait de plus belle. Aujourd'hui, elle avait découvert un autre aspect de la personnalité de Patrick : c'était un homme capable d'une grande passion. Il l'intriguait et lui répugnait tout à la fois, car il avait juré sa perte. Désormais, il allait lui falloir redoubler de prudence.

Le lendemain après-midi, Richard invita Helena à faire le tour du domaine à cheval.

— Gardez la tête haute et ne regardez pas à terre, lui conseilla-t-il tandis qu'ils quittaient l'écurie et entraient dans l'allée bordée par une double rangée de hêtres à l'allure majestueuse. Ma parole, vous êtes aussi raide qu'un piquet. Détendez-vous et faites corps avec votre monture.

La jeune femme s'efforça de suivre ses recommandations et peu après elle commença à se sentir en confiance avec la jument docile qu'il lui avait donnée.

— Bravo ! s'exclama le vieil homme en lui décochant un sourire radieux. Continuez commme cela et vous serez bientôt une cavalière hors pair.

— Dieu vous entende, dit-elle en lui rendant son sourire.

Elle n'avait guère d'expérience en matière de chevaux, n'ayant jusqu'ici conduit que la carriole de son père. Lorsqu'elle était venue vivre à Rookforest, Richard avait insisté pour lui donner lui-même des leçons d'équitation, ce qu'il faisait presque chaque jour quand le temps le permettait.

Vêtue d'une amazone noire et d'un élégant chapeau haut de forme empruntés à Margaret, Helena avait l'impression qu'elle aurait pu franchir la plus haute des haies.

— Voyons comment vous trottez, dit le vieil homme en pressant l'allure de son cheval.

Helena l'imita et, à sa grande surprise, réussit à se maintenir en selle sans brinquebaler ; Richard eut un petit hochement de tête satisfait. Ils ralentirent enfin le pas et contournèrent la maison.

Ils chevauchaient dans la campagne depuis un petit moment quand la jeune femme prit conscience que Richard n'avait pas ouvert la bouche une seule fois depuis qu'ils avaient franchi les grilles du domaine. Elle lui jeta un petit coup d'œil à la dérobée et vit qu'il avait l'air soucieux.

— Richard ? demanda-t-elle gentiment. Vous semblez contrarié.

— C'est à cause de Patrick. Je me fais du souci à son sujet.

— Et pourquoi donc ?

— Voilà bientôt cinq mois qu'il est sorti de prison et il est toujours aussi taciturne et renfermé.

— Je croyais qu'il vous aidait à administrer votre domaine.

— Il le fait, et fort bien du reste. Mais… je ne sais pas…

— Vous lui avez parlé ? Vous lui avez demandé ce qui le tourmentait ?

Le vieil homme lui parut soudain mal à l'aise. Il secoua la tête.

— Non, confessa-t-il. Nous avons beau être très proches, lui et moi, il y a certains sujets que je préfère ne pas aborder avec Patrick.

— Quatre années de prison, c'est une expérience qui laisse des traces. Les choses finiront par s'arranger avec de la patience.

Ils étaient arrivés au sommet d'une colline et Richard arrêta son cheval.

— Je crains qu'il ne s'agisse d'autre chose, dit-il en tournant un regard inquiet vers Helena. Je crains qu'il ne soit encore amoureux de cette ensorceleuse de Calypso.

— Calypso ? répéta la jeune femme en écarquillant les yeux. Après tout ce qu'elle lui a fait ?

— Oui, hélas ! soupira-t-il en posant sur Helena un regard insistant qui lui fit détourner les yeux.

— Mais il n'a pas cherché à la revoir depuis son retour à Drumlow. S'il était amoureux, il aurait certainement…

— Si seulement il l'avait fait. Au risque de passer pour une vieille brute indigne, ma chère, sachez que je préférerais que mon fils couche avec elle une bonne fois pour toutes, car ainsi il pourrait l'oublier.

— Vous n'êtes pas vieux, Richard, murmura-t-elle en s'efforçant de refouler la rougeur qui lui montait aux joues. Et vous n'êtes pas une brute. Vous êtes simplement inquiet pour votre fils.

Il lui adressa un sourire reconnaissant.

— Et pour ma nièce également, ajouta-t-il.

— Et pour quelle raison ?

— Parce que je voudrais qu'elle épouse Nayland et qu'elle ne veut rien savoir.

— Seriez-vous réellement déçu si elle ne l'épousait pas ?

— Bien sûr. Nayland irait lui décrocher la lune si elle le lui demandait. Et puis n'est-ce pas le rôle d'une femme de se marier et d'avoir des enfants ?

À la façon dont il l'avait regardée en disant cela, elle avait deviné qu'il s'adressait également à elle. Elle feignit l'innocence. Elle le connaissait suffisamment pour savoir que le vieil homme ne se déclarerait jamais si elle ne l'y encourageait pas. Et elle n'avait nullement l'intention de le faire.

Soudain, elle aperçut une cavalière qui arrivait au galop dans leur direction. Elle reconnut Margaret qui s'en revenait sans doute de son rendez-vous secret avec Thomas Sheely.

— Quelle mouche t'a donc piquée de sortir sans escorte, Meggie ? demanda Richard tandis qu'elle amenait son cheval à leur hauteur.

Margaret releva la tête d'un air de défi.

— Vous savez bien que j'aime me promener seule, mon oncle.

— Dorénavant, tu demanderas à un palefrenier de t'accompagner, grogna-t-il. Avec tous les brigands qui courent la campagne, une femme ne doit pas sortir seule.

— Mais les brigands ne sortent que la nuit, protesta la jeune fille.

— Tu feras ce que je t'ordonne, Margaret Atkinson ! rétorqua le vieil homme.

Le ton impérieux de sa voix la prit de court et elle n'osa répliquer.

Puis son regard se porta sur Helena.

— Tiens, observa-t-elle, vous commencez à savoir vous tenir en selle.

— Merci, répondit Helena, surprise du compliment.

Peu après, ils regagnèrent le domaine. Comme ils approchaient du portail, ils virent une demi-douzaine d'hommes en grande discussion avec Patrick sur le perron.

— On dirait qu'il y a du vilain, dit Margaret.

— Attendez-moi là, dit Richard, c'est plus prudent.

Les deux femmes firent ce qu'il leur disait, tandis que le propriétaire terrien partait rejoindre les hommes.

Une fois seules, Helena dit :

— Vous étiez à Ballymere, avec Thomas Sheely, n'est-ce pas ?

— Parfaitement ! rugit Margaret, les yeux étincelants de colère.

— Margaret…

— Faites-moi grâce de vos sermons, Helena. Vous n'êtes pas ma mère !

— Sans doute, mais je vous veux du bien.

— Dans ce cas, laissez-moi tranquille !

Helena secoua la tête.

— Vous n'avez pas l'air de comprendre que vous filez un mauvais coton. Thomas pourrait vous séduire et…

— Si seulement il le faisait ! s'énerva la jeune fille. Je saurais au moins quel effet cela fait d'être une femme.

Perdant finalement patience, Helena riposta sèchement :

— Puisque vous êtes si sûre de vous, présentez donc Thomas Sheely à votre oncle. Nous verrons bien ce qu'il dira.

Margaret la foudroya du regard.

— Comment osez-vous me parler sur ce ton ! Vous n'êtes qu'une invitée dans cette maison.

— Je disais cela dans votre intérêt.

— Je n'ai d'ordre à recevoir de personne, mademoiselle Considine. Et certainement pas d'une vieille fille qui n'a jamais touché un homme de sa vie.

Vexée et à bout d'arguments, Helena retomba dans le silence.

Au même moment, elles aperçurent Richard qui s'en revenait au galop, une expression maussade sur la figure.

— Mon huissier s'est fait agresser, ce matin, alors qu'il procédait à l'expulsion des Finnerty.

Il regarda Margaret et Helena tour à tour, puis déclara :

— Cette fois, c'est la guerre.

11

Il était minuit passé et Helena était incapable de trouver le sommeil.

Elle ne cessait de penser à l'incident survenu la veille, quand l'huissier des Quinn s'était rendu chez les Finnerty pour les sommer de partir. Il avait été attaqué, battu et enduit de goudron par trois hommes masqués. Par chance, l'huissier avait survécu, mais Richard, qui considérait cette agression comme un affront personnel, était hors de lui.

— C'est intolérable ! avait-il rugi. Nous nous sommes toujours montrés équitables avec nos fermiers, et voilà comment ils nous remercient ! Il est grand temps de leur donner une leçon. Je vais montrer à ces chiens qu'on ne se moque pas impunément de Richard Quinn. Demain je les fiche tous dehors, Finnerty, sa femme et leurs abrutis de fils. Je les expulse et je rase la chaumière. D'ailleurs, je vais de ce pas demander au constable de me prêter main-forte.

— Je vous accompagne, avait dit Patrick, et les deux hommes étaient sortis, laissant Helena et Margaret seules et inquiètes.

La jeune femme continuait de se ronger les sangs. Que se passerait-il quand les Quinn se présenteraient chez les Finnerty, escortés par les hommes du constable ?

Avec un soupir inquiet, elle se leva et alluma une chandelle, puis elle enfila sa robe de chambre. Elle se sentait étrangement tendue, ce soir, comme si quelque chose de terrible était sur le point de se produire. Elle tâta machinalement son poignet, mais celui-ci était complètement insensible.

Après avoir erré quelques instants dans la maison déserte, elle atteignit la bibliothèque. Voyant la porte entrouverte, elle décida d'entrer, espérant qu'un livre l'aiderait peut-être à s'endormir. Elle entra et posa sa chandelle sur un guéridon.

— Insomniaque ?

Helena sursauta en découvrant Patrick, affalé dans une bergère.

— Que… que faites-vous là ? bégaya-t-elle. Vous m'avez fait une de ces peurs.

— J'étais en train de réfléchir.

Et de boire, songea Helena en apercevant la carafe de whisky qu'il tenait à la main. À son grand soulagement, elle vit que celle-ci était presque pleine. Patrick n'était pas soûl, même s'il avait le cheveu en bataille et l'œil larmoyant comme quelqu'un qui revient d'une longue promenade à cheval. Il avait ôté sa redingote et retroussé ses manches de chemise. Ses jambes étaient nonchalamment étirées devant lui.

Voyant qu'il était d'humeur belliqueuse, Helena décida de s'esquiver.

— Il est tard, dit-elle en saisissant sa chandelle d'une main mal assurée. Je ferais mieux de retourner me coucher. Si vous voulez bien m'excuser…

Elle avait oublié combien Patrick pouvait être rapide. Avec une agilité de félin, il bondit hors de son fauteuil et lui barra la route.

Un sourire ironique se peignit sur ses lèvres.

— Décidément, nous choisissons toujours la bibliothèque pour nos petites… entrevues. Mais il vrai que l'endroit est calme et désert à cette heure de la nuit.

Helena essaya de reculer d'un pas, mais ne réussit qu'à buter contre une table qui se trouvait là.

— Et de quoi voulez-vous parler, Patrick ?

— N'allez-vous pas me demander à quoi j'ai réfléchi toute la soirée ?

S'agrippant des deux mains au rebord de la table pour ne pas céder à la panique, elle dit :

— Je parie que ça a un rapport avec moi.

— Absolument, dit-il en posant sur elle un regard dur et pénétrant. J'ai longuement réfléchi à la question et je sais à présent pourquoi vous êtes venue vous installer à Rookforest.

— Vraiment ? dit-elle d'un ton plein de défiance. Vous êtes enfin arrivé à la conclusion que je n'étais pas une croqueuse de diamants ?

Patrick haussa les sourcils.

— Décidément, notre vieille fille a la langue bien acérée…

« Il prend plaisir à me rabaisser », songea Helena, tandis que Patrick levait le verre qu'il tenait à la main et le vidait d'un train sans la quitter des yeux.

— J'ai toutes les raisons de penser que vous êtes de mèche avec les hommes du capitaine Tucker.

Il avait dit cela sur un ton si calme, si poli, que l'espace d'un instant Helena crut qu'elle ne l'avait pas bien entendu.

— Comment ?

— Vous m'avez parfaitement entendu. Vous êtes de mèche avec les hommes qui ont juré la perte de ma famille. C'est la raison pour laquelle Mme Janeaway vous a rendu visite.

Brusquement, le ton badin de Patrick disparut, faisant place à une colère froide.

— Vous aviez tout calculé d'avance. Vos amis ont délibérément mis le feu à votre maison parce que vous saviez que mon père était amoureux de vous, qu'il vous prendrait en pitié et vous offrirait l'hospitalité.

— Mais c'est faux !

— Bien sûr, dit-il en reposant son verre vide et en s'approchant lentement. Faut-il que nous ayons été sots pour ne pas rien voir de votre petit jeu ! Une fois dans la place, vous pouviez recueillir les… confidences de mon père et les répéter à vos amis nationalistes. De telle sorte qu'ils étaient au courant de tous nos projets les concernant.

À présent, il se tenait tout près d'elle, son corps svelte et musclé tendu par la fureur.

— Leur avez-vous dit que nous avions l'intention d'expulser les Finnerty demain, afin qu'ils puissent nous attendre de pied ferme ? Eh bien ! qu'attendez-vous pour répondre ? Parlez !

— C'est absurde, bredouilla-t-elle. Je n'ai jamais été de mèche avec ces gens. Ce sont des barbares. Je les méprise et je condamne leurs méthodes.

Un sourire sarcastique déforma le visage de Patrick et ses narines se dilatèrent, lui conférant un air diabolique.

— Comme vous vous défendez bien.

— C'est la vérité !

Elle voulut s'esquiver, mais il la saisit par le poignet et le lui tordit, lui arrachant un petit cri de douleur.

— Dans ce cas, comment saviez-vous que votre maison allait brûler alors qu'il n'y avait pas de flammes ? ricana-t-il entre ses dents. Répondez !

Helena n'eut pas le temps de lui répondre.

Son poignet se mit soudain à palpiter et, presque aussitôt, la sensation tant redoutée de vertige s'empara d'elle, lui ôtant brusquement toutes ses forces. Elle essaya de résister, mais en vain. La voix stridente de Patrick se fondit en un murmure, puis se tut complètement. L'instant d'après Helena sentit ses paupières devenir lourdes et se fermer malgré elle.

Lorsqu'elle ouvrit à nouveau les yeux, il avait cessé de faire nuit et la bibliothèque avait disparu. Elle était dans le ciel et flottait tel un nuage au-dessus de la campagne.

Elle vit apparaître une grande ferme à deux étages. Un cordon de police encerclait la maison, repoussant une horde de fermiers mécontents. Richard et Patrick, tous deux montés sur des chevaux, semblaient indifférents aux injures et aux menaces qui fusaient autour d'eux.

Brusquement, une grosse femme vêtue d'un châle de laine bleu cria :

— Retourne en prison, Patrick Quinn, et emmène ton maudit père avec toi !

Patrick pâlit mais ignora la femme avec une arrogance suprême.

Puis Richard mit pied à terre et, bravant la foule contenue par le cordon de police, se dirigea vers la maison et frappa du poing à la porte.

— Sors de là, Finnerty, dit-il. Tu ne fais qu'aggraver ton cas.

Soudain, la porte s'ouvrit. Une femme parut, une bassine fumante entre les mains. Sans crier gare, elle en jeta le contenu à la tête de Richard. Celui-ci eut la présence d'esprit d'esquiver, mais pas assez vite pour éviter complètement le jet d'eau bouillante.

En le voyant porter une main à ses yeux et reculer en chancelant, la foule poussa un cri de joie.

Patrick mit aussitôt pied à terre et s'élança vers son père. Mais il ne cria pas le nom de Richard.

— Helena !

Elle cligna des paupières. Puis elle ouvrit les yeux et balbutia :

— Richard… il faut absolument le prévenir.

C'est alors qu'elle aperçut le visage livide de Patrick et qu'elle sentit ses doigts s'enfoncer cruellement dans ses épaules.

— Vous vous imaginiez peut-être que vous alliez vous en tirer avec un simulacre de malaise, mademoiselle Considine ?

Il la fit asseoir sans ménagement sur la chaise la plus proche.

— Prévenir Richard de quoi ? Et je vous conseille de dire la vérité cette fois, sans quoi vous me le paierez.

Helena avala sa salive et dit précipitamment :

— Demain, quand vous irez expulser les Finnerty, quelqu'un va chercher à ébouillanter votre père.

— Quoi ! rugit-il en la secouant comme une poupée de chiffon. Comment le savez-vous ? Vous êtes de mèche avec les nationalistes, n'est-ce pas ? Avouez ! J'exige la vérité !

— Je viens d'avoir une vision, dit-elle dans un murmure.

— Une vision ? Vous ne vous imaginez tout de même pas que je vais croire de telles sornettes ?

— Je ne m'imagine rien du tout, s'écria Helena en courant se réfugier derrière le fauteuil qui se trouvait entre eux. Mais j'ai le pouvoir de voir l'avenir. J'ai ce qui s'appelle le don de double vue.

Il retroussa les lèvres avec une moue de dédain.

— Le don de double vue ? Pff, ridicule ! Je n'en crois pas un mot.

— Je le vois bien. Alors, comment croyez-vous que j'aie prédit l'incendie ? explosa-t-elle, soudain excédée. Non pas parce que je suis de mèche avec les nationalistes, comme vous vous obstinez à le croire, mais parce que j'ai eu une vision juste au moment où nous arrivions là-bas. Je le jure sur la tombe de mon père !

Les mots sortaient de sa bouche à toute allure, tandis qu'un léger voile de transpiration commençait à perler au-dessus de sa lèvre.

— J'ai vu des hommes encercler la maison et puis je l'ai vue brûler aussi sûrement que je vous vois ici devant moi.

— Bien sûr.

Il n'allait pas être facile à convaincre.

— Dans ce cas, comment expliquez-vous ce qui vient de m'arriver ?

— Je vous l'ai dit, vous avez feint de vous évanouir pour gagner du temps.

— Voulez-vous que je vous dise la vision que je viens d'avoir ?

— Je ne crois pas un mot de toute cette histoire, mais dites toujours.

Il croisa les bras et prit appui contre la table.

Helena lui raconta ce qu'elle avait vu sans omettre le moindre détail, et en lui disant des choses qu'elle n'aurait pas pu connaître à l'avance, comme le nombre de policiers présents. Puis elle mentionna la femme au châle bleu et lui répéta mot pour mot ses paroles.

Pour la première fois, elle remarqua qu'il commençait à abandonner ses airs supérieurs. Seule une lueur de suspicion subsistait dans ses yeux.

Elle ajouta :

— Quand vous irez chez les Finnerty, demain, ouvrez l'œil. Comptez les policiers et cherchez une femme vêtue d'un châle bleu. Et vous verrez si je ne vous dis pas la vérité. Et surtout, ne laissez Richard s'approcher de la porte sous aucun prétexte, sans quoi il serait ébouillanté.

Patrick la dévisagea un long moment en silence. Et il finit par dire :

— Cette histoire est abracadabrante, je n'en crois pas un mot.

— Pour l'amour du ciel, Patrick ! Pourquoi mentirais-je ? Vous verrez, une fois là-bas, que je dis la vérité. Et si vous êtes toujours convaincu que je mens, je quitterai Rookforest et vous n'entendrez plus jamais parler de moi.

— Si vous êtes de mèche avec les nationalistes, il vous aura été facile de faire en sorte qu'une femme portant un châle bleu se trouve là demain.

— Comment aurais-je pu faire une chose pareille alors que je n'ai pas quitté une seule fois la maison en trois jours ? D'ailleurs, la décision de votre père d'expulser les Finnerty n'est intervenue qu'aujourd'hui.

— Vous auriez pu faire parvenir un message à vos complices.

Helena soupira, à bout de patience.

— Je n'aurais jamais pu le leur faire parvenir à temps, vous le savez bien. Et d'ailleurs je doute que ces mécréants sachent lire.

Patrick se tut à nouveau.

— Qui d'autre est au courant de… de ce don de double vue ?

— Ce n'est pas un don, mais une malédiction, répliqua-t-elle sèchement. Seul mon père était au courant.

— Et il est mort. Comme ça tombe bien. Pourquoi n'en avez-vous jamais parlé à quiconque ?

— Parce qu'on m'aurait prise pour une folle.

— Bon, et, en admettant que ce soit possible, j'imagine que vous êtes née avec ?

Helena secoua la tête.

— Non, il m'a été donné il y a environ un an, dit-elle, puis elle lui expliqua comment William lui était apparu en songe et ce qui s'en était suivi.

Il la regarda un long moment au fond des yeux et déclara :

— Vous vous figurez que je vais avaler une histoire aussi grotesque ?

— C'est pourtant la vérité, aussi absurde que cela puisse paraître. Jugez vous-même.

Elle contourna le fauteuil et s'approcha de lui, puis elle releva la manche de son peignoir, révélant bravement la marque rouge qui lui enserrait le poignet.

— Le jour où nous étions dans le jardin, vous ne l'avez vue qu'en partie. Mais regardez bien la forme de la cicatrice. Elle est parfaitement ronde, comme un bracelet. Si je m'étais brûlée ou ébouillantée, mon poignet n'aurait été marqué que d'un seul côté.

— Je reconnais qu'il s'agit là d'une marque singulière, dit-il en retournant lentement son poignet pour l'examiner. Mais de là à croire qu'elle vous est venue en rêve.

Il avait dit cela d'un ton sceptique et froid, sans trace de colère toutefois.

Elle passa une main devant ses yeux, soudain lasse et à bout de forces.

— Que puis-je vous dire de plus pour vous convaincre, sinon que vous devrez ouvrir l'œil demain, quand vous vous rendrez chez les Finnerty.

— Je n'y manquerai pas. À l'instar de mon père, je suis un homme équitable, c'est pourquoi je veux bien vous accorder le bénéfice du doute. Mais si vous mentez…

— Je ne mens pas. Et ce que je vous ai dit est aisément vérifiable. Si la femme au châle bleu prononce les mots que j'ai entendus dans ma vision, vous saurez que je vous ai dit la vérité. Sinon, vous saurez que j'ai menti. Mais je vous ai dit la vérité. À présent, si vous voulez bien m'excuser, je suis fatiguée et je voudrais aller me coucher.

— Je vais en faire autant, répondit Patrick.
Et sur ces mots, ils gagnèrent l'escalier.

— Si Helena Considine a un don de double vue, je suis la reine d'Angleterre, murmura Patrick entre ses dents tandis qu'il assistait à l'expulsion des Finnerty, monté sur Gallowglass.

La scène qui se déroulait sous ses yeux lui était familière. Un fanion de flanelle rouge avait été accroché au toit de la maison, afin de prévenir les voisins qu'une expulsion avait lieu. Les fermiers avaient abandonné momentanément leur ouvrage et s'étaient rassemblés autour de la maison en compagnie de leurs femmes et de leurs enfants, dans l'espoir de convaincre le propriétaire de surseoir à l'expulsion. Comme, en pareille occasion, les paysans avaient coutume de jeter des pierres et de s'armer de fourches et autres moyens de persuasion, un cordon de policiers avait entouré la maison par mesure de précaution.

Patrick remua nerveusement sur sa selle et remonta son col de redingote, car il faisait froid et l'air était humide. Puis il scruta la foule des mécontents à l'affût d'une femme vêtue d'un châle bleu, mais n'en aperçut aucune.

Avec un petit reniflement de dépit, il marmonna entre ses dents :

— Il faudra trouver quelque chose de plus convaincant la prochaine fois, ma jolie.

Il vit son père qui descendait de cheval et s'approchait du constable Treherne. La grogne de la foule s'amplifia soudain et un grand cri de protestation se fit entendre, cependant le cordon de police restait impassible, en dépit des jurons qui fusaient de toutes parts.

Du coin de l'œil, Patrick saisit un vague mouvement et il tourna machinalement la tête. Devant lui, à quelques mètres seulement, il vit une grosse femme vêtue d'un châle de laine bleu.

Il se redressa d'un seul coup sur sa selle, n'en croyant pas ses yeux. Elle était bel et bien là comme l'avait prédit Helena.

Il retint son souffle et attendit.

La femme ne dit rien, elle alla se poster devant l'un des policiers et observa la scène d'un œil haineux, en marmonnant de temps à autre entre ses dents. Cependant, à aucun moment elle ne prit Patrick à partie ni ne regarda dans sa direction.

Patrick tourna à nouveau son attention vers son père, un petit sourire méprisant sur les lèvres.

— Un pur hasard, Helena, rien d'autre, murmura-t-il.

Lorsque Richard se dirigea vers la porte pour procéder à la sommation, une rumeur de colère explosa à nouveau parmi la foule.

Soudain, une voix s'éleva, claire et véhémente, au-dessus de la marée de protestations :

— Retourne en prison, Patrick Quinn, et emmène ton maudit père avec toi !

Patrick remua nerveusement sur sa selle, tirant sur les rênes de Gallowglass, tandis que ses yeux rencontraient ceux de la femme au châle bleu.

— Qu'avez-vous dit ? demanda-t-il, tout en redoutant sa réponse.

— Tu m'as bien entendue, rétorqua la mégère impudemment. Retourne en prison, gibier de potence, et emmène ton maudit père avec toi !

Saisi d'une brusque sueur froide, Patrick se tourna à nouveau vers son père juste au moment où ce dernier levait le poing pour frapper à la porte des Finnerty.

— Non, attendez ! s'écria-t-il en piquant des deux vers la maison.

Richard se retourna juste à temps, une expression de surprise dans les yeux.

— Qu'y a-t-il, mon fils ?

Patrick jeta un coup d'œil à la maison et dit en choisissant soigneusement ses mots :

— Vous devriez laisser la police faire son travail, père. La maison est diablement silencieuse. Allez savoir quel genre de réception vous réservent les Finnerty. Ils seraient capables de vous descendre à bout portant dès que la porte s'ouvrira.

Richard examina un moment la maison et acquiesça d'un signe de tête.

— Ce Finnerty est rusé comme un renard. Tu as raison, il faut être prudent.

Il se joignit à Patrick et, ensemble ils allèrent trouver le constable Treherne pour que ses hommes procèdent à l'expulsion en prenant les précautions nécessaires en cas de résistance.

Ainsi prévenu, le premier homme qui s'en fut frapper à la porte des Finnerty eut la présence d'esprit de faire un pas de côté lorsque celle-ci s'ouvrit brusquement. La foule poussa un grognement déçu quand la bassine d'eau bouillante manqua son objectif et se répandit à terre avec un sifflement.

Tandis que les policiers entraient au pas de charge dans la maison pour procéder à l'expulsion, Patrick observait la scène à distance, incrédule. Autour de lui, la rumeur montait, semblable au grondement des vagues se fracassant contre les rochers. Un fin crachin glacé commençait à tomber.

— C'est incroyable, murmura-t-il.

Pourtant, force lui était de se rendre à l'évidence : la prédiction d'Helena s'était réalisée sous ses propres yeux. Helena lui avait dit la vérité. Elle possédait bel et bien le don de double vue.

À présent il voyait Helena sous un autre jour. Elle n'était plus une simple fille de médecin, sans charme et ordinaire, mais une personne digne de respect et dotée d'un pouvoir extraordinaire, celui de prédire l'avenir.

Soudain, il fut pris de répulsion. Il fallait la chasser de Rookforest. Il ne voulait plus jamais la voir. Elle lui semblait redoutable.

Puis il se souvint de ce qu'il avait éprouvé quand ses amis l'avaient rejeté parce qu'il était allé en prison. Sa colère céda d'un seul coup et son désir de la chasser se mua en désir de la protéger.

— Dieu m'est témoin, dit-il en éperonnant son cheval pour regagner Rookforest.

Debout à la fenêtre du salon, Helena rongeait son frein.

La pendule sonna quatorze heures avec un son lugubre. Richard et Patrick étaient partis depuis neuf heures ce matin et n'étaient toujours pas de retour.

Dehors, une pluie fine et tenace s'était mise à tomber et le ciel gris et bas obscurcissait le paysage. Helena frissonna malgré le feu qui crépitait dans la cheminée.

Au même moment, elle entendit un bruit de bottes dans le vestibule et tourna la tête.

Patrick s'encadra dans l'embrasure de la porte et hésita un instant. Il était tellement pressé qu'il n'avait même pas pris la peine d'ôter sa redingote trempée. Ses longs cheveux noirs étaient luisants de pluie. Il referma la porte derrière lui et se dirigea à grands pas dans sa direction.

— Et Richard ? Est-il… ?

— Sain et sauf, répondit Patrick.

— Dieu soit loué !

— L'expulsion a eu lieu, l'informa-t-il. Il n'y a pas eu de blessés, hormis un des fils Finnerty qui s'était attaqué au constable Treherne. Mon père est resté là-bas pour s'assurer que tout était en ordre. J'ai préféré rentrer aussitôt afin que nous puissions parler tranquillement.

Patrick avait changé. Il n'était plus hostile, mais calme et soumis, et il n'y avait aucune raillerie dans sa voix.

Elle lui sourit tristement.

— Les choses se sont passées comme je l'avais prédit, n'est-ce pas ? Vous me croyez à présent ?

Il hocha la tête, visiblement troublé.

— Je n'y croyais pas au départ, et puis j'ai vu la femme au châle bleu. Elle a prononcé exactement les mots que vous aviez employés. J'ai réussi à arrêter mon père juste à temps. Mme Finnerty l'attendait derrière la porte avec une bassine d'eau bouillante. Il aurait été ébouillanté, il aurait peut-être même perdu la vue s'il s'était présenté à la porte.

Helena posa une main tremblante sur son front.

— Dieu merci ! il est sain et sauf.

Elle posa soudain un regard affolé sur Patrick.

— Vous ne lui avez pas avoué que vous saviez ce qui allait arriver, au moins ?

— Non, n'ayez crainte. Je ne vous trahirai pas. Je lui ai simplement dit qu'il risquait de rencontrer de la résistance de la part de ses locataires. C'est un policier qui est allé prudemment frapper à la porte à sa place. Il a eu la présence d'esprit de faire un bond de côté juste au bon moment.

Il posa sur elle un regard étrange.

— Vous avez sauvé mon père. Je vous en remercie.

— Je ne veux pas de remerciements. Je suis contente d'avoir pu sauver quelqu'un, dit Helena avec amertume. Même si je n'ai pas pu sauver mon propre père.

— Vous voulez dire que vous aviez entrevu la mort de votre père ?

Elle hocha gravement la tête.

— D'une certaine façon. La nuit de sa mort, j'ai vu son spectre. Aussi clairement que je vous vois ici, devant moi.

Helena lui raconta comment les choses s'étaient passées ce soir-là et comment elle avait suivi le spectre à l'étage, croyant qu'il s'agissait de son père.

— Sur le coup, j'ai trouvé étrange qu'il monte directement dans sa chambre sans m'adresser un seul mot et puis, quand je suis entrée dans sa chambre et que je n'y ai trouvé personne…

Elle réprima un frisson.

— Plus tard, ce soir-là, le constable et ses hommes ont retrouvé le corps de mon père dans la rivière.

Patrick ôta sa redingote trempée sans dire un mot et la posa sur un fauteuil.

— C'est une histoire incroyable, dit-il.

— Et vous n'y croyez pas, bien entendu.

— Je ne veux pas y croire, soupira-t-il. Mais, après ce que j'ai vu aujourd'hui, je n'ai pas le choix.

Soudain, il demanda :

— Vous arrive-t-il d'avoir des visions de votre propre avenir ?

— Jamais. D'ailleurs, j'aime autant ne pas en avoir, car je crois que je deviendrais folle.

— Pouvez-vous avoir des visions quand vous le désirez ?

Helena secoua la tête.

— Non, hélas ! sans quoi j'utiliserais mon don de double vue pour prédire les agissements du capitaine Tucker ou empêcher qu'il n'arrive malheur aux êtres qui me sont chers. Mais je ne le peux pas, à mon grand regret.

Patrick demanda :

— Comment savez-vous que vous allez avoir une vision ? Comment se manifeste-t-elle ?

— La cicatrice que j'ai au poignet se met à palpiter, expliqua-t-elle, puis je me sens prise de vertiges, parfois même il m'arrive de perdre connaissance. Tous les bruits s'évanouissent autour de moi. Et quand je rouvre les yeux, je me trouve dans un endroit différent, j'assiste à un épisode futur. Une fois passée la vision, je cligne à nouveau des paupières et je reviens à la réalité.

— Ce doit être terrifiant.

Elle sourit vaguement.

— Au début ça l'était, plus maintenant. Je suis habituée.

— Vous êtes très courageuse.

Il s'était rapproché et se tenait à présent tout près d'elle. Helena scruta attentivement le visage de Patrick mais n'y vit pas la moindre trace de répulsion ou de rejet, juste de la bienveillance.

Quelque chose d'enfoui tout au fond d'elle-même explosa soudain, comme une digue qui lâche, et les larmes jaillirent de ses yeux.

Honteuse, elle essaya de s'esquiver, mais Patrick fut plus rapide. Il l'attira contre lui avant qu'elle ait pu réagir et la serra dans ses bras. Elle se débattit un court instant, puis céda et passa instinctivement ses bras autour de sa taille, sans éprouver la moindre gêne.

— Vous vous sentez mieux ? demanda-t-il quand ses larmes cessèrent enfin.

La jeune femme hocha la tête, se recula et posa sur lui un regard incrédule.

— Pourquoi êtes-vous soudain si… si bon avec moi, Patrick ? Vous m'aviez prise en grippe dès notre première rencontre.

— Je vous avais mal jugée, dit-il tandis qu'une légère rougeur envahissait ses joues et qu'il détournait les yeux. Je me suis complètement mépris sur votre compte.

Il releva la tête et plongea ses yeux dans les siens.

— Tout d'abord, je vous ai détestée parce que je pensais que vous me méprisiez. Maintenant, je sais que c'était votre secret qui vous rendait distante. Ensuite, quand votre père est mort, j'ai cru que vous étiez à la recherche d'un époux fortuné. À présent, je sais qu'il n'en est rien.

Cet aveu la soulagea.

— Je ne vous ai jamais haï, avoua-t-elle.

Un sourire radieux illumina soudain le visage du jeune homme.

— Même quand je vous ai traitée de vieille fille acariâtre ?

Helena lui rendit timidement son sourire.

— Hum ! peut-être que si.

Soudain Patrick redevint grave. Avant qu'Helena eût pu l'en empêcher il lui prit la main et la porta à ses lèvres.

— Je vous dois des excuses, dit-il d'une voix rauque. Peut-être qu'en gardant votre secret je pourrais me racheter pour le mal que je vous ai fait.

— Merci, Patrick, dit-elle, sentant soudain qu'elle avait cessé d'être seule au monde.

Il jeta un coup d'œil à la fenêtre.

— Ah ! mon père est de retour. Je l'aperçois dans l'allée. Allons l'accueillir, voulez-vous ?

Helena hocha la tête.

Ils étaient entrés dans cette pièce en ennemis, ils en ressortaient amis.

12

Deux semaines plus tard, le majordome présenta à Helena un plateau avec une missive.

Celle-ci eut un petit haussement de sourcils étonné.

— Une lettre pour moi ? Qui cela peut-il bien être ?

À peine l'eut-elle décachetée qu'une bouffée de parfum épicé s'en échappa, lui indiquant qui en était l'auteur.

Elle commença aussitôt à lire.

Chère Mademoiselle Considine,

Depuis plusieurs semaines je suis sans nouvelles de vous, c'est pourquoi je prends la liberté de vous écrire.

Je compte absolument sur votre visite le jeudi 25 septembre après-midi.

Dans l'attente de vous revoir, je vous prie d'agréer, etc.

La lettre était signée lady Calypso Eastbrook.

Et à en juger par le ton impérieux de la marquise, celle-ci ne tolérerait pas que la jeune fille lui fît faux bond.

Le 25 septembre… C'était demain !

Helena demeura un instant perplexe, devait-elle ou non accepter l'invitation ?

D'une certaine façon, Calypso lui faisait pitié, car, en dépit de sa beauté et de son titre de noblesse, elle n'en demeurait pas moins seule et sans amis.

Cependant, la fille du médecin ne voulait pas blesser Patrick dans son amour-propre. D'autant que son attitude à son égard avait radicalement changé depuis qu'il connaissait son secret. Il était devenu très attentionné et soucieux de son bien-être, au point qu'Helena se demandait parfois ce qu'il était advenu du jeune homme distant et taciturne qu'elle avait connu jadis.

Mais était-ce trahir Patrick que d'accepter l'invitation de lady Eastbrook ? Sans compter qu'en se rendant à Drumlow elle pourrait peut-être glaner quelques informations utiles concernant John Standon.

Elle sourit intérieurement. Elle irait et jouerait les espionnes pour le compte de ses amis.

Le lendemain après-midi, Helena prit la carriole et se rendit seule à Drumlow, en se gardant bien d'en aviser quiconque.

Une fois au carrefour, elle commença à avoir des remords. N'aurait-elle pas dû parler de la lettre à Patrick ?

« De toute façon, il est trop tard pour faire demi-tour », songea-t-elle en voyant se profiler au loin les cheminées du manoir.

À peine avait-elle franchi le portail qu'elle fut interpellée par deux hommes armés de fusils. Elle regretta aussitôt d'être venue.

Les gardes à la mine patibulaire la dévisagèrent avec méfiance.

— Mademoiselle Considine, lança-t-elle bravement. Je viens voir lady Eastbrook.

— Vous êtes attendue ? aboya l'un des compères.

— Évidemment, répliqua-t-elle sèchement, sans quoi je ne serais pas venue.

L'homme eut un petit sourire narquois et, relevant son fusil, commença à déverrouiller la grille.

— C'est qu'on a reçu des ordres, mam'zelle, avec tous les nationalistes qui rôdent dans les parages, on n'est jamais trop prudent.

Sans dire un mot, elle franchit le portail et s'engagea dans la grande allée.

Avec ses hautes murailles de pierres brunes percées d'étroites fenêtres et sa lourde porte ferrée, le château de John Standon n'était guère accueillant. Helena descendit néanmoins de voiture et gravit les marches du perron. Presque aussitôt un grand majordome à la mine rébarbative et aux petits yeux méfiants vint lui ouvrir.

Il la toisa rapidement des pieds à la tête et demanda, avec une petite moue condescendante :

— C'est à quel sujet ?

— Mademoiselle Considine, annonça Helena, fermement décidée à ne pas se laisser impressionner. Je suis attendue par lady Eastbrook.

— Si vous voulez bien me suivre.

Helena et le dédaigneux majordome longèrent un interminable corridor jusqu'à une porte à double vantail. L'homme s'arrêta et dit :

— Si vous voulez bien attendre ici, je vais vous annoncer à madame la marquise.

Le domestique reparut quelques instants plus tard.

— Madame la marquise va vous recevoir, proclama-t-il d'une voix solennelle, comme s'il s'était agi d'une audience avec la reine d'Angleterre en personne.

Il la fit entrer dans une pièce sombre, entièrement lambrissée, où, à sa grande surprise, elle trouva la belle marquise d'Eastbrook, en robe d'intérieur, en train de jouer avec la plus adorable des fillettes.

Rose et souriante, la jeune femme s'excusa en se relevant d'un geste souple.

— J'espère que vous ne m'en voudrez pas de vous recevoir sans façons, mademoiselle Considine. J'aime tant jouer avec Louisa.

Helena, subjuguée, s'approcha de l'adorable enfant qui se tenait assise sur le tapis, ses jouets éparpillés autour d'elle. L'enfant était aussi blonde que sa mère était brune et ses boucles d'or pâle encadraient un minois d'une fraîcheur et d'une beauté extraordinaires. Le seul trait que la mère et la fille avaient en commun était de grands yeux violets bordés de longs cils noirs. Pour le reste, la petite devait le tenir de son père.

Louisa considéra l'inconnue d'un air grave, lui adressa un grand sourire et mit son petit poing dans sa bouche.

Calypso rit, visiblement attendrie.

— Loulou, dit-elle en la prenant dans ses bras, je te présente Helena.

La petite s'efforça de répéter.

— El-la.

— Bonjour, Louisa, répondit la jeune femme avec un grand sourire.

La marquise sonna la femme de chambre qui revint quelques instants plus tard avec le thé. Et les deux femmes allèrent s'asseoir près de la fenêtre pour bavarder.

— Je suis tellement contente que vous soyez venue, dit Calypso en tendant à son invitée une tasse de fine porcelaine.

« Comment aurais-je pu refuser une convocation aussi impérieuse ? », songea Helena, mais elle garda pour elle sa remarque.

— Et comment trouvez-vous Rookforest ?

— Il ne s'agit pas à proprement parler d'un séjour d'agrément, mais je m'y trouve bien. Les Quinn font tout ce qu'ils peuvent pour me mettre à l'aise.

La marquise grignota un instant un biscuit en silence puis, posant sur son hôte un regard énigmatique, confessa :

— J'aimerais vous entretenir d'un sujet délicat, que je ne sais trop comment aborder.

Sa curiosité soudain piquée au vif, Helena l'encouragea.

— Je vous en prie, parlez sans crainte.

Calypso inspira profondément.

— Eh bien ! je crains que vous ne soyez l'objet de vilains commérages.

— Vraiment ? s'étonna la jeune femme en écarquillant des yeux stupéfaits. Je mène pourtant une vie des plus tranquilles. Et que dit-on au juste ?

— Les gens s'interrogent sur vos relations avec les Quinn, père et fils.

Helena lui décocha un regard indigné. Confuse, la marquise, s'efforça de l'apaiser.

— Après tout, vous n'êtes pas mariée et vous vivez sous le même toit que deux hommes célibataires. Les gens ont vite fait de jaser.

— Ces gens semblent néanmoins oublier qu'il y a une autre femme à Rookforest, Margaret Atkinson, rétorqua sèchement la fille du médecin.

— Oh ! je vous ai offensée, ma chère, j'en suis désolée. Si je vous ai rapporté les rumeurs qui courent au village, c'est uniquement pour vous mettre en garde, car je sais combien la réputation d'une femme est fragile.

Cependant, Helena commençait à se demander si les intentions de lady Eastbrook étaient aussi nobles qu'elle le laissait entendre.

— Votre sollicitude me touche, madame, mais je ne suis malheureusement pas en position de choisir. N'eût-ce été la générosité et la bienveillance de Richard Quinn, je serais aujourd'hui à la rue. Plutôt que de parler à tort et à travers, les gens de Mallow feraient mieux de rendre hommage à sa générosité.

— Vous avez entièrement raison, murmura Calypso d'une voix devenue soudain mielleuse, tandis qu'elle orientait la conversation vers un sujet moins épineux.

Lorsqu'elles eurent fini de prendre le thé, Helena était à nouveau souriante, l'impair commis quelques instants plus tôt par Calypso complètement oublié.

Celle-ci jeta brusquement un coup d'œil furtif à la porte puis, se tournant vers son hôte, déclara sur le ton de la confidence :

— J'espère que vous n'allez pas me juger trop durement, ma chère, lorsque je vous aurai avoué la raison pour laquelle je vous ai demandé de venir aujourd'hui.

Bien qu'elle ne fût nullement surprise, Helena feignit l'étonnement.

— Et quelle est-elle ?

La marquise baissa les yeux, l'air embarrassé.

— Je vous ai conviée dans l'espoir que vous accepteriez de plaider ma cause auprès de Patrick.

Helena en eut le souffle coupé.

— Je vous demande pardon ?

— Je l'aime. Je l'ai toujours aimé. Et maintenant que je suis libre, je voudrais l'épouser. Naturellement, mon frère ne veut pas que je l'approche, c'est pourquoi j'ai pensé que vous pourriez servir d'intermédiaire.

La fille du médecin se leva et détourna les yeux afin de dissimuler sa colère.

— Je croyais que tout était fini entre vous et Patrick.

— Comment les choses pourraient-elles jamais finir entre lui et moi ? Nous sommes faits l'un pour l'autre.

Helena fit soudain volte-face.

— Dans ce cas, pourquoi ne l'avez-vous pas épousé quand vous en aviez la possibilité ? lança-t-elle sur un ton accusateur.

— Vous savez très bien pourquoi. Mon frère y était opposé et je n'avais d'autre choix que de lui obéir. Or, cette fois, je suis décidée à lui tenir tête et à épouser Patrick.

Ravalant la repartie qui lui brûlait la langue, Helena dit aussi calmement que possible :

— Et qu'est-ce qui vous fait croire que Patrick acceptera de vous épouser ?

— Je sais qu'il m'aime encore, envers et contre tout. Oui, ma chère, en dépit des années qu'il a passées en prison, Patrick m'aime encore.

La jeune femme sourit.

— Vous excuserez ma franchise, lady Eastbrook, mais je ne l'ai jamais entendu prononcer votre nom autrement qu'avec dépit. J'ai du mal à croire qu'il soit encore amoureux de vous.

Calypso lui jeta un regard plein de mépris.

— À présent, c'est à mon tour de vous demander d'excuser ma franchise. Il est clair que vous ne connaissez rien aux hommes. Et Patrick ne le sait peut-être pas encore, mais il est toujours amoureux de moi.

— Ainsi donc, vous prétendez connaître mieux que lui ses sentiments ?

— En effet. Voyez-vous, je l'ai rencontré l'autre jour, au cours d'une promenade. J'ai fait une chute de cheval et Patrick a aussitôt volé à mon secours. Oh ! bien sûr ! il a fait mine de rester indifférent, cependant j'ai bien vu à ses yeux qu'il brûlait toujours d'amour pour moi.

Helena, dont le mépris pour Calypso allait croissant, déclara :

— En somme, vous voudriez que j'aille chanter vos louanges auprès de Patrick afin de ranimer sa flamme, c'est bien cela ?

Calypso lui adressa son plus joli sourire.

— Absolument. Et dans un deuxième temps, vous pourriez peut-être lui transmettre mes billets doux.

Voyant que son hôte ne répondait rien, la marquise se troubla. Une ride vint froisser son front parfaitement lisse.

— Qu'en dites-vous, ma chère ? Acceptez-vous, au nom de notre amitié ?

Helena se raidit.

— Non, madame. Je refuse, dans l'intérêt même de Patrick.

Lady Eastbrook plissa les paupières et ses lèvres pulpeuses se pincèrent en une moue hautaine et cruelle.

— Dans l'intérêt de Patrick ? Que voulez-vous dire ?

— Je veux dire, madame, que vous lui avez déjà fait suffisamment de mal. Si vous avez décidé de renouer votre idylle, cela vous regarde. Mais ne comptez pas sur moi pour vous aider.

Livide et furieuse de se voir ainsi rabrouer, Calypso dévisagea longuement Helena, puis ajouta avec un sourire plein de morgue :

— Ma parole, à vous entendre, on croirait que vous êtes vous-même amoureuse de Patrick !

Piquée au vif, la fille du médecin rougit violemment.

— Ah ! je vois, observa Calypso, triomphante. J'ai mis le doigt là où le bât blesse.

Retrouvant aussitôt son calme, Helena sourit.

— Vous vous trompez, lady Eastbrook. Patrick est mon ami et rien d'autre. Cependant, j'ai pour principe de me comporter loyalement envers mes amis. Je n'aime pas les voir souffrir.

— Quelle grandeur d'âme !

— C'est une de mes qualités, dit la jeune femme en enfilant ses gants et en se dirigeant vers la porte. Au revoir, lady Eastbrook.

La réplique de Calypso la cloua sur place.

— Vous ne l'aurez jamais, lança-t-elle. Vous êtes beaucoup trop ordinaire et provinciale pour un homme comme Patrick.

Helena sortit sans même jeter un regard en arrière.

Tout en regagnant sa carriole, elle se demandait comment cette femme avait pu s'imaginer un seul instant qu'elle accepterait de rentrer dans son jeu.

Elle venait d'avoir un nouvel aperçu du caractère de Calypso Eastbrook. Cette femme était belle, mais terriblement vaniteuse et égoïste. Helena était contente de lui avoir refusé la seule chose qui lui tenait à cœur.

Juste au moment où Helena franchissait le portail, elle aperçut John Standon qui arrivait dans sa direction, monté sur un étalon blanc.

Elle espérait qu'il allait la saluer brièvement et passer son chemin, mais il n'en fit rien.

— Bonjour, mademoiselle Considine, susurra-t-il en s'arrêtant et en s'inclinant sur sa selle.

Son élégante redingote mettait en valeur ses épaules larges et sa taille étroite ; il était comme son château, songea Helena : impressionnant de l'extérieur, mais froid et sombre à l'intérieur.

— Monsieur Standon, répondit-elle en forçant son enthousiasme.

— Auriez-vous rendu visite à ma sœur ? dit-il avec un sourire enjôleur.

— En effet.

John soupira.

— Comme c'est dommage, murmura-t-il en lui décochant une œillade assassine, j'arrive trop tard pour goûter le plaisir de votre compagnie.

Changeant brusquement de ton, il enchaîna :

— Je me suis laissé dire que Richard Quinn avait expulsé les Finnerty.

— C'est exact.

— Voilà qui est étonnant. Lui qui s'est toujours comporté en propriétaire exemplaire, si soucieux du bien-être de ses fermiers. Le voilà dans de beaux draps, maintenant qu'il s'est mis ses métayers à dos.

Cette remarque pleine de fiel ne surprit nullement Helena.

— Monsieur Standon, puis-je vous poser une question ?

Le sourire mielleux de l'homme s'élargit soudain.

— Naturellement, mademoiselle Considine.

— Pourquoi haïssez-vous tant les Quinn ?

Le sourire s'évanouit d'un seul coup. Il la dévisagea un instant, puis éructa :

— Je les hais parce qu'ils cherchent toujours à s'approprier ce qui ne leur appartient pas. Richard Quinn a ravi la belle Minna, la femme que mon père voulait épouser. C'est un riche propriétaire terrien, alors que mon père n'était qu'un simple intendant.

— Est-ce là une raison de les haïr ? Cela n'a pourtant pas empêché votre père de se marier.

— Sans doute, mais mon père ne nous a jamais pardonné de n'être pas les enfants de la femme qu'il aimait.

Soudain, il ajouta avec une grimace hideuse :

— Et ensuite, c'est Patrick qui a cherché à ravir ma sœur…

— Parce qu'il l'aimait.

— Oui. Et la lui refuser n'en a été que plus délectable.

Le regard de John se perdit soudain à l'horizon.

— Les gens vous diront que j'ai forcé ma sœur à épouser Eastbrook par calcul, mais c'est faux. Je l'ai fait uniquement pour priver Patrick Quinn de ce qu'il désirait le plus au monde. L'envoyer en prison m'a procuré un immense plaisir.

« Vous êtes un homme vil et pitoyable, John Standon », pensa la jeune femme en elle-même.

Sans doute avait-il deviné ses pensées, car il se tourna à nouveau vers elle et murmura entre ses dents :

— Faites-moi grâce de votre condescendance, mademoiselle Considine, je n'en ai que faire.

Et, sans ajouter un mot, il talonna son étalon et franchit le portail.

« Vous méritez bien plus que ma condescendance », pensa la jeune femme en reprenant son chemin sans remarquer le cavalier solitaire qui se tenait non loin de là au sommet d'un tertre et avait observé toute la scène.

Patrick n'en croyait pas ses yeux. Ainsi donc, Helena, pactisait avec l'ennemi. Et ce paon de Standon qui paradait fièrement sur son étalon blanc !

Les doigts du jeune homme se resserrèrent convulsivement sur les rênes, arrachant un petit hennissement de douleur à Gallowglass. Puis il piqua des yeux en direction de la carriole. Pourquoi Helena était-elle allée à Drumlow ? Et que lui avait dit John ?

La fille du médecin avait parcouru deux miles à peine quand une voix familière appela son nom. Elle se retourna et vit Patrick qui lui faisait signe du haut d'un coteau. Elle lui rendit son salut et il s'élança aussitôt vers elle.

« Dire que Calypso Eastbrook cherche à nouveau à le prendre au piège », songea Helena en le voyant dévaler fièrement la crête.

La jeune femme éprouva soudain un besoin impérieux de le protéger.

À présent, il avait atteint le pied de la colline et menait son cheval au pas. Le vent jouait dans ses cheveux et ses joues étaient rosies par le vent froid de septembre.

Il lui sourit de la même façon que John Standon quelques instants auparavant.

— N'est-ce pas une belle journée pour se promener ? dit-il.

Elle hésita. Devait-elle tout lui raconter ? Après tout, elle n'avait aucune raison de protéger Calypso Eastbrook. Si elle disait la vérité à Patrick et qu'il était assez sot pour rentrer dans son jeu, tant pis pour lui...

Le regardant droit dans les yeux, elle lui annonça :

— Je suis allée à Drumlow, rendre visite à lady Eastbrook.

Le jeune homme se rembrunit d'un seul coup.

— Et pour quelle raison, je vous prie ?

— Si vous voulez bien monter dans la carriole, je vous le dirai.

Il mit pied à terre et, ayant attaché son cheval à l'arrière du véhicule, il monta dans la voiture à côté d'Helena.

— Je vous écoute, dit-il sèchement en lui prenant les rênes des mains.

Et, tandis qu'ils reprenaient leur chemin, Helena lui raconta qu'elle avait rencontré Calypso Eastbrook à Mallow et que celle-ci lui avait dit vouloir devenir son amie.

— Hier, j'ai reçu une lettre d'elle me demandant, ou plutôt m'intimant, de venir la voir cet après-midi.

Patrick regardait fixement la route, l'air sombre.

— Et pourquoi ne m'en avez-vous rien dit ?

— Parce que j'ai pensé que vous m'interdiriez d'aller la voir et que j'étais curieuse de la rencontrer.

Il fit brusquement volte-face.

— Et pourquoi cela ? Vous connaissez les sentiments de ma famille à l'égard des Standon.

— Oui, mais hier encore, j'éprouvais de la pitié pour elle.

Patrick écarquilla les yeux et éclata de rire.

— Pitié de Calypso ? Au nom du ciel, mais pourquoi ?

— Riez tant que vous voudrez, cependant, lorsque je l'ai rencontrée à Mallow, elle m'avait donné l'impression d'être terriblement seule. Et puis, d'une certaine façon, nous nous retrouvons dans une situation similaire, elle et moi.

Patrick secoua la tête.

— Désolé, je ne vois vraiment pas où est la similitude.

— Nous sommes toutes deux à la merci du destin, Patrick. À la mort de son époux, Calypso n'a eu d'autre choix que de revenir vivre en Irlande. Quand mon père est mort, j'ai dû accepter l'offre généreuse de Richard de venir vivre à Rookforest.

Il semblait stupéfait.

— Vous voulez dire que nous ne vous avons pas traitée comme nous l'aurions dû ?

— Oh ! mais non, je ne sous-entendais rien de tel.

— Je sais, je disais cela pour vous taquiner. Vous pensiez donc que cela vous rapprochait de Calypso.

— Oui.

— Et vous le pensez toujours ?

Helena secoua tristement la tête.

— Hélas ! non.

Patrick hésita quelques instants, sans trouver le courage de lui poser la question qui lui brûlait les lèvres.

— Mais alors de quoi avez-vous parlé ?

— Nous avons parlé de sa fille, Louisa. C'est la plus belle et la plus gentille petite fille que j'aie jamais vue.

Patrick coupa sèchement :

— Et de quoi d'autre avez-vous parlé ? De moi, peut-être ?

— Oui, avoua Helena. En fait, c'était pour me parler de vous qu'elle m'avait invitée à lui rendre visite.

Elle inspira profondément et confessa d'une traite :

— Elle s'est mis en tête de vous reconquérir et m'a demandé de plaider sa cause et de vous transmettre ses billets doux.

Patrick se retourna brusquement. Il était livide et semblait si désemparé que l'espace d'un instant Helena crut que Calypso avait dit la vérité.

Il posa sur elle un regard vitreux, tandis que ses lèvres frémissaient convulsivement sans qu'aucun son sortît de sa bouche. Pour finir, il tira violemment sur les rênes. La carriole s'immobilisa. Il resta un long moment prostré, une main posée sur le front.

Curieusement, lorsqu'il se décida enfin parler, il ne dit pas un mot au sujet de Calypso.

— Vous savez ce qui est le plus difficile à supporter quand on est en prison ? demanda-t-il.

— Non, répondit Helena dans un murmure.

— Ce ne sont pas les travaux forcés ni les vexations. Ce ne sont pas les nuits sans sommeil, les cris, la pestilence ou les blattes qui grouillent dans la nourriture. Non, dit-il en serrant rageusement les poings. Le pire de tout, c'est d'être réduit à néant, de n'être plus qu'un numéro !

Il prit une profonde inspiration et, repoussant la main amicale d'Helena sur son bras, sauta au bas de la carriole et s'éloigna d'un pas décidé. La jeune femme resta un moment indécise, sans savoir si elle devait s'élancer à sa poursuite.

Patrick s'arrêta soudain quelques mètres plus loin et se campa au milieu de la route, les pieds écartés et les poings sur les hanches.

Lorsqu'il se retourna, les larmes ruisselaient sur son visage déformé par la douleur.

— Et après tout ce que j'ai enduré, elle dit qu'elle veut me reconquérir ? s'écria-t-il.

Bondissant hors de la voiture, la jeune femme s'élança vers lui et le prit dans ses bras comme il l'avait fait avec elle quelques jours plus tôt. Bientôt ses sanglots cessèrent, car pleurer n'était pas digne d'un homme.

Il se redressa soudain et s'essuya les yeux d'un revers de main.

— Je vous prie de m'excuser, dit-il, confus.

Helena lui prit la main.

— Il faut tirer un trait sur le passé, l'encouragea Helena, et songer à l'avenir.

Patrick la regarda au fond des yeux et, pour la première fois, la vit telle qu'elle était vraiment. Il remarqua les reflets dorés qui dansaient dans ses cheveux et son visage qui, bien que moins parfait que celui de Calypso, n'en était pas moins étonnamment séduisant. Et plus il la regardait, plus elle lui semblait attirante. Elle rayonnait d'un éclat intérieur qui lui conférait un charme auquel aucune beauté superficielle n'aurait pu prétendre.

De plus, elle était incroyablement courageuse et obstinée, en dépit de toutes les épreuves qu'elle avait endurées. Il lui prit délicatement le menton et l'embrassa.

Rien qu'un baiser rapide, un effleurement des lèvres. Mais totalement inattendu. Helena en fut profondément troublée.

Tout en s'efforçant de recouvrer ses esprits, elle lui jeta un petit coup d'œil espiègle et dit :

— Si j'ai bonne mémoire, monsieur Quinn, vous m'avez un jour dit que mes baisers étaient insipides et que vous ne renouvelleriez jamais plus l'expérience.

— Je suis souvent cruel et injuste, reconnut-il, et il m'arrive de dire des choses que je ne pense pas vraiment. Je regrette sincèrement de vous avoir blessée, Helena.

— J'accepte vos excuses, murmura-t-elle. Elle redevint grave. Que comptez-vous faire à présent ?

Il se détourna et fit mine de regagner la carriole.

— Rien du tout. Je n'ai que faire de Calypso, dit-il en lui tendant la main. Allons, montez. Nous ferions mieux de nous presser si nous voulons arriver à temps pour le thé.

La jeune femme fit ce qu'il lui ordonnait et ils se remirent aussitôt en route.

Chemin faisant, tandis qu'elle observait Patrick, la fille du médecin se dit brusquement : « Je l'aime. Je suis amoureuse de Patrick Quinn. »

Momentanément déconcertée par cette découverte inattendue, elle se mit à penser à sa première rencontre avec William. Avec lui, les choses s'étaient passées différemment. Elle était tombée amoureuse au premier regard, si violemment qu'elle en avait eu le souffle coupé.

Son amour pour Patrick s'était révélé peu à peu. C'était comme une pierre roulant du haut d'une colline et prenant de plus en plus de vitesse, balayant tout sur son passage sans que rien puisse l'arrêter.

Mais lui, qu'éprouvait-il pour elle ? Était-ce seulement de l'amitié, ou quelque chose de plus fort ?

Elle aurait donné tout ce qu'elle possédait pour savoir à quoi il pensait en ce moment même.

Patrick pensait à Calypso.

Ainsi donc, elle avait essayé de soudoyer Helena dans l'espoir qu'elle l'aiderait à le reconquérir. Il se sentit soudain envahi par un sentiment de triomphe. Il regrettait presque que son amie eût refusé de se prêter à son jeu et se demandait jusqu'où Calypso aurait pu aller.

Brusquement, il sentit les vieux démons qui refaisaient surface. Une partie de lui voulait oublier à jamais la perfide Calypso, tandis que l'autre la désirait encore. La chance de la posséder s'offrait enfin à lui. La dame était plus que consentante.

Cependant, il ne se sentait pas capable de tirer un trait sur le passé et de faire le premier pas vers la réconciliation. Les horreurs de la vie en prison ne cessaient de le tourmenter, tels de mauvais esprits.

Il avait beau désirer Calypso comme un fou, il ne pouvait pas oublier le passé.

13

Sitôt arrivée à Ballymere, Margaret mit pied à terre et laissa un instant son regard errer sur les ruines. Voyant que son cher et tendre n'était pas là, elle jura entre ses dents.

Depuis que l'oncle Richard avait insisté pour qu'elle se fît escorter quand elle partait en promenade, il lui devenait de plus en plus difficile de rencontrer Thomas en cachette, sans compter que les parents de ce dernier commençaient à se poser des questions sur ses absences répétées. Et puis il y avait le problème d'Helena…

Soudain, apercevant Thomas qui remontait la colline, son cœur bondit dans sa poitrine. Il y avait bientôt deux semaines qu'il ne l'avait pas enlacée de ses bras puissants. Une éternité…

Incapable d'attendre plus longtemps, la jeune fille s'élança vers lui et se jeta dans ses bras en le couvrant de baisers.

À son grand dépit, il la repoussa sans ménagements. Puis, jetant un regard furtif autour de lui, il grommela :

— Pas ici, on pourrait nous voir.

— Oh ! pardonnez mon impétuosité et mon outrecuidance, monseigneur ! s'écria Margaret avec une moue boudeuse.

Il lui décocha un sourire enjôleur et, la prenant par la main, l'entraîna à l'intérieur des ruines.

— Je vois tout de suite quand tu es en colère contre moi, ma toute belle, tu te mets à dire des mots que je ne comprends pas.

Il se mit à l'embrasser et elle fondit littéralement sous ses baisers.

Au bout d'un moment, il la relâcha et demanda :

— Mais, au fait, pourquoi étais-tu si pressée de me voir ?

— Pour te parler d'Helena Considine. Elle prétend qu'elle ne peut garder plus longtemps notre secret, que ce serait trahir la confiance de mon oncle, et menace de tout lui raconter.

— Et tu penses qu'elle en est capable ?

— Je n'en sais rien.

Margaret hésita un instant et hasarda :

— Il y aurait peut-être un moyen de l'en empêcher.

— Ah ! oui, et lequel ?

— Nous pourrions nous marier tout de suite et partir en Amérique ou en Australie, comme prévu.

Thomas secoua la tête.

— C'est impossible, ma toute belle.

Il effleura ses lèvres d'un baiser pour l'amadouer.

— Avec toute l'agitation qui règne en ce moment, mon père a besoin de moi à la ferme. Je ne peux pas lui faire faux bond, tu le sais bien.

— Alors, quand allons-nous nous marier ? geignit la jeune fille.

— Quand les choses seront rentrées dans l'ordre. Je te le promets.

Il prit son joli minois entre ses deux mains calleuses et l'embrassa jusqu'à ce qu'elle fût à nouveau prête à croire tout ce qu'il lui dirait.

— Et Helena ? reprit-elle.

— Je crois qu'il est temps de lui donner une bonne leçon.

— Une bonne leçon ? Que veux-tu dire ?

— Je vais lui montrer qu'on ne se moque pas impunément d'un Sheely.

À ces mots, le cœur de la jeune fille se serra dans sa poitrine.

— Tu ne vas pas lui faire de mal, au moins ?

— N'aie crainte, ma toute belle, je ne suis pas un violent. Simplement, je vais la prendre entre quatre yeux et lui dire le fond de ma pensée.

Margaret jeta soudain un coup d'œil furtif autour d'elle.

— Il faut que je m'en aille, soupira-t-elle, sans quoi ils vont se demander où je suis passée.

Avant de la laisser partir, il l'attira contre lui et lui donna un dernier baiser.

Hormis les chuchotements des hommes qui s'y trouvaient rassemblés, l'étable était silencieuse.

L'un d'eux ricana bruyamment.

— Je donnerais cher pour voir la tête que va faire O'Day, ce matin, quand il sortira de chez lui et qu'il tombera à pieds joints dans sa tombe.

Un autre enchaîna :

— Après ça, sûr qu'il va y réfléchir à deux fois avant de payer son loyer.

Soudain, toutes les conversations cessèrent. Le chef venait d'entrer. Il vint se poster au milieu des hommes et, après avoir brièvement passé la troupe en revue, annonça :

— L'un des nôtres nous a demandé d'exécuter une mission d'un genre un peu spécial. Comme vous le savez, Helena Considine a ignoré tous nos avertissements, même après qu'on a mis le feu à sa maison. La fille est têtue, elle nous nargue en restant chez les Quinn. Pas question de laisser passer ça, pas vrai, les gars ?

Pour toute réponse, il n'y eut qu'un bruit de semelles raclant nerveusement la terre battue. Aucun d'eux n'aimait s'en prendre aux femmes, même si la chose était parfois nécessaire.

— Qu'est-ce qu'on va lui faire ? demanda le plus courageux d'entre eux.

— On va la tondre, l'informa le chef sans la moindre hésitation. Ainsi, tous ceux qui la verront sauront qu'elle a trahi la cause.

Un soupir de soulagement parcourut l'assistance. Tondre une femme était infiniment moins cruel que la carder et tout aussi efficace.

— Je vais avoir besoin de trois ou quatre hommes pour faire la besogne. Ce ne sera pas facile, car il va falloir agir de jour.

Les hommes échangèrent des coups d'œil nerveux.

— Pourquoi on ne pourrait pas plutôt faire ça la nuit ? s'enquit l'un d'eux.

Le chef lui décocha un regard plein de mépris.

— Parce que tu espères entrer à Rookforest en pleine nuit ? Nous savons que la fille part se promener chaque jour à treize heures. Voilà comment nous allons procéder...

Quand leur chef leur eut exposé son plan, la réticence des hommes faiblit et trois d'entre eux se portèrent volontaires.

Le lendemain après-midi, montée sur Shamrock, Helena s'en fut faire sa promenade quotidienne autour du parc. Appelé par une affaire urgente, Richard n'avait pu l'accompagner.

En dépit du temps gris et maussade, Helena rayonnait intérieurement. Jamais, depuis ses fiançailles avec William, elle n'avait connu un tel bonheur. Et Patrick en était la cause. Depuis qu'ils avaient échangé leurs secrets, ils étaient devenus amis.

La jeune femme remua nerveusement sur sa selle en repensant aux paroles de Calypso : « C'est à se demander si vous n'êtes pas vous-même amoureuse de Patrick. »

La marquise ne croyait pas si bien dire. Helena voulait, en effet, Patrick pour elle-même. Elle ne cessait de penser à lui, à ses lèvres chaudes et sensuelles, à son corps viril et puissant pressé contre le sien.

Elle prit la direction du bois en soupirant.

— Tu rêves, ma pauvre fille, dit-elle à voix haute. Les hommes comme Patrick épousent des filles de bonne famille, pas des orphelines sans le sou.

Elle était tellement absorbée par ses pensées qu'elle ne remarqua pas tout de suite qu'un homme était étendu en travers de la route.

Juste au moment où elle allait le fouler aux pieds, elle poussa un petit cri de stupeur et tira violemment sur les rênes. Shamrock rejeta vivement la tête en arrière en ruant. Quand Helena réussit enfin à le calmer, elle regarda l'homme qui gisait face contre terre, un bras replié contre sa figure.

La jeune femme hésita, ne sachant que faire. Dans cette partie reculée du domaine, personne ne l'entendrait si elle appelait à l'aide. Mieux valait faire demi-tour et aller chercher du secours.

Soudain, l'homme bondit sur ses pieds avec la rapidité de l'éclair. Il était masqué. Helena se figea sur place, incapable de réagir.

— Attrapez-la ! rugit son agresseur.

Aussitôt, trois hommes masqués s'élancèrent hors des fourrés et l'encerclèrent.

— Que… que voulez-vous ? bégaya-t-elle en talonnant sa monture affolée pour essayer d'échapper à ses assaillants.

— C'est toi que nous voulons ! aboya l'un d'eux tandis que des mains puissantes agrippaient le bas de sa jupe et tiraient obstinément afin de la faire tomber.

Lâchant les rênes, la jeune femme se mit à distribuer des coups de poing au hasard, mais l'un des malfaiteurs réussit à l'attraper par le poignet tandis qu'un autre la saisissait par la taille.

Juste au moment où elle allait ouvrir la bouche pour crier, ils la firent tomber à terre. Le choc fut si violent qu'elle en eut le souffle coupé. Elle resta un moment sans bouger, complètement abasourdie. Puis, prise de panique, elle hurla :

— Lâchez-moi !

Alors, roulant de côté, elle se mit à se débattre furieusement. Mais ses adversaires étaient trop nombreux.

— Retournez-la sur le ventre, ordonna leur chef.

Les hommes s'exécutèrent, puis l'un d'eux posa un genou dans le dos d'Helena, la maintenant fermement plaquée au sol. Elle ferma les yeux et se mit à prier. À sa grande stupeur, elle sentit que l'un des bandits commençait à lui ôter ses épingles à cheveux.

— Tu pousses encore un cri et je te tranche la gorge, éructa une voix menaçante.

Mais, dès qu'Helena entendit le cliquetis des ciseaux, elle poussa un hurlement déchirant.

Patrick, qui était parti à sa recherche, arrêta net Gallowglass et tendit l'oreille. Il lui semblait avoir entendu un cri provenant de l'extrémité du parc.

Piquant des deux éperons, il partit au galop en direction du bois. Quelques instants plus tard, il aperçut des hommes masqués, regroupés autour d'un homme à genoux qui maintenait quelqu'un à terre. Voyant que l'un d'eux tenait Shamrock par la bride, Patrick comprit que leur victime était Helena.

Une colère noire s'empara brusquement de lui. Sans réfléchir, il fondit droit sur les hommes en rugissant.

— Noooon !

Quatre têtes se tournèrent d'un seul coup et les malfaiteurs se mirent à détaler comme des lapins. Patrick songea un instant à se lancer à leur poursuite et se ravisa. Il était seul contre quatre et les autres étaient peut-être armés. Mieux valait s'occuper de leur victime.

Celle-ci gisait à terre, immobile.

— Helena ! s'écria-t-il en s'agenouillant à côté d'elle. Vous êtes blessée ?

Lorsque la jeune femme releva la tête, de longues mèches de cheveux tombèrent à terre.

— Oh ! mon Dieu ! gémit-elle en se relevant.

Puis elle se mit à tâter son crâne et poussa un long cri déchirant. Aussitôt, elle se mit à ramasser frénétiquement les mèches de cheveux éparpillées.

— Helena…, murmura doucement Patrick.

Elle ne réagit pas et demeura assise, sans bouger, les yeux écarquillés, en serrant ses beaux cheveux contre son cœur.

« Dieu merci ! ils ne l'ont pas violée », songea Patrick.

Voyant qu'elle tremblait de tous ses membres, il l'attira contre lui.

— Venez, dit-il en lui passant un bras autour de la taille, rentrons.

Mais à peine eut-elle fait quelques pas qu'elle s'effondra et il dut la porter jusqu'à la maison.

— Madame Ryan, venez vite ! appela Patrick en pénétrant dans le vestibule, Helena à demi inconsciente entre ses bras.

— Oh ! mon Dieu ! s'écria la vieille gouvernante. Qu'est-il arrivé à Mlle Helena ?

— Les nationalistes l'ont attaquée et lui ont coupé les cheveux, dit-il en s'engageant dans l'escalier.

— Pauvre enfant !

— Vite, envoyez quérir un médecin et rejoignez-moi dans sa chambre !

À peine Patrick avait-il déposé Helena sur son lit que Margaret entra dans la chambre en trombe.

— Patrick, qu'est-il arrivé ? Mme Ryan dit qu'Helena a été attaquée et que…

La voix de Margaret s'évanouit d'un seul coup quand son regard tomba sur la jeune femme.

— C'est l'œuvre des hommes du capitaine Tucker, constata Patrick d'une voix amère. Ils sont tellement courageux qu'ils étaient quatre pour s'attaquer à une femme seule et sans défense. Hein ! qu'en dis-tu ?

— Mais pourquoi elle ? s'étonna la jeune fille. Elle ne leur a jamais fait aucun tort.

Brusquement, Margaret repensa à la conversation qu'elle avait eue la veille avec Thomas, lorsqu'il lui avait dit qu'il allait parler à Helena en privé. Mais non, c'était impossible, son cher Thomas n'aurait jamais fait une chose pareille.

Patrick l'interrompit dans ses pensées.

— Il est clair qu'ils la considèrent comme une ennemie, sans quoi ils ne l'auraient pas agressée. Je vais de ce pas avertir mon père, dit-il en quittant la chambre, laissant les femmes s'occuper d'Helena.

Il trouva Richard dans son bureau, le nez plongé dans ses livres de comptes.

— Père, Helena vient d'être attaquée par des nationalistes.

— Quoi ! hurla le vieil homme en se levant d'un bond, le visage rouge de colère. Où est-elle ? Que lui ont-ils fait ? dit-il en se dirigeant précipitamment vers la porte.

— Père, calmez-vous, dit Patrick en le retenant par le bras. Ils lui ont coupé les cheveux, rien de plus. Mme Ryan et Meggie sont avec elle et j'ai fait prévenir le médecin.

— Ils lui ont rasé la tête ? Ah ! les scélérats !

S'approchant de la carafe de brandy, il s'en servit une généreuse rasade qu'il vida d'un trait.

— Pourquoi diable s'en prennent-ils à elle ? Helena ne ferait pas de mal à une mouche.

Patrick haussa les épaules.

— Sans doute voient-ils d'un mauvais œil les relations qu'elle entretient avec notre famille.

— Mon Dieu ! murmura tristement Richard. C'est ma faute, je n'aurais jamais dû la laisser sortir toute seule.

Puis il baissa la tête et ajouta d'une voix assassine :

— Mais ils vont me le payer, Patrick, je te le promets.

— Cependant, nous ignorons qui sont ces hommes.

— N'aie crainte, je finirai bien par les démasquer. Et je leur montrerai de quel bois je me chauffe.

Quand Helena se réveilla, elle était en chemise de nuit, bien au chaud dans son lit, les couvertures remontées jusqu'au menton. Elle jeta un coup d'œil autour d'elle. Bien que les rideaux fussent tirés, elle vit qu'il faisait jour. Elle s'étira en se demandant pourquoi ses bras et ses jambes la faisaient tant souffrir.

La mémoire lui revint d'un seul coup.

Elle leva instinctivement la main et tâta sa nuque à la recherche de la grosse natte de cheveux, qui se trouvait là d'ordinaire. Rien. Ses doigts se mirent à tâter frénétiquement sa tête, mais ne rencontrèrent que la fine étoffe d'un bonnet de nuit. Refusant de se rendre à l'évidence, elle arracha le bonnet et continua son exploration.

De son épaisse chevelure, il ne restait désormais plus qu'une fine toison coupée au ras du crâne.

Des larmes de désespoir se mirent à rouler sur ses joues. Ses beaux cheveux, la seule chose dont elle était fière, avaient disparu. Et il faudrait des mois, voire des années, avant qu'ils repoussent suffisamment pour recouvrir à nouveau entièrement ses épaules.

Rejetant ses couvertures, elle s'assit au bord du lit, prit une profonde inspiration et s'approcha courageusement du miroir.

— Oh ! mon Dieu ! j'ai l'air d'un petit garçon ! s'écria-t-elle en découvrant son reflet dans la glace.

— Et un bien joli petit gars, lança une voix familière depuis la porte.

C'était Mme Ryan qui arrivait avec un plateau.

— Allons, retournez vous coucher. Le docteur a ordonné du repos.

Quand la malheureuse eut regagné son lit, Mme Ryan l'informa :

— Je vais prévenir les maîtres que vous êtes réveillée. Ils ont hâte de vous voir.

La jeune femme, quant à elle, n'avait aucune envie de les voir. Néanmoins, elle savait qu'elle ne pourrait pas les éviter éternellement.

Quelques minutes plus tard, Richard, Patrick et Margaret entrèrent à la queue leu leu dans sa chambre.

— Helena ! s'écria le vieux Quinn en se précipitant à son chevet.

Il se pencha et déposa un baiser sur sa joue.

— Comment vous sentez-vous ?

Elle essaya de parler, mais sa gorge se noua, si bien qu'elle se contenta de hocher la tête.

— Ils me le paieront, fulmina Richard en serrant les mâchoires. Je vais leur faire regretter d'être venus au monde !

Quand Margaret s'approcha à son tour, Helena se souvint brusquement de la menace qu'elle avait proférée le soir où elles étaient sorties faire quelques pas dans le parc. Elle réprima un frisson. Thomas Sheely était-il l'instigateur du guet-apens ? Avait-il décidé de lui tondre les cheveux pour la dissuader de révéler sa liaison avec Margaret ?

— Je peux vous égaliser les cheveux, si vous le voulez, proposa celle-ci. Qui sait ? vous allez peut-être lancer une mode à Mallow.

Helena ne répondit rien.

— Courage, l'exhorta doucement Patrick.

— Je ne sais comment vous remercier d'être venu à la rescousse, lui dit-elle.

Les yeux du jeune homme s'assombrirent.

— J'aurais préféré arriver avant qu'il ne soit trop tard, confessa-t-il.

— Ce qui est fait est fait, soupira Richard, et nous n'y pouvons rien. Mais je vous promets que cela ne se reproduira plus.

Après lui avoir tous trois adressé une dernière parole réconfortante, ils la laissèrent seule.

Songeant qu'elle avait assez pleuré sur son sort, la jeune femme décida de se lever, de faire sa toilette et de descendre vaquer à ses occupations habituelles. Mais, quand la femme de chambre entra pour l'aider à s'habiller, ses bonnes résolutions volèrent en éclats.

Pour finir, elle resta toute la journée enfermée dans sa chambre et refusa d'en sortir, même pour dîner.

— Helena, ouvrez ! ordonna Patrick.

— Allez-vous-en.

— Pas avant d'avoir dit ce que j'ai à vous dire. Si vous n'ouvrez pas cette porte, j'irai chercher la clé de Mme Ryan.

La jeune femme renifla dans son mouchoir.

— Ça ne serait pas convenable, protesta-t-elle. Un célibataire ne doit pas forcer la porte d'une femme seule.

— Je le sais, dit-il d'une voix qui laissait supposer qu'il souriait. Mais il arrive que la fin justifie les moyens. Ouvrez cette porte. Je crois que j'ai la solution à votre problème.

Il avait piqué sa curiosité.

Helena se leva et ouvrit la porte à contrecœur.

— Je sais que c'est ridicule de ma part, soupira-t-elle, mais depuis que j'ai perdu mes cheveux, j'ai l'impression que tout le monde me dévisage comme une bête de cirque.

— Je crois que j'ai trouvé la solution à votre problème, répéta-t-il.

Sans lui laisser le temps de protester, il la saisit par la main et l'entraîna dans le couloir. Il tenait une lampe à la main.

— Où m'emmenez-vous ?

— Au grenier.

La jeune femme le suivit sans broncher jusqu'à une porte close. Patrick l'ouvrit et commença à gravir lentement un escalier étroit en s'éclairant avec la lampe.

— Nous y voilà, dit-il. Sinistre, vous ne trouvez pas ?

Ils pénétrèrent dans une grande pièce obscure qui semblait n'avoir pas été visitée depuis un siècle.

Patrick commença à se frayer un chemin parmi les caisses et les malles empilées çà et là.

— Que cherchez-vous, au juste ? demanda-t-elle en le suivant prudemment.

— Les malles de ma grand-mère.

— Et pourquoi cela ?

— Vous verrez. J'espère seulement que je vais pouvoir les retrouver dans ce capharnaüm, dit-il en avançant dans la pièce.

Soudain, le jeune homme poussa un cri de triomphe, il déposa sa lampe à terre et s'agenouilla devant une énorme malle aux serrures de bronze. Il en souleva précautionneusement le couvercle et plongea une main à l'intérieur pour en explorer le contenu.

— Ma grand-mère était une élégante de l'époque de la Régence. Elle était terriblement coquette et mon grand-père, qui était aux petits soins pour elle, l'emmenait passer l'été à Londres. Ils ne revenaient à Rookforest qu'en hiver.

Helena fronça les sourcils.

— Tout ceci est fort intéressant, mais quel rapport avec moi ?

Patrick ne répondit pas et continua de fouiller sous l'œil intrigué d'Helena. Soudain, il sortit un objet enveloppé dans du papier.

— Ma grand-mère raffolait des turbans, expliqua-t-il en ôtant une à une les couches de papier sec et cassant. Et puisque vous ne voulez pas paraître en public avec vos cheveux courts, j'avais pensé que vous pourriez peut-être porter ceci, dit-il en lui tendant un superbe turban de soie bronze, rehaussé d'un cordon de velours mordoré qui scintillait doucement dans la pénombre.

— Mettez-le, ordonna Patrick.

Helena plaça le turban sur sa tête en prenant soin de couvrir toutes ses mèches rebelles.

— Eh bien ! de quoi ai-je l'air ? demanda-t-elle, bien qu'elle eût l'impression d'être déguisée comme pour se rendre à un bal costumé.

— Vous avez l'air d'une sultane.

— Merci, Patrick. C'est gentil, dit-elle en lui effleurant la joue du bout des doigts.

Les yeux de Patrick s'embrasèrent d'un seul coup, tandis que son regard se posait sur ses lèvres. Helena se pencha vers lui et l'embrassa.

Au début, elle n'avait songé qu'à lui donner un petit baiser de gratitude. Mais les événements des derniers jours l'avaient tellement ébranlée que, lorsque Patrick répondit à son baiser, la jeune femme se sentit mollir. Elle passa une main autour de son cou pour pouvoir l'embrasser avec toute la tendresse et la passion dont elle était capable. Son cœur bondit de joie lorsqu'elle vit qu'il ne cherchait pas à reculer, mais qu'il la prenait dans ses bras et l'attirait contre lui.

Au contact de ses lèvres chaudes, la jeune femme laissa échapper un petit gémissement de plaisir. Elle aurait voulu qu'il la couvrît tout entière de baisers. Elle aurait voulu…

Brusquement, Patrick s'arracha à son étreinte, hors d'haleine.

Helena ouvrit les paupières et vit qu'il la regardait fixement, une expression de surprise et de bonheur dans les yeux.

— Helena…, murmura-t-il en posant sa joue contre la sienne.

Elle rougit.

— Je… je suis désolée. Je ne voulais pas…

— Si, vous le vouliez, et moi aussi.

La jeune femme le regarda bouche bée. Elle s'était attendue à une rebuffade et il lui avouait qu'il la désirait.

— Ma douce Helena… Vous ne finirez jamais de me surprendre.

Sans ajouter mot, il se releva et épousseta ses genoux couverts de poussière, puis il lui tendit la main et l'aida à se relever.

Bien qu'elle mourût d'envie de lui demander ce qu'il éprouvait pour elle, la jeune femme ne dit rien, car il s'était remis à fouiller dans la malle et lui tournait le dos.

Lorsqu'il en eut enfin extirpé plusieurs autres turbans, ils quittèrent le grenier en emportant leur trésor avec eux et Helena regagna sa chambre avec, pour tout réconfort, le souvenir brûlant du baiser qu'ils avaient échangé.

14

De la fenêtre du salon, Helena aperçut Richard qui enfourchait son coursier brun. Ce dernier lui lança un regard attendri avant de partir au galop, mais la jeune femme n'y prêta pas garde. Toutes ses pensées étaient tournées vers le jeune Quinn.

Elle songeait au baiser qu'ils avaient échangé dans le grenier. Patrick avait répondu à ses avances avec fougue. Était-il possible qu'il la trouvât désirable ?

« Ma parole, se sermonna-t-elle, tu perds complètement la tête. »

Perdue dans ses réflexions, elle ne remarqua pas que le jeune homme se tenait dans l'embrasure de la porte et l'observait en silence.

Lui trouvant l'air absent, il se demanda si la jeune femme était, comme lui, en train de penser au baiser de la veille. Il se surprit à l'espérer.

Helena Considine ne correspondait ni de près ni de loin à son idéal féminin. Elle n'était ni particulièrement belle ni particulièrement brillante, mais elle possédait un indéniable pouvoir de séduction, une personnalité complexe qui la rendait terriblement attirante.

Il soupira et, au même moment, la jeune femme tourna la tête.

— Patrick, dit-elle, surprise, je ne vous avais pas entendu entrer.

Il traversa la pièce d'un pas gracieux et vint s'asseoir à côté d'elle sur la banquette. « Comme il est beau, songea-t-elle tristement. Même si je pouvais le conquérir, je ne pourrais jamais le garder. »

— Qu'y a-t-il ? demanda-t-il. Vous semblez morose ?

— C'est à cause de mes cheveux, mentit-elle en touchant le turban qu'elle portait sur la tête.

— Bah ! ils repousseront. En attendant, ce turban vous va à ravir.

— C'est très délicat à vous d'y avoir pensé.

Le regard du jeune Quinn se durcit soudain.

— Si seulement je pouvais mettre la main sur ces scélérats…

Helena pensa à Thomas Sheely.

— Croyez-vous que vous le pourrez un jour ?

Il secoua la tête, l'air dubitatif.

— Le constable Treherne a peu d'espoir. Si ce sont les hommes du capitaine Tucker – et c'est sans doute le cas –, personne n'osera les dénoncer de crainte de s'attirer leur colère. Toujours est-il que mon père offre cinquante livres de récompense à qui voudra bien nous aider à les identifier.

— Cinquante livres ? Mais c'est une somme considérable ! s'exclama la jeune femme en écarquillant des yeux stupéfaits.

— Mon père est décidé à retrouver les coupables coûte que coûte. Au fait, à propos de mon père, savez-vous où il se trouve ?

— Je l'ai vu enfourcher son cheval il y a quelques minutes à peine.

Le jeune homme se leva.

— Il est probablement allé voir Treherne pour lui parler de la récompense.

Ainsi donc, Patrick ne semblait pas disposé à parler de ce qui s'était passé entre eux la veille, songea Helena avec un petit pincement au cœur.

Mais, au même moment, ce dernier lui prit la main et la porta à ses lèvres. Plongeant ses yeux dans les siens, il murmura doucement :

— Je ne regrette pas ce qui s'est passé hier soir, Helena. Et vous ?

Maudissant la rougeur qui lui montait aux joues, la jeune femme baissa les yeux.

— Moi non plus, avoua-t-elle.

— Tant mieux, dit-il avec un petit sourire malicieux.

Puis il se leva et quitta la pièce.

Plus tard, ce matin-là, Richard convoqua les trois jeunes gens dans son bureau.

Il y avait dans ses yeux une lueur implacable et ses lèvres crispées formaient une ligne amère.

Dès qu'ils furent réunis, le vieil homme annonça sur un ton étrangement solennel :

— Mes enfants, j'aimerais vous entretenir d'une affaire extrêmement grave.

Son regard se posa sur Helena.

— Je me suis juré de retrouver les scélérats qui vous ont attaquée et de les traîner en justice. C'est pourquoi j'ai fait savoir que j'offrais une récompense de cinquante livres à quiconque m'aidera à les identifier.

Richard s'éclaircit la voix et enchaîna.

— J'ai également informé mes métayers que si les coupables n'étaient pas dénoncés d'ici à deux semaines, je procéderais à des expulsions, à raison d'une par semaine jusqu'à ce qu'ils se décident à parler.

Un silence consterné s'abattit sur le petit groupe.

Prenant soudain conscience de la gravité de la situation, Patrick brisa le premier le silence.

— Père, vous ne pouvez pas punir tous vos fermiers à cause d'une poignée de mécréants !

— Je vais me gêner ! fulmina le vieux Quinn en baissant la tête comme un taureau prêt à charger. La moitié de mes fermiers est probablement de mèche avec le capitaine Tucker, et si l'autre moitié est innocente, elle connaît certainement le nom des coupables. S'ils veulent garder leurs fermes, il faudra qu'ils aient le courage de les dénoncer.

Ce fut au tour d'Helena de protester.

— Je vous en prie, Richard, il ne faut pas les expulser à cause de moi.

Margaret renchérit.

— Ils ont raison, mon oncle. C'est de la folie pure. Une telle sévérité ne fera qu'envenimer les choses. Les métayers ne nous en haïront que davantage et ils nous résisteront par tous les moyens.

— Ou bien ils chercheront à sauver leur peau et dénonceront les scélérats qui ont attaqué Helena, rétorqua le vieil homme, obstiné.

— Mais enfin, père, dit Patrick en se passant nerveusement une main dans les cheveux. Que se passera-t-il si les nationalistes décident de se venger ? Nous sommes assis sur une véritable poudrière.

Trois voix s'élevèrent à l'unisson, mais Richard les fit taire d'un geste impérieux.

— C'est trop tard, de toute façon. Les métayers ont été informés ce matin même. Je ne peux plus faire marche arrière, quoi qu'il arrive.

Et sans un mot de plus, il tourna les talons et sortit du bureau.

Dès que la porte se fut refermée, Margaret s'écria :

— Il faut l'en empêcher ! Au nom du ciel ! Patrick, ne peux-tu essayer de lui faire entendre raison ?

— Pas quand il s'est fourré une idée en tête et qu'il est persuadé d'avoir raison, soupira Patrick, atterré. Rien ni personne ne pourra le faire revenir sur ses positions.

Le vieil homme s'était trompé. Les deux semaines s'écoulèrent sans que personne cherchât à toucher la récompense ou à sauver sa ferme en dénonçant les coupables.

Dans tout Mallow, une rumeur courait selon laquelle Richard Quinn, jadis si bienveillant, était brusquement devenu aussi impitoyable que John Standon. La responsabilité en fut rejetée sur Helena. Pourquoi s'était-elle mis à dos les nationalistes ? Et pourquoi prolongeait-elle indûment son séjour à Rookforest ? Les spéculations allaient bon train et tous se demandaient lequel des fermiers de Quinn serait expulsé le premier.

Il faisait un froid de loup, ce soir-là, dans l'étable, mais les hommes qui s'y trouvaient réunis n'en avaient cure. Leur ferveur patriotique leur échauffait le sang.

Leur chef prit la parole.

— Alors, nous sommes tous bien d'accord ? demanda-t-il en brandissant une feuille de papier sur laquelle un cercueil avait été grossièrement dessiné.

Un cri unanime s'éleva dans l'étable déserte.

L'homme qui avait protesté avec véhémence contre l'assassinat de Jack Considine levait à présent le poing avec les autres en hurlant.

— Mort à Richard Quinn ! Longue vie au capitaine Tucker !

Leur chef sourit, révélant des dents aiguisées de loup.

— Il trouvera ce papier accroché à son portail demain matin, quand il se mettra en route pour expulser l'un des nôtres.

— Qui va-t-il expulser ? demanda une voix inquiète.

— Je ne sais pas, répondit une autre voix. Il paraît qu'il va tirer au sort.

Un troisième homme secoua la tête.

— On n'aurait jamais dû s'en prendre à la fille Considine sur les propres terres de Richard Quinn. Maintenant, il est furieux et il va s'en prendre à nous.

— Elle nous a trahis, comme son père, aboya le chef. Elle a de la chance d'être encore vivante.

Il jeta un coup d'œil circulaire à l'étable.

— Mais dites-moi, depuis qu'on l'a rasée, y a-t-il eu une seule dénonciation ?

Comme aucun ne pipait mot, il s'écria triomphalement :

— Pas un seul ! Personne ne dénonce le capitaine Tucker, même pour cinquante pièces d'or.

Un murmure d'approbation parcourut l'assistance. Les hommes avaient retrouvé leur courage et leur détermination.

Une seule voix s'éleva pour protester :

— Ouais, mais combien de temps on va pouvoir tenir si Quinn nous expulse ? Où irons-nous ? Comment ferons-nous pour nourrir nos gosses ?

La voix du chef s'éleva, tranchante comme un couperet, tandis qu'il brandissait bien haut la feuille de papier.

— Il sera mort avant une semaine. Et sans propriétaire, il ne peut y avoir d'expulsions.

— Mais tu oublies son fils ? Il va vouloir venger la mort de son père.

Le chef sourit.

— Nous le ramènerons à la raison. Et s'il s'entête, nous l'enverrons rejoindre son père six pieds sous terre.

Une journée passa, puis une autre, sans que personne se décidât à dénoncer le capitaine Tucker.

Richard devenait de plus en plus irascible et morose. Il avait déjà procédé à une expulsion et l'idée de devoir recommencer le rendait malade, mais il était déterminé à aller jusqu'au bout et rien au monde n'aurait pu le faire renoncer.

Le vendredi, Helena eut une autre vision.

Ce matin-là, en voyant le parc inondé de soleil, la jeune femme retrouva d'un seul coup sa bonne humeur. Mais, en fin d'après-midi, les nuages commencèrent à s'amonceler dans le ciel, jetant un voile froid et obscur sur le paysage.

Glacée jusqu'aux os, elle décida de monter dans sa chambre. À peine avait-elle refermé la porte qu'elle se sentit gagnée par une étrange sensation. Son poignet se mit à palpiter et elle comprit ce qui allait se produire.

Un petit cri de protestation s'étrangla dans sa gorge, tandis qu'une violente sensation de vertige s'emparait d'elle comme si son cerveau était entré en ébullition.

— Que se passe-t-il ? murmura-t-elle. Jamais je ne me suis sentie aussi mal. Ce fut sa dernière pensée consciente et la chambre s'évanouit. Helena se retrouva en train de flotter au-dessus de Rookforest. Il faisait nuit et elle apercevait clairement la maison sous elle, baignée par le clair de lune.

— Pourquoi suis-je ici ? s'étonna-t-elle. Que va-t-il se passer ?

C'est alors qu'elle entendit une longue plainte aiguë et terrifiante jaillir du bosquet de hêtres qui se trouvait derrière la maison. Puis une forme humaine enveloppée d'un voile blanc se mit à glisser entre les arbres en frappant dans ses mains et en poussant des cris à fendre l'âme. L'apparition passa à côté d'Helena et se retourna pour la regarder. Au même moment, Helena cligna des paupières et ne put voir son visage.

Quand elle rouvrit les yeux, elle se trouvait à nouveau dans sa chambre, le soleil commençait à descendre à l'horizon. Elle gémit et se prit la tête entre les mains, terrifiée par la scène à laquelle elle venait d'assister.

Elle avait vu et entendu le spectre de la mort : un membre de la famille Quinn allait bientôt mourir.

« Patrick ! », songea-t-elle en s'élançant d'un pas chancelant vers la porte. Au même moment, le jeune homme surgit à l'autre bout du couloir. En l'apercevant pâle et tremblante, il s'approcha et lui prit les mains.

— Que se passe-t-il ? questionna-t-il, inquiet.

— Je… je viens d'avoir une vision, murmura-t-elle en s'agrippant des deux mains aux revers de sa redingote. J'ai vu le spectre de la mort et j'ai entendu son cri. À l'instant même, dans ma chambre.

Patrick blêmit.

— Que dites-vous ?

— J'ai vu le spectre de la mort ! répéta la jeune femme.

Il la regarda sans rien dire, s'efforçant de recouvrer ses esprits, tandis qu'Helena lui racontait sa vision.

— La créature poussait des cris épouvantables ! Vous savez ce que cela signifie, n'est-ce pas ?

Elle éclata en sanglots.

Le jeune homme la prit dans ses bras et l'attira contre lui.

— Qu'allez-vous faire ? demanda-t-elle à travers ses larmes.

Il réfléchit et dit :

— Si j'ai bonne mémoire, le spectre de la mort fait son apparition la veille du drame. Ce qui signifie que la mort surviendra cette nuit.

Helena hocha la tête.

— Oh ! mon Dieu ! où est votre père ?

— Il est allé à l'agence. Ne vous inquiétez pas, Helena. Il est en sécurité là-bas.

Brusquement, prise de panique, elle s'écria :

— Je vous en prie, Patrick, assurez-vous qu'il est sain et sauf. Emmenez une escorte au besoin et ramenez-le à la maison. Je ne serai pas tranquille tant que Richard ne sera pas rentré.

Il acquiesça d'un signe de tête. Juste au moment de quitter la chambre, il se retourna et remarqua :

— Ce n'était peut-être que le mugissement du vent dans les arbres.

— Dieu vous entende, répondit-elle.

Il se mit aussitôt en route, escorté par deux palefreniers armés de fusils. Ne voulant prendre aucun risque, il s'était lui-même armé d'un revolver.

Il scruta l'horizon d'un œil inquiet. La nuit commençait à tomber et il n'eût pas été prudent de laisser son père rentrer seul.

Quelques instants plus tard, les trois cavaliers arrivaient en ville. À peine s'étaient-ils engagés dans la grand-rue qu'ils aperçurent un attroupement devant l'agence Quinn. Un homme gisait à terre. Patrick le reconnut et ralentit le pas, prêt à affronter l'inévitable.

Les curieux qui l'avaient entendu approcher reculèrent respectueusement en échangeant des regards furtifs.

Le jeune homme stoppa son cheval et regarda son père étendu sur la chaussée, face contre terre, un bras relevé comme s'il avait voulu se protéger ou repousser un assaillant. Richard Quinn était mort.

Relevant la tête dignement, Patrick prit le temps de scruter un à un tous les visages présents.

— Comment est-ce arrivé ? lança-t-il d'une voix rogue. L'un de vous a-t-il vu ce qui s'est passé ?

Un homme leva la main et sortit du groupe.

— Qui es-tu ? demanda le jeune homme, bien qu'il connût déjà la réponse.

— Thomas Sheely, Votre Honneur. Juste au moment où je sortais du pub, j'ai aperçu un homme qui marchait à côté de votre père. Et, brusquement, j'ai entendu un coup de feu et j'ai vu M. Quinn qui s'effondrait à terre. L'autre a aussitôt pris la fuite.

Richard Quinn, assassiné en pleine rue, gisait dans une mare de sang, le côté droit transpercé par une balle de revolver.

— Vous avez vu son visage ? s'enquit sèchement Patrick.

— Non, Votre Honneur. Je n'ai pas eu le temps. Je me suis précipité pour porter secours à votre père, mais trop tard. Il était déjà mort.

Tous ceux qui se trouvaient là se signèrent et baissèrent la tête.

« Bande d'hypocrites, songea Patrick en lui-même. Vous n'attendiez que ce moment pour pouvoir lui voler ses terres. »

Il sentit soudain sa gorge se serrer et dut s'éclaircir la voix avant de poursuivre.

— Y a-t-il quelqu'un d'autre qui ait vu quelque chose ?

— Juste Sheely en train d'aider M. Quinn, répondit une voix sans visage.

Sentant les larmes lui monter aux yeux, Patrick se ressaisit violemment. Il ne voulait pas donner à ces gens la satisfaction de le voir pleurer.

Il descendit de cheval et s'approcha du cadavre. Il s'agenouilla et retourna Richard sur le dos. Ôtant sa vareuse en dépit du froid mordant, il en couvrit le visage de son père pour le protéger des regards de ceux qui se réjouissaient en silence de sa mort.

Soudain, un groupe d'officiers de police fit son apparition. Tandis qu'il leur ordonnait d'aller chercher une carriole, Patrick songea : « Que vais-je dire à Helena et à Margaret ? »

Mais Helena avait deviné que quelque chose de terrible était arrivé.

Elle n'avait cessé de prier pour que Patrick ramenât Richard sain et sauf et, voyant que l'heure tournait et qu'ils n'étaient toujours pas de retour, son optimisme avait peu à peu fait place à la consternation.

Aussitôt que Patrick eut franchi seul le seuil du vestibule, la jeune femme comprit que le spectre qu'elle avait vu lui avait annoncé la mort du vieux Quinn.

— Richard... ? demanda-t-elle d'une voix brisée par l'émotion.

Le jeune homme inspira profondément.

— Quelqu'un lui a tiré dessus au moment où il sortait du bureau. Il est mort.

— Non ! retentit un cri perçant.

Helena se retourna et vit Margaret qui dégringolait l'escalier à toutes jambes. Saisissant son cousin par les bras, cette dernière s'écria :

— Ce n'est pas possible ! Dis-moi qu'il n'est pas mort !

— Si, Meggie, dit le jeune homme d'une voix lasse.

— Comment est-ce arrivé ? Que s'est-il passé ? Y a-t-il des témoins ?

— Viens dans le salon, je vais tout t'expliquer, dit-il, et, se tournant vers Helena : Pouvez-vous demander à Mme Ryan de venir nous rejoindre ?

Quelques instants plus tard, ils étaient tous réunis dans le fumoir. La vieille gouvernante s'approcha aussitôt de Margaret, qui pleurait à chaudes larmes, pour essayer de la réconforter. Helena, quant à elle, était trop abasourdie pour pouvoir pleurer.

S'efforçant au mieux de maîtriser son émotion, Patrick leur raconta les circonstances du drame. Plongeant une main dans sa poche, il en sortit une feuille de papier qu'il déplia et tendit à Helena.

Une main malhabile y avait tracé un cercueil avec, en dessous, le nom de Richard.

— Qu'est-ce que c'est ? demanda-t-elle en passant la feuille à Mme Ryan.

— Une menace de mort du capitaine Tucker, dit Patrick, la mâchoire crispée et les yeux brouillés de larmes. Mon père l'avait de toute évidence reçue il y a quelques jours, mais il n'en avait parlé à personne. Si seulement nous l'avions su, nous aurions peut-être pu faire quelque chose pour le sauver.

— Allons, monsieur Patrick, dit Mme Ryan, qu'aurions-nous pu faire ? Personne n'échappe à leur vengeancc.

— Ils ne sont pas invincibles, rétorqua le jeune homme. Et je vous garantis qu'ils vont payer la mort de mon père.

Sans ajouter un mot, il quitta le salon.

15

Bien qu'il fût minuit passé, Helena n'arrivait pas à s'endormir. Elle ne cessait de penser à Patrick, qui s'était retiré dans sa chambre sans qu'elle eût pu le consoler.

La jeune femme décida d'allumer sa bougie pour essayer de chasser l'obscurité qui lui ceignait le cœur.

Au même moment, elle entendit tourner la poignée. Son cœur bondit dans sa poitrine. La porte s'ouvrit lentement et Patrick parut. Il avait l'air abattu et complètement désemparé.

Repoussant les couvertures, Helena bondit hors du lit et traversa la chambre à pas de loup.

— Patrick ?

Il referma la porte derrière lui.

— Je n'arrivais pas à dormir, confessa-t-il.

— C'est inévitable, après ce qui s'est passé.

Juste au moment où la jeune femme allait lui demander ce qu'il voulait, l'expression de Patrick changea. Son regard vide et désespéré s'embrasa d'un seul coup tandis qu'il la dévorait des yeux.

La jeune femme humecta ses lèvres sèches et demanda :

— Qu'y a-t-il ?

Le jeune homme lui saisit soudain le menton d'une main tremblante. Il avait les doigts glacés.

— J'ai passé quatre années de ma vie en enfer et voilà qu'à mon retour mon père se fait assassiner, dit-il d'une voix brisée par le chagrin.

— Je sais ce que vous ressentez et j'en suis désolée. Je ferais n'importe quoi pour faire revenir Richard et vous épargner une telle peine.

— Je voudrais partager votre lit, ce soir. Laissez-moi vous aimer, Helena. Pour l'amour du ciel.

Elle sursauta, pas certaine d'avoir bien entendu. Se rappelant soudain le sort tragique de William, elle songea qu'elle ne devait pas accéder à la requête de Patrick.

— Il est tard, murmura-t-elle. Vous feriez mieux de regagner votre chambre avant de faire une chose que vous et moi risquons de regretter par la suite.

Il soupira.

— Je vous demande pardon. Je suis un mufle pour oser vous importuner de la sorte. Vous êtes mon hôte. Une femme respectable, qui ne sait probablement même pas de quoi je veux parler. Je vous prie d'accepter mes excuses, Helena. Mon attitude est inqualifiable. Je vous promets que cela ne se reproduira plus.

Juste au moment où il allait tourner les talons, elle lui prit la main.

— Attendez, dit-elle.

Il se retourna et posa sur elle un regard surpris.

— Je ne suis pas aussi respectable que vous le croyez, murmura-t-elle.

Elle inspira profondément pour se donner du courage et ajouta :

— Voyez-vous, mon fiancé et moi étions… amants.

Le jeune homme écarquilla des yeux stupéfaits.

— Vous voulez dire que vous étiez sa maîtresse ?

— Oui. Quel mal pouvait-il y avoir, dès l'instant que nous nous aimions sincèrement et que nous avions l'intention de nous marier ?

La jeune femme se sentit brusquement rougir sous le regard scrutateur de Patrick. Elle ajouta aussitôt :

— Et puis William est mort. J'ai toujours pensé que nous avions été punis pour notre faute.

Patrick la prit dans ses bras.

— Helena…

Mais elle s'arracha à son étreinte.

— Ne comprenez-vous pas ? Tous ceux que j'aime meurent. William, mon père, Richard… et si vous passez la nuit avec moi, vous allez mourir, vous aussi !

— Je suis prêt à courir le risque.

— Patrick, je vous en prie. Je ne plaisante pas.

— Moi non plus. Quoi que vous puissiez dire, vous n'êtes pas maudite. Tout ce qui est arrivé est le fruit du hasard, de la fatalité, et rien d'autre.

— Dans ce cas, restez, si vous l'osez, dit-elle sur un ton qui tenait à la fois de la capitulation et du défi.

Patrick sentit fondre d'un coup le désespoir qui lui glaçait le cœur. Il prit ses mains dans les siennes et les baisa.

— Venez, dit-il dans un murmure.

Elle lui obéit sans hésitation. L'enlaçant de ses bras, elle approcha ses lèvres des siennes et attendit patiemment son baiser.

Une fois de plus, il se demanda brièvement comment il avait pu la trouver laide. Ce soir, à la lueur tamisée de la bougie, elle était resplendissante.

Il commença à l'embrasser lentement. Il laissa ensuite errer ses lèvres sur son front, ses paupières, ses joues. Elle murmura son nom et l'attira encore plus près.

Il lui chuchota doucement à l'oreille :

— Déshabillez-vous, Helena.

Son ordre audacieux lui arracha un petit haut-le-corps et elle sentit son visage et sa gorge s'empourprer d'un seul coup. Cependant, elle fit ce qu'il lui ordonnait. Dénouant sa chemise de nuit, elle la fit tomber tout doucement sur ses hanches et ses chevilles dans un doux froissement d'étoffe.

Patrick la regardait bouche bée. Qui eût cru que sous ses vilaines robes de laine la jeune femme cachait un corps à la beauté aussi parfaite ? Il eut soudain envie de la prendre ici même, de sentir ces jambes ravissantes s'enlacer autour de ses reins.

— Où aviez-vous caché un tel trésor… ? demanda-t-il.

Helena rougit, puis rétorqua en souriant :

— À présent, c'est à votre tour de vous déshabiller, Patrick Quinn.

Sans se faire prier, il se dévêtit avec l'aisance d'un homme qui sait que son corps plaît aux femmes.

— Comme vous êtes beau, dit-elle en rougissant.

Il la prit dans ses bras et, sans qu'il lui en coûtât le moindre effort, la porta jusqu'au lit où il la déposa aussi délicatement que s'il s'était agi d'un trésor. Juste au moment où il allait souffler la bougie, elle le surprit en ordonnant :

— Non, n'éteignez pas.

Il commença à la caresser tendrement.

C'était un amant patient et habile, entre les mains duquel elle éprouvait un immense plaisir et, quand il la posséda enfin et que leurs deux corps enlacés se mirent à bouger à l'unisson, Helena sentit fondre toutes ses désillusions et toutes ses peines sous le feu des caresses.

Plus tard, alors qu'ils étaient étendus côte à côte dans l'obscurité, Patrick déposa un baiser sur son front en déclarant :

— Tu sais que tu m'étonneras toujours.

La jeune femme sourit et se pelotonna contre lui.

— Vraiment ?

— Bien souvent, juste au moment où je crois enfin te connaître, tu fais une chose complètement inattendue.

— Parce que je t'ai demandé de rester avec moi ce soir ?

Il hocha la tête.

— Et je t'en remercie, murmura-t-il, avant de sombrer dans le sommeil.

Helena déposa un dernier baiser sur ses lèvres, puis ferma les yeux à son tour et s'endormit.

Quelques heures plus tard, elle fut réveillée par Patrick qui murmurait son nom.

Quand elle ouvrit les yeux, il l'embrassa et chuchota :

— Le jour va bientôt se lever. Je vais regagner ma chambre avant que les femmes de chambres ne nous surprennent ensemble.

Elle murmura une vague réponse ensommeillée et il lui dit dans un petit rire :

— Rendors-toi bien vite.

Il se leva et quitta la chambre.

Le lendemain arriva trop vite pour Helena qui, voyant une lumière grise et maussade filtrer à travers les rideaux, fit la grimace et se retourna dans son lit. Il était trop tôt pour se lever.

Elle s'aperçut qu'elle était nue sous les couvertures et se rappela que Patrick et elle étaient devenus amants la veille au soir.

Un petit sourire effleura ses lèvres. Elle avait passé une nuit délicieuse. Mais à présent un autre jour commençait.

Le cœur lourd, la jeune femme remit sa chemise de nuit et sonna la femme de chambre pour qu'elle vînt l'aider à s'habiller pour les funérailles de Richard.

La cérémonie funèbre s'achevait enfin.

L'air sombre, le jeune Quinn regardait les fossoyeurs qui commençaient à ensevelir le cercueil de son père. Une nouvelle vie commençait pour lui, maintenant qu'il était maître de Rookforest. Une lourde responsabilité reposait désormais sur ses épaules.

Les gens étaient venus nombreux pour rendre hommage à Richard Quinn, des propriétaires terriens pour la plupart, ou leurs intendants. En revanche, aucun métayer n'était présent, aucun n'avait cherché à s'attirer les faveurs du nouveau maître de Rookforest.

Patrick se tourna vers Helena et constata :

— Sans vous, je ne crois pas que j'aurais pu supporter tout cela.

— Mais si, le rassura-t-elle. Cette pauvre Margaret fait peine à voir, la disparition de son oncle l'a beaucoup affectée.

— Quand son père est mort, Richard a pris sa place. Et, bien que Meggie lui ait souvent tenu tête, elle l'adorait.

— Regardez ce pauvre lord Nayland. Il la suit comme un petit chien. Il voudrait la consoler, mais elle refuse de se laisser approcher.

Helena avait raison, la jeune fille s'éloignait à grandes enjambées en ignorant le malheureux baron qui trottait à sa suite. Quand il réussit enfin à la rattraper, il essaya de la prendre par le bras, mais elle le repoussa sans ménagement.

Juste au moment où Patrick et Helena regagnaient leur attelage, la porte d'une voiture stationnée un peu en retrait, non loin du portail de l'église, s'ouvrit et Calypso parut.

Patrick sentit la main d'Helena se raidir sur son bras tandis que la marquise s'approchait d'un pas assuré.

— Patrick, j'aimerais vous parler, dit-elle, puis, décochant un regard plein de mépris à Helena : En tête à tête.

— Bonjour, lady Eastbrook, dit aimablement la fille du médecin. C'est un plaisir de vous revoir.

— Tout le plaisir est pour moi, mademoiselle Considine, répondit Calypso avec un sourire de glace qui démentait la douceur de ses paroles. Patrick ?

— Je vous laisse, dit Helena.

Elle alla rejoindre Margaret et lord Nayland, qui avaient déjà pris place à l'intérieur de la voiture.

Patrick toisa un instant la marquise. Le noir de sa robe mettait admirablement en valeur ses yeux d'améthyste.

— De quoi s'agit-il ? s'enquit-il sèchement.

Lady Eastbrook eut une moue boudeuse, puis ses lèvres pulpeuses s'entrouvrirent légèrement et elle chuchota :

— Venez, faisons quelques pas ensemble. Ce que j'ai à vous dire est très personnel et je ne voudrais pas qu'on nous entende.

Le jeune homme aurait dû refuser, mais il n'en avait pas le courage. Il se sentit brusquement assailli par des souvenirs joyeux qui l'entraînèrent malgré lui vers le passé.

— Très bien.

Comme ils commençaient à marcher, Calypso posa une main légère comme une caresse sur son bras et il se sentit soudain ensorcelé.

— J'ai pris de gros risques en venant ici aujourd'hui, dit-elle de sa voix la plus sensuelle. Malgré l'interdiction que m'en a faite John, je suis venue te présenter mes condoléances.

— J'espère que tu as suffisamment graissé la patte de ton cocher, grinça-t-il en jetant un coup d'œil du côté de sa voiture.

— Il m'a promis de ne rien dire.

Lorsqu'ils eurent atteint le petit jardin attenant à l'église, Calypso s'arrêta.

— Patrick, je… je voudrais que nous soyons amis.

Il serra les mâchoires.

— Je crains que ce ne soit pas possible, dit-il d'un ton rogue. Il s'est passé trop de choses entre nous par le passé.

Mais, alors même qu'il la repoussait, une bouffée de parfum entêtant effleura ses narines et son sang se mit à bouillir dans ses veines.

Il essaya de penser à Helena et à la nuit qu'ils avaient passée ensemble, cependant c'était le visage de Calypso qui s'imposait à lui. Patrick ferma les yeux pour essayer de le chasser.

— Tout est fini entre nous, Calypso, déclara-t-il, bien que ses paroles sonnassent faux à ses propres oreilles.

La marquise lui décocha un sourire aguicheur.

— Vraiment ? susurra-t-elle. Oublions le passé. Nous avons toute la vie devant nous. Une vie radieuse et pleine de promesses. Si seulement tu voulais bien me pardonner. Je te veux, Patrick, et si tu me veux je suis à toi.

À quelques mètres de là, dans la voiture des Quinn, Helena observait, fascinée, le petit jeu de lady Eastbrook. Cette dernière ne manquait jamais une occasion de toucher Patrick, posant une main sur son bras, se rapprochant de lui à chaque pas, frottant sa jupe contre sa jambe. Au bout d'un moment, fatiguée de les observer, la jeune femme détourna les yeux.

« Reconnais-le, se dit-elle, tu es jalouse. Elle est très belle. Quel homme pourrait lui résister ? Il lui suffit de lever le petit doigt pour que Patrick arrive en courant. Tu as eu beau lui offrir ton corps, c'est avec Calypso qu'il veut passer le reste de sa vie. »

Lord Nayland sortit son mouchoir et commença à essuyer ses lunettes.

— Quelque chose me dit que lady Calypso est en train d'essayer de reconquérir notre Patrick, dit-il soudain. Rassurez-vous, mesdames, les hommes ne se laissent pas aussi aisément abuser.

Margaret accueillit cette remarque avec un petit ricanement qui lui valut, une fois n'est pas coutume, un regard réprobateur de la part du baron.

Il ajouta :

— Et en particulier Patrick.

Mais Helena n'était pas rassurée du tout, d'autant que Patrick, qui avait regagné la voiture, ne desserra pas une seule fois les dents jusqu'à Rookforest.

Margaret stoppa Bramble et regarda furtivement par-dessus son épaule pour s'assurer que personne ne la suivait. Une fois rassurée, elle repartit au petit trot.

Elle frissonna, son haleine chaude formait un petit nuage de vapeur dans l'air glacé.

La chaumière parut enfin. Un petit panache de fumée s'échappait de sa cheminée, lui signalant la présence de Thomas dans leur nouvelle cachette.

La jeune fille sourit et talonna sa monture qui partit au galop.

À peine eut-elle mis pied à terre que la porte s'ouvrit et son amoureux apparut sur le seuil. Au grand dam de Margaret, il ne s'élança pas à sa rencontre. Au lieu de cela, il se mit à jeter des petits regards inquiets de droite et de gauche en lui faisant signe de se dépêcher.

— Entre vite avant que l'on ne nous voie, ordonna-t-il.

Ce n'est qu'une fois à l'intérieur, la porte soigneusement refermée, qu'il lui sourit et la prit dans ses bras.

— Ah ! ma toute belle…

— Tu m'as tellement manqué, dit Margaret en posant ses lèvres sur les siennes.

Thomas lui sourit, les yeux pétillants de malice.

— Toi aussi tu m'as manqué, reconnut-il.

Margaret attendit et, voyant que Thomas ne lui adressait aucune parole de condoléances, elle lui rappela :

— Nous avons enterré mon oncle, hier.

Mais le garçon se détourna et ajouta une brique de tourbe dans l'âtre.

— C'est dommage qu'il ait été abattu de sang-froid, et en pleine rue avec ça.

— Il paraît que tu as vu l'assassin.

Il se releva et frotta ses mains charbonneuses l'une contre l'autre.

— Je l'ai vu qui prenait la fuite. Mais il a disparu avant qu'on ait pu l'arrêter.

Margaret hocha la tête en silence, les yeux soudain brouillés de larmes.

Le jeune homme s'approcha et se planta devant elle, son visage anguleux dénué de la moindre commisération.

— Je sais, ma toute belle, c'est malheureux, mais les gens lui en voulaient d'avoir expulsé les Grogan.

— Il était comme un père pour moi, se rebiffa-t-elle, soudain sur la défensive. Et il ne voulait qu'une chose : connaître le nom de ceux qui avaient attaqué Helena Considine. Ça n'était tout de même pas une raison pour l'assassiner !

Thomas releva le menton d'un air de défi.

— Tu ne comprendras jamais rien. Quand on trahit les siens, on mérite de mourir.

Margaret sursauta et demanda soudain :

— Est-ce toi qui as donné l'ordre de raser Helena ?

Il la dévisagea longuement, une expression impénétrable dans les yeux. Puis, prenant soudain l'air offensé, il protesta :

— Comment peux-tu m'accuser d'une chose pareille ?

— Il me semble pourtant que tu avais l'intention de lui clouer le bec.

— Je voulais simplement lui dire deux mots. Et je n'en ai même pas eu l'occasion. Non, ma toute belle, je suis innocent. Ça n'est pas moi qui ai rasé Helena Considine.

Rassurée et craignant de l'avoir offensé, la jeune fille posa ses deux mains sur ses épaules pour l'apaiser.

— Je te demande pardon, dit-elle. Je voulais simplement en avoir le cœur net, au cas où Helena déciderait de nous dénoncer.

Il lui décocha un large sourire et sa bouche se posa avidement sur la sienne.

Tandis qu'elle lui rendait son baiser, Margaret fut soudain prise d'un doute. Quelque chose avait changé entre eux. Elle avait le sentiment que leur relation se détériorait et cette pensée la terrorisait.

Au bout d'un moment, le garçon enchaîna :

— C'est ton cousin qui est désormais le maître à Rookforest.

— Oui, soupira la jeune fille qui n'avait aucune envie de parler de Patrick.

Elle ajouta quand même :

— Il est l'héritier de Richard.

— Sais-tu s'il compte poursuivre les expulsions, maintenant que son père est mort ?

La question prit Margaret de court.

Était-ce donc là tout ce qui l'intéressait, qu'elle l'informât sur Rookforest ?

— Je n'en sais rien, finit-elle par répondre en toute sincérité.

Sans doute avait-il senti sa contrariété, car il ajouta aussitôt avec un sourire désarmant :

— Et tu penses qu'il verra une objection à ce qu'on se marie, toi et moi ?

Le cœur de Margaret bondit d'espoir. Oh ! comme elle l'aimait !

Soudain transfigurée, elle s'écria :

— Tu vas lui demander ma main ? Et nous allons émigrer et commencer une nouvelle vie ensemble ?

— Ma toute belle ! dit-il, irrité. Comment as-tu pu douter un seul instant de ma parole ? C'est ce que j'ai toujours voulu. Faire ma vie avec toi, loin de cette terre maudite.

— Oh ! Thomas ! Thomas ! dit-elle en se jetant dans ses bras et en le serrant contre son cœur. Je t'aime !

— Est-ce bien vrai, ma jolie ? Tu veux vraiment de moi ?

Margaret se figea sur place. Il y avait quelque chose d'étrange dans sa façon de la regarder. Finie la douce insouciance de leurs baisers volés dans les ruines de Ballymere. Thomas avait l'air grave.

— Je veux t'aimer comme un homme aime une femme, lui murmura-t-il au creux de l'oreille. Ici. Maintenant. Je ne peux plus attendre.

C'était absurde. Margaret retint son souffle, incapable d'en croire ses oreilles. Elle l'avait supplié de l'aimer depuis qu'elle avait décidé de l'épouser, mais jusque-là il s'était toujours montré réticent, l'exhortant à la patience chaque fois qu'elle voulait aller trop loin.

Si Margaret et Thomas devenaient amants, Patrick serait bien obligé d'accepter qu'ils se marient. Il n'aurait pas d'autre choix.

— Oh ! oui, Thomas ! Oui !

— Viens, ma toute belle, et fais de moi le plus heureux des hommes.

Sans un mot de plus, il la prit dans ses bras et l'emporta vers la paillasse où il la déposa délicatement, comme l'aurait fait un gentilhomme avec sa dame.

— J'aurais préféré avoir tout mon temps, marmonna-t-il tout en jetant un coup d'œil furtif à la porte, comme s'il avait craint que quelqu'un n'entrât à l'improviste.

Margaret resta allongée, sans rien dire et sans vraiment comprendre ce qui lui arrivait. Thomas s'allongea à ses côtés et ses gros doigts calleux commencèrent à déboutonner sa robe. Elle avala sa salive, le cœur battant et le visage en feu lorsque la main de Thomas se mit à caresser ses seins. Aucun homme ne l'avait encore touchée à cet endroit et la sensation était pour le moins troublante.

Elle tenta de le repousser.

— Thomas, attends, je…

Mais cela sembla le contrarier car il s'arrêta net.

— Je croyais que tu étais d'accord ? aboya-t-il en la foudroyant du regard.

— Je… bien sûr, mais…

— Dans ce cas, laisse-toi faire.

Et sans plus de cérémonie il glissa une main sous sa jupe et la remonta jusqu'à sa taille, exposant ses deux jambes nues au froid glacial qui régnait dans la chaumière. Margaret rougit jusqu'aux oreilles. Les choses étaient-elles réellement censées se passer ainsi ? Elle n'osait pas lui avouer son ignorance, de crainte de s'attirer sa colère.

Soudain le garçon s'allongea sur elle, l'écrasant de tout son poids, tandis que son genou s'immisçait entre ses cuisses.

— Thomas, arrête ! Tu me fais mal !

— Trop tard, dit-il en respirant bruyamment. Ça va passer, tu verras.

Sur ces mots, il commença à donner des coups de rein. Elle avait l'impression qu'il la déchirait de l'intérieur. Elle laissa échapper un cri de douleur, et Thomas, qui s'y attendait, plaqua sa bouche sur la sienne pour la museler. Avant même qu'elle eût pu reprendre haleine, il donna encore plusieurs coups de boutoir, frissonna brièvement et se laissa retomber sur elle comme une masse.

« Pouah ! songea Margaret tandis qu'il renfilait précipitamment ses vêtements, il sent le fumier. »

Le jeune homme lui décocha un sourire condescendant, comme s'il venait de lui faire un cadeau inestimable.

— Tu ferais mieux de t'en aller tout de suite, ma toute belle, dit-il en reniflant et en s'essuyant le nez d'un revers de manche, sans quoi il serait capable de venir te chercher lui-même.

Et, sans ajouter un mot, il quitta la chaumière.

Complètement abasourdie, Margaret resta un moment étendue sur la paillasse. La douleur cuisante qu'elle éprouvait entre les jambes était là pour lui rappeler qu'elle s'était comportée comme une idiote. Dire qu'elle avait tant espéré ce moment, à présent elle se sentait bafouée et humiliée.

Elle se redressa péniblement. Elle saignait, mais elle ferait en sorte que la femme de chambre n'y vît que du feu. Secouant ses jupes pour en ôter les brins de paille, elle reboutonna son corset d'une main tremblante. Puis elle remit un peu d'ordre dans sa coiffure et quitta la maisonnette.

Foi de Margaret Atkinson, elle ne reverrait plus jamais Thomas Sheely. Et personne ne saurait jamais ce qui lui était arrivé aujourd'hui.

16

Au cours de la semaine qui suivit les funérailles de Richard, pas une seule fois Patrick ne vint rejoindre Helena dans sa chambre. Il se levait chaque jour à l'aube et ne rentrait qu'à la nuit tombée, fatigué et d'humeur peu loquace.

Blessée par cette indifférence soudaine, la jeune femme s'efforçait de tromper son chagrin en se répétant que cette nuit d'amour n'avait été qu'un moment de réconfort mutuel, une nuit de passion sans lendemain.

Toutefois elle avait beau faire, elle était éprise et ne pouvait s'empêcher de penser à l'avenir et elle était trop fière pour aller quémander une chose qu'il n'était pas prêt à lui accorder spontanément.

Ce fut Margaret qui lui rappela que sa situation à Rookforest avait changé.

Par un rare après-midi ensoleillé d'octobre, elle était en train de lire dans la bibliothèque quand Margaret entra et s'approcha de la fenêtre, l'air songeur. Depuis la tragique disparition de Richard, Helena avait noté un changement de comportement chez la jeune fille.

Elle était devenue taciturne et réservée. En soi, sa tristesse n'avait rien d'étonnant, car elle était très attachée à son oncle. Cependant, la métamorphose survenue chez Meggie semblait d'une autre nature. Elle donnait l'impression d'avoir grandi du jour au lendemain. La petite fille obstinée et capricieuse avait fait place à une jeune femme mûre et responsable.

Soudain Margaret dit sur un ton rêveur :

— Je me demande ce que nous allons devenir.

— Il faut espérer que la raison l'emportera sur la violence, répondit Helena.

— Je ne voulais pas parler du sort de l'Irlande, mais de vous et moi, précisa la jeune fille.

Helena tourna vers elle un regard surpris.

— Je ne comprends pas.

— Maintenant que l'oncle Richard est mort et que Patrick est maître de Rookforest, je me demande ce qu'il va advenir de nous. Vous ne pouvez pas rester ici éternellement, sous le même toit qu'un célibataire, ce ne serait pas convenable ! Les gens vont se mettre à jaser.

Il lui sembla détecter une pointe d'ironie dans la voix de Meggie, cependant elle feignit de l'ignorer.

— Vous avez raison, reconnut-elle. Il est temps pour moi de songer à plier bagages.

— Bah ! vous, au moins, il vous reste un parent pour vous accueillir.

La fille du médecin se figea sur place, interloquée.

— Mais enfin, Margaret, vous savez bien que Patrick ne vous sommera jamais de partir. Vous êtes ici chez vous. Je suis sûre qu'il vous laissera séjourner à Rookforest aussi longtemps qu'il vous plaira.

— Je le sais. Je crains seulement qu'il ne fasse pression pour que j'épouse lord Nayland. Vous savez, il admire beaucoup le baron, lui aussi.

— Il vous laissera certainement libre de choisir votre mari, à condition, bien sûr, que ce ne soit pas Thomas Sheely.

La jeune femme fit une pause et ajouta :

— Vous allez tout lui dire, j'imagine ? C'est inutile désormais, déclara-t-elle en détournant les yeux. Thomas et moi avons rompu. Je ne le reverrai plus jamais.

Puis elle se tourna et dit avec un sourire amer :

— Vous n'avez plus de crainte à avoir, Helena. La page est définitivement tournée.

— Je sais que cela ne me regarde pas, mais puis-je savoir pourquoi vous avez rompu avec le jeune Sheely ? Vous sembliez tellement éprise.

Meggie haussa les épaules.

— J'ai fini par ouvrir les yeux. L'écart social était trop grand entre lui et moi, il eût été insurmontable.

La fille du médecin laissa échapper un soupir de soulagement. Cependant, quelque chose la contrariait. Pour quelqu'un qui venait de rompre avec un amoureux qu'elle avait jadis ardemment défendu, Margaret lui semblait exagérément calme et indifférente. Elle s'approcha de Meggie et posa une main réconfortante sur son épaule.

— Vous avez bien fait, approuva-t-elle.

Cette nuit là, Helena se tourna et se retourna dans son lit, incapable de trouver le sommeil.

Elle ne cessait de songer à Patrick qui l'avait sèchement éconduite, lorsque, après dîner, elle lui avait demandé si elle pouvait le voir quelques minutes en privé. Piquée au vif, la jeune femme avait failli éclater en sanglots, mais elle s'était ressaisie, s'efforçant de faire poliment la conversation avec ses hôtes jusqu'à la fin du repas.

Administrer le domaine en ces temps difficiles n'était certes pas une tâche de tout repos, cependant, elle avait beau trouver des excuses à sa mauvaise humeur, elle n'en avait pas moins le sentiment qu'il l'avait mise au rebut comme on jette un vieux vêtement.

Au bout d'un moment, elle réussit tout de même à s'endormir.

Elle fut brusquement tirée du sommeil par le grincement du sommier qui s'affaissa d'un seul coup sous elle, comme sous l'effet d'un grand poids. Elle sentit un bras énergique et solide qui lui encerclait la taille.

— Patrick ? balbutia-t-elle, à demi assoupie.

Au même moment, elle sentit le chaud contact de ses lèvres contre son oreille.

— Qui d'autre ? railla-t-il. Aurais-tu un autre amant ?

La jeune femme ouvrit tout grands les yeux et dit, en se raidissant entre ses bras :

— Je ne m'attendais pas à te trouver là.

Soudain une allumette craqua dans le noir. Patrick alluma la bougie qui se trouvait sur la table de chevet, puis resta un long moment à l'observer en silence.

Sentant ses joues s'enflammer sous son regard insistant, Helena essaya de détourner les yeux, en vain.

— J'ai cru que tu ne reviendrais plus jamais.

Il sourit.

— Ma chère, mon adorable Helena… tu croyais que je n'étais venu chercher qu'un réconfort physique auprès de toi ?

En proie au doute, la jeune femme ne savait que penser.

— Mais… tu m'as pratiquement ignorée toute la semaine.

Il l'attira contre lui et elle se laissa faire sans opposer la moindre résistance. Elle ne demandait qu'à le croire.

— Tu as raison, reconnut-il. Je me suis comporté comme un mufle dernièrement. Et je t'en demande humblement pardon. Depuis que mon père est mort, je dois administrer seul le domaine et je t'ai gravement négligée.

Elle laissa échapper un petit soupir tremblant.

— J'ai… j'ai eu si peur, j'ai cru que tu n'avais plus envie de moi.

Il la regarda au fond des yeux.

— Mais j'ai envie de toi, ma chérie. Je te désire comme un fou.

Elle hésita, attendant qu'il lui dît qu'il l'aimait, car elle ne voulait pas être la première à lui avouer ses sentiments, de peur qu'il ne la rejetât, lui causant ainsi une humiliation et un chagrin immenses. Prenant son silence pour un refus, le jeune homme se rembrunit d'un seul coup.

— Si tu ne veux pas de moi, je peux retourner dans ma chambre. Tu ne me dois rien, tu sais.

— Je te désire, moi aussi, murmura-t-elle en l'attirant contre elle.

Une lueur de désir enflamma ses prunelles. Il caressa sa joue du bout des doigts.

— Tu es si belle, chuchota-t-il.

Comme elle protestait, il insista.

— Mais si, c'est la vérité.

Et pour la convaincre, il la serra dans ses bras et commença à l'embrasser, doucement au début, ensuite en y mettant de plus en plus d'ardeur, jusqu'à ce qu'elle s'abandonnât complètement.

— Je crois que nous serions plus à l'aise sans nos vêtements, dit-il au bout d'un moment.

Il sortit du lit et se déshabilla prestement tandis qu'elle ôtait sa chemise de nuit d'un geste gracieux.

Ils recommencèrent à échanger des caresses et il commença à lui faire lentement, délicieusement, l'amour jusqu'à ce qu'elle atteignît l'extase.

Plus tard, allongés dans l'obscurité, leurs deux corps intimement enlacés, Patrick déposa un petit baiser sur son front.

— Helena, dit-il, puis-je te poser une question ?

Elle sentit instinctivement son changement d'humeur et releva la tête.

— Bien sûr.

— Comment aurais-tu réagi si je t'avais enlevée et emmenée à Ostende ?

— J'aurais été flattée, répondit-elle sans l'ombre d'une hésitation.

— Vraiment ? s'étonna Patrick.

Elle hocha la tête.

— Je ne nie pas que, quand mon père m'a dit ce que tu avais fait, je t'ai condamné sans appel. Maintenant que je te connais, je pense que j'aurais été flattée.

— Calypso, elle, ne l'a pas du tout pris comme ça.

— C'est parce qu'elle est habituée à ce qu'on lui fasse la cour.

— En tout cas, je te remercie.

— Tu n'as pas à me remercier. C'est la pure vérité.

Et pour lui prouver sa reconnaissance, elle se blottit contre lui. Il lui fit à nouveau l'amour, en y mettant plus de force, cette fois, et Helena répondit volontiers à son ardeur. Lorsqu'ils eurent fini de s'aimer, leurs deux corps n'avaient plus de secrets l'un pour l'autre.

Épuisés et les sens repus, ils s'endormirent quand la pendule sonna deux heures.

— Bonjour, mademoiselle !

En entendant la voix légère et chantante de Birgit, Helena ouvrit un œil ensommeillé et vit la petite chambrière qui s'affairait autour d'elle.

— Quelle heure est-il au juste ?

— Onze heures, mademoiselle. Le maître m'a chargée de vous dire qu'il aimerait que vous l'accompagniez à Mallow.

Ainsi donc, malgré une nuit d'amour, il était déjà levé. Helena sourit paresseusement.

— Dites au maître que je le rejoindrai dès que je serai prête.

— Très bien, mademoiselle.

Avisant un chiffon qui traînait à terre, la servante se baissa pour le ramasser. Lorsqu'elle se releva elle avait les joues en feu. Helena comprit brusquement qu'elle était nue sous les draps. Le chiffon en question n'était autre que sa chemise de nuit toute chiffonnée.

Sans adresser ne serait-ce qu'un regard à Helena, la domestique déposa l'objet de son dépit au pied du lit et sortit de la chambre la tête haute.

« Allons bon, se dit Helena, les langues vont aller bon train, ce soir, à l'office. »

Qu'importait qu'on sût que le maître de Rookforest dormait avec son hôte. Elle étira langoureusement ses membres encore délicieusement meurtris par les étreintes de la veille. Elle se sentait comblée physiquement et moralement.

Il l'avait désirée et était venu la rejoindre. Et au petit jour, juste avant de s'esquiver, il lui avait glissé à l'oreille : « À demain soir. » À présent, l'heure était venue de songer aux conséquences.

La jeune femme s'assit dans le lit et posa une main sur son ventre. Elle ne voulait pas qu'un enfant naquît de cette union illicite, même si elle aimait Patrick de tout son cœur. Fort heureusement, William lui avait parlé de contraception et avait insisté pour qu'elle utilisât une éponge imbibée de vinaigre lorsqu'ils avaient des rapports. Une méthode efficace, apparemment, puisque William était mort sans laisser d'héritier.

Maintenant, elle commençait à se faire du mauvais sang. Et si elle portait déjà l'enfant de Patrick ? Ils avaient fait l'amour par deux fois déjà et une seule fois suffisait pour procréer. Elle pria le ciel pour qu'il ne fût pas trop tard.

Tout en faisant sa toilette, elle fit mentalement la liste des emplettes qu'elle allait faire à Mallow.

Dès qu'elle entra dans la salle à manger, Patrick l'accueillit à bras ouverts, un sourire espiègle sur les lèvres.

La jeune femme lui rendit son sourire.

— Bon…

Patrick ne la laissa pas finir, interrompant son bonjour d'un tendre baiser tandis que son bras enlaçait sa taille pour l'attirer contre lui.

Helena fondit littéralement au contact de ses lèvres. Mais, lorsqu'il commença à caresser ses seins d'un geste possessif, elle se débattit.

— Les domestiques ! protesta-t-elle en riant. Birgit m'a trouvée nue dans le lit ce matin. Elle est probablement déjà en train de répandre la nouvelle à l'office. Imagine que le majordome entre à l'improviste et nous surprenne en train de…

Au même moment, on frappa à la porte. Ils se séparèrent aussitôt dans un éclat de rire, puis le majordome entra et annonça :

— La voiture de monsieur est prête.

— Dites au cocher d'attendre. Nous n'avons pas encore mangé, dit Patrick en faisant mine de dévorer Helena des yeux.

Celle-ci gloussa et s'empressa de regagner sa place à table.

L'humeur joyeuse de Patrick persista tout au long du trajet.

Patrick était un autre homme quand il riait. Il semblait si jeune et insouciant, aux antipodes du jeune homme amer et cynique qui avait déboulé dans son salon un soir d'avril.

Helena savait que, dans la petite bourgade, son turban ne manquerait pas d'attirer l'attention des curieux.

« Qu'ils te dévisagent, si cela les amuse, songea-t-elle pour se donner du courage. Avec Patrick à tes côtés, tu n'as rien à craindre. »

Ils firent la tournée des commerçants et Helena eut soin d'acheter du vinaigre dans un magasin et une éponge dans un autre.

Ils étaient d'humeur joviale et volubile. Une fois terminé leurs commissions, ils regagnèrent la voiture.

Juste au moment où Patrick allait l'aider à remonter dans la carriole, la jeune femme se souvint qu'elle avait oublié d'acheter de la dentelle.

— Je file chez Fitzroy, au coin de la rue, dit-elle. J'en ai pour une minute. Inutile de m'accompagner.

— À vos ordres, madame, railla-t-il en effleurant respectueusement du doigt le bord de son chapeau.

À peine Helena avait-elle tourné au coin de la rue qu'elle se retrouva nez à nez avec John Standon qui sortait de la mercerie. Elle s'arrêta net, prête à rebrousser chemin. Mais il ne lui en laissa pas le temps.

— Mademoiselle Considine…, murmura-t-il en lui adressant un petit salut. Quel bon vent vous amène en ville ?

— Monsieur Standon, dit-elle avec un sourire de glace.

Comme elle essayait de passer son chemin, il alla délibérément se camper devant elle pour lui barrer la route.

— Vous me semblez bien pressée de passer votre chemin. Ma compagnie ne vous agrée-t-elle pas ?

— Je crains que nous n'ayons rien à nous dire, monsieur.

Il lui répondit par un sourire faussement enjoué.

— Mais si, au contraire. Savez-vous, par exemple que les rumeurs les plus abjectes circulent à votre sujet ?

— Personnellement, je n'attache pas la moindre importance aux bavardages, vous devriez en faire autant. À présent, si vous voulez bien m'excuser…

Avant qu'Helena eût pu faire un pas, il la saisit fermement par le bras et la retint prisonnière.

— Laissez-moi passer, murmura-t-elle entre ses dents.

L'intendant resserra son étreinte et l'attira un peu à l'écart.

— Les braves gens de Mallow s'interrogent à votre sujet. Il n'est pas digne d'une vieille fille de séjourner sous le même toit qu'un célibataire.

La jeune femme le foudroya du regard.

Du coin de l'œil, elle vit qu'un petit attroupement commençait à se former.

— Lâchez-moi immédiatement, rugit-elle, ou je fais un scandale.

— Un scandale ? Vous, la maîtresse de Quinn ? persifla l'intendant avec un sourire narquois.

Il la relâcha brusquement. Elle tourna aussitôt les talons et s'éloigna, les jambes tremblantes.

Soudain, elle sentit son turban qui s'envolait. Au même instant, Patrick qui commençait à trouver le temps long, déboucha au coin de la rue. Avec un cri de stupeur, elle porta ses mains à sa tête, puis elle se retourna et vit Standon qui tenait son turban à la main et riait à gorge déployée. Plusieurs passants ricanaient avec lui. La jeune femme sentit des larmes brûlantes lui monter aux yeux.

Mais le sourire de l'intendant s'évanouit d'un seul coup. Sans crier gare, Patrick fondit à bras raccourcis sur son ennemi juré et lui décocha un coup de poing qui le propulsa contre la devanture du magasin.

— Je ne suis plus faible et sans défense, Standon, rugit-il en attendant que l'autre eût repris ses esprits. Quelque chose me dit que nous allons bien nous amuser.

Avec un cri de rage, l'intendant s'élança vers Patrick et, le saisissant par la taille, le culbuta sur la chaussée. Les deux hommes commencèrent alors à échanger des coups de poing sous l'œil fasciné des passants.

Son turban oublié, Helena se tenait à l'écart et observait la scène le cœur battant. Quand John réussit à le saisir par le cou, la jeune femme fut à deux doigts de voler à son secours, mais elle se retint. C'était pour elle qu'il se battait et il ne lui aurait jamais pardonné d'être intervenue.

Le poing de son bien-aimé fendit brusquement l'air et atteignit l'autre au menton, l'arrachant d'un seul coup à sa prise. L'homme s'effondra à terre avec un grognement de douleur, puis se mit à ramper pour échapper à son adversaire. Les deux hommes parvinrent à se relever en même temps.

L'intendant frappa à nouveau, visant l'œil, cette fois. Patrick recula en titubant et en écartant les bras pour ne pas tomber à la renverse. Lorsqu'il eut retrouvé son aplomb, il se mit à tourner prudemment autour de son adversaire. La vue de son visage sanglant et tuméfié le remplissait d'aise.

— On dirait que tu as du fil à retordre, Standon ! railla-t-il.

L'autre jura et fit volte-face, mais Patrick était prêt. Il lança le poing et atteignit l'intendant à l'estomac. L'homme se plia en deux en poussant un cri d'agonie. Patrick repartit aussitôt à la charge et lui assena le coup de grâce.

Standon s'écroula comme une masse sur le pavé. La foule exultait. Comme s'il avait voulu lui offrir son adversaire en sacrifice, Patrick se tourna vers la dame de ses pensées et la regarda longuement dans les yeux. Et, sans se soucier le moins du monde de ce que pouvaient penser les gens, il lui offrit respectueusement son bras.

— Je regrette de n'être pas arrivé à temps pour l'empêcher de t'arracher ton turban, dit le jeune homme lorsqu'ils eurent regagné la voiture.

Helena tira un mouchoir de dentelle de sa manche et commença à tamponner délicatement sa mâchoire tuméfiée.

— Bah ! je m'en remettrai, dit-elle, puis ses yeux s'assombrirent et elle ajouta : Mais toi, il faut absolument que tu consultes un médecin.

Patrick lui jeta un regard attendri. Comment pouvait-elle lui témoigner une telle sollicitude, alors qu'elle-même venait d'essuyer la pire des humiliations ?

Au même moment, il fut saisi d'un violent désir de possession. Il voulait effacer à jamais toutes les vexations qu'elle avait subies et la protéger. Il voulait la faire rire à nouveau et voir ses beaux yeux bruns étinceler de bonheur.

« Je l'aime », songea le jeune homme, stupéfait de découvrir la profondeur de ses sentiments pour une femme qu'il avait jadis méprisée.

Confus, il secoua vigoureusement la tête pour s'éclaircir les idées.

— Patrick, tu te sens bien ? demanda-t-elle, l'air soucieux. Je crois vraiment que nous devrions faire une halte au dispensaire.

— Non, c'est inutile. Une bonne compresse d'eau froide et il n'y paraîtra plus.

Elle eut l'air sceptique.

— Vraiment ?

Il lui tapota doucement la main et essaya de sourire, cependant la douleur était trop vive.

— Oui, oui, je t'assure.

Elle prit sa main meurtrie dans la sienne et la porta jusqu'à ses lèvres pour y déposer un baiser.

— Merci, Patrick.

Il lui sourit malgré la douleur et se jura de la protéger toujours.

17

Quelques jours plus tard, Helena était en train de déjeuner en compagnie de ses hôtes quand lord Nayland entra.

— Bonjour, Lionel, lança gaiement Margaret.

Cet accueil inattendu prit le baron de court. Il se figea sur place, si brusquement que les autres éclatèrent de rire.

— Ai-je bien entendu, mademoiselle Atkinson ? Vous m'avez appelé par mon prénom ?

Margaret reposa sa tasse de thé et dit posément :

— Vous m'avez parfaitement entendue.

Après avoir rapidement salué Helena et Patrick, le baron s'approcha de la jeune fille.

— Et puis-je espérer que vous m'autoriserez à vous appeler Margaret, mademoiselle Atkinson ?

— Vous le pouvez.

Stupéfait, le baron se laissa tomber sur une chaise, un sourire béat sur les lèvres.

— Excusez-moi, mademoiselle… je veux dire, Margaret, mais seriez-vous souffrante ? Atteinte d'une fièvre cérébrale ou autre ?

La jeune fille soupira.

— Nullement, Lionel, mais j'en ai assez de croiser constamment le fer avec vous.

— Comme c'est dommage ! Moi qui commençais à trouver nos petites joutes verbales divertissantes. Elles mettaient un peu de piment dans ma vie de vieux garçon.

— Eh bien ! Nayland, lança Patrick, prenez donc une assiette et venez vous joindre à nous.

— Bien volontiers, acquiesça le baron en s'approchant de la desserte.

Tout en remplissant son assiette, il dit à Patrick :

— À en juger par les multiples contusions que vous portez au visage, les rumeurs selon lesquelles vous auriez eu une altercation avec Standon sont fondées.

— C'était bien pire hier, commenta Helena. Il avait un œil complètement fermé et la mâchoire violette.

— Standon était infiniment plus mal en point que moi, jubila le jeune Quinn. Il a trouvé à qui parler, cette fois.

Lionel s'assit à côté de Margaret.

— Il paraît qu'il a renoncé à vous poursuivre en justice, enchaîna-t-il.

— Il n'avait guère le choix. Il m'avait provoqué devant une foule de témoins.

— J'ai également eut vent de l'affront qu'il vous avait fait, dit le baron en se tournant vers Helena. Quel odieux personnage !

— Il l'a payé cher, dit Patrick en posant une main bienveillante sur celle de la jeune femme.

— Il semblerait que Standon soit en train de payer sur tous les fronts, fit observer Nayland. Il a expulsé plusieurs fermiers hier, au cours d'une confrontation particulièrement violente. Les forces de l'ordre ont été prises à partie par la foule déchaînée et deux métayers ont été légèrement blessés par balle. Standon est de plus en plus haï des paysans.

— Mais, dites-moi, baron, vous qui êtes bien informé, quelle opinion les gens de Mallow et mes fermiers ont-ils de moi ? demanda le jeune homme.

Margaret eut une moue contrariée.

— À t'entendre, protesta-t-elle, on croirait que Lionel passe sa vie à colporter des commérages.

— Qu'entends-je ? s'étonna lord Nayland, mademoi... Margaret serait-elle en train de prendre ma défense ?

Et la jeune fille retrouva aussitôt sa morgue habituelle.

— Un moment d'égarement, Lionel. Les effets de la fièvre cérébrale, sans doute. Je ne recommencerai pas, je vous le promets.

Reprenant son sérieux, le baron poursuivit :

— Vous avez raison, Patrick. Les gens n'hésitent pas à se confier à moi. Est-ce mon allure campagnarde ? Je l'ignore, toujours est-il que je leur inspire confiance.

Margaret toussota dans sa serviette, arrachant un petit sourire amusé au baron et un regard furieux à son cousin.

— Il est exact qu'il m'arrive de recueillir çà et là des bribes d'information. Je sais que Standon est craint et haï de ses fermiers, mais ce n'est un secret pour personne. Les Quinn de Rookforest, en revanche, ont toujours été tenus en haute estime jusqu'à ce que votre père procède à des expulsions. Maintenant que les expulsions ont cessé, les fermiers vous sont redevenus favorables.

Il fit une pause avant de reprendre, pince-sans-rire :

— Quant à moi, naturellement, je suis bien connu pour ma droiture et ma générosité.

Ce qui suscita un ricanement chez Margaret et un petit sourire narquois chez Helena.

Le baron se rembrunit soudain et ajouta :

— Sérieusement, je suis très inquiet pour l'avenir. D'ici peu, tous les propriétaires terriens, qu'ils soient équitables ou non, seront mis au pilori.

Patrick se mit à tambouriner nerveusement des doigts sur la table.

— Les fermiers veulent s'approprier la terre par tous les moyens. Nous aurons beau abaisser les fermages et même les abolir, cela n'y changera rien.

— Je le crains, opina Nayland.

— L'ennemi est à notre porte, dit Patrick.

Une pluie d'hiver glacée s'était mise à tomber, mais Helena n'en avait que faire. Confortablement installée dans le bureau de Patrick, elle lisait pendant que ce dernier rédigeait des contrats de fermage.

Tout en lisant, elle ne cessait de lui jeter des petits regards à la dérobée, car, malgré les bleus et les contusions qu'il portait au visage, elle le trouvait beau et ne se lassait pas de le regarder.

Soudain les doutes recommencèrent à l'assaillir. Patrick avait fait d'elle sa maîtresse et il s'était battu pour laver son honneur, mais pas une seule fois il ne lui avait dit qu'il l'aimait. Ne voyait-il en elle rien de plus qu'une courtisane ? « Allons, bon, se tança-t-elle, voilà que tu recommences à tirer des plans sur la comète. »

— Pourquoi ce gros soupir, Helena ?

La voix de Patrick la ramena d'un seul coup à la réalité. Elle leva les yeux et vit qu'il la regardait, un sourire attendri sur les lèvres. Elle feignit la surprise.

— J'ai soupiré ? C'est sans doute à cause du roman que je suis en train de lire.

— Allons, Helena, je vois bien que quelque chose te tracasse. De quoi s'agit-il ?

« Dois-je lui dire ? s'interrogea la jeune femme. Dois-je lui avouer que je l'aime, au risque d'avoir le cœur brisé s'il m'annonce que mon affection n'est pas partagée ? »

— Mais non, rien du tout, Patrick. Je pensais simplement à Margaret et à lord Nayland. Son attitude à son égard a radicalement changé. Ils avaient l'air de bien s'entendre ce matin.

Le jeune homme sourit.

— Oui, ils en donnaient l'impression tout au moins. Je me demande ce qui a bien pu pousser Meggie à revenir sur ses positions.

Helena songea à Thomas Sheely, mais elle ne pipa mot. C'était un secret entre elle et Margaret et jamais elle ne le trahirait.

— Peut-être a-t-elle fini par reconnaître les qualités du baron.

— Et je m'en réjouis, approuva Patrick. J'aimerais tant que Margaret épouse Nayland. Ils sont faits l'un pour l'autre. Et je sais que mon père aurait souhaité la voir épouser un vrai gentilhomme.

« Et nous ? se demanda Helena. Sommes-nous faits l'un pour l'autre ? »

Au même moment, le majordome entra et annonça à Patrick que le constable Treherne demandait à lui parler.

— Faites-le entrer.

Un instant plus tard, le policier entra. Avisant le visage tuméfié de Patrick, il remarqua :

— Ainsi donc, ce qu'on raconte est vrai.

— Constable, dit poliment Patrick en lui tendant la main. J'imagine que John Standon a porté plainte contre moi, à la suite de notre… petit différend de l'autre jour et que vous êtes venu m'arrêter.

Le constable eut l'air de tomber des nues.

— En aucune façon, dit-il. (Puis il hocha la tête en direction d'Helena.) C'est mademoiselle Considine que je suis venu voir.

— Moi ? s'étonna la jeune femme avec un petit rire nerveux. Et pourquoi donc, constable ? Aurais-je enfreint la loi de quelque façon que ce soit ?

Le policier se balança nerveusement d'une jambe sur l'autre.

— Non, pas vous, mademoiselle, mais votre père.

Helena darda un regard affolé sur Patrick.

— Mon père ? Voilà quatre mois qu'il est décédé, comment aurait-il pu enfreindre la loi ?

Patrick offrit une chaise au représentant de l'ordre. Celui-ci s'assit et expliqua d'une voix mal assurée :

— Eh bien !… il semblerait que le Dr Considine ait fait partie des hommes du capitaine Tucker.

— Je… je vous demande pardon ? balbutia la jeune femme, complètement abasourdie.

— Votre père était un nationaliste.

Helena se leva d'un bond.

— C'est impossible ! Jamais mon père n'aurait accepté de s'acoquiner avec ces… ces démons ! Il était médecin et avait choisi de sauver des vies humaines, pas d'assassiner les gens.

Furieuse, elle lui tourna le dos et croisa les bras, craignant de se laisser aller à un geste de colère.

Patrick intervint calmement.

— J'imagine que vous avez des preuves ?

— Bien sûr, dit le constable. Nous avons une déposition sous serment.

Helena fit volte-face.

— Alors, sachez que l'auteur de la déposition est un menteur et que vous êtes un sot si vous le croyez !

Le visage de Treherne s'empourpra violemment et il la foudroya du regard.

— Tout doux, mademoiselle ! Je comprends votre surprise, mais ça n'est pas une raison pour m'insulter.

Sans même chercher à s'excuser, la jeune femme le toisa, une lueur de défi dans les yeux.

Patrick calma le jeu.

— Peut-être devriez-vous commencer par le commencement, constable. Comment avez-vous su que le Dr Considine faisait soi-disant partie de la bande ?

Treherne se cala confortablement dans son siège comme s'il s'apprêtait à faire un long récit.

— Un informateur nous a confié que la bande du capitaine Tucker s'apprêtait à lancer une attaque sur la ferme de MacConnell pour le punir de s'être approprié les terres d'un voisin. Si bien que mes hommes et moi leur avons tendu un piège. Nous en avons attrapé un, mais tous les autres ont réussi à s'échapper.

— Et qui est-ce ? s'enquit Patrick, sa curiosité piquée au vif.

— Un fils Garroty.

— Et qu'a-t-il dit pour sa défense ? Vous a-t-il révélé l'identité de ses comparses ?

— Si seulement il l'avait fait ! soupira Treherne. Malheureusement, il refuse de trahir ses compagnons. Tout ce qu'il a dit, c'est que le Dr Considine était un des leurs et qu'il avait été liquidé parce qu'il refusait d'adhérer à leurs méthodes.

— Vous voulez dire qu'il a été assassiné ! s'exclama le jeune Quinn.

Brusquement, Helena eut l'impression que la pièce se mettait à rapetisser. Une sensation d'étouffement lui étreignait la poitrine et elle commença à brinquebaler sur son siège. Craignant qu'elle ne tombât, Patrick s'élança vers elle pour la retenir.

— Je… je vais bien, merci, balbutia-t-elle en s'efforçant de chasser la sensation de vertige.

Au bout d'un moment, ayant recouvré ses esprits, elle demanda :

— Comment est-ce arrivé ?

Treherne hocha gravement la tête.

— À en croire Jamser Garroty, les nationalistes avaient pris l'habitude de surveiller votre maison. Un soir, voyant sortir le docteur, ils l'ont suivi. Quand il est arrivé au pont, ils l'ont assommé et ont aspergé ses habits de whisky pour faire croire à un accident, puis ils l'ont jeté dans la rivière.

— Mais pourquoi ? gémit Helena, abasourdie.

— Parce qu'il était contre leurs méthodes et qu'ils craignaient qu'il ne les dénonce.

Treherne s'éclaircit la voix.

— Mademoiselle Considine, dit-il d'une voix solennelle, étiez-vous au courant des activités de votre père ?

— C'est grotesque ! rugit Patrick en plaçant d'instinct une main protectrice sur l'épaule d'Helena. Ne voyez-vous pas qu'elle est complètement ébranlée…

— Je ne voulais pas insulter la demoiselle, se défendit Treherne. Mais je dois faire mon travail.

Helena se prit la tête entre les mains en disant :

— Je ne puis, hélas ! vous être d'aucun secours, constable. Si mon père était des leurs, il ne m'en a jamais rien dit.

Un éclair de suspicion traversa brièvement les yeux du policier.

— En tout cas, dit-il en se levant pour prendre congé, si jamais vous vous souveniez d'un détail qui pourrait nous être utile…

— Soyez assuré que Mlle Considine vous en informera, le rassura Patrick. Qu'allez-vous faire de Garroty ?

— Nous allons le laisser mijoter quelque temps derrière les barreaux. Cela le décidera peut-être à dénoncer ses camarades. Ensuite, il sera jugé. Et s'il est prouvé qu'il a assassiné le Dr Considine, il sera pendu.

Sur ces mots le constable les salua et se retira.

Helena resta un long moment murée dans le silence, comme enveloppée d'un immense voile de doute et de méfiance.

Patrick s'agenouilla à côté d'elle et, prenant ses mains dans les siennes, murmura doucement :

— Je suis désolé. Ce doit être un choc terrible pour toi. Mais tu es brave et forte. Tu surmonteras cette tragédie.

Elle eut un sourire doux amer et songea : « Je ne suis pas aussi brave que tu le crois, Patrick. Car si je l'étais, je t'avouerais que je t'aime sans me soucier des conséquences que cela pourrait avoir. »

Elle lui passa les bras autour de la taille et l'attira contre elle.

— Je ne sais pas ce que je ferais sans toi, dit-elle en le regardant dans les yeux.

À peine avait-elle prononcé ces paroles qu'elle se figea sur place, craignant d'essuyer un rejet de sa part.

Il continua de la serrer contre lui sans rien dire et posa sa joue sur son front.

Elle soupira. Elle ne pouvait plus vivre sans lui, mais ce sentiment n'était pas réciproque.

Plus tard, ce soir-là, le jeune homme vint retrouver Helena dans sa chambre.

Dehors, la pluie avait cessé, mais le vent glacé qui soufflait en rafales faisait trembler les vitres. La jeune femme n'en avait cure, blottie entre les bras de son bien-aimé, elle se sentait au chaud et en sécurité.

Il commença à l'embrasser tendrement et Helena ferma les yeux pour s'abandonner avec délice à ses lèvres chaudes et gourmandes.

Quand ils se séparèrent, elle murmura :

— Je ne sais pas ce que je ferais sans toi, Patrick.

Au même moment, le jeune homme se raidit et se tourna brusquement vers la porte.

— Qu'y a-t-il ? demanda Helena à voix basse.

Il fronça les sourcils.

— Il me semble avoir entendu un grincement à l'extérieur.

Le cœur d'Helena se serra dans sa poitrine et repartit au galop.

— Une servante qui nous épie ?

— Bah ! qu'elles m'épient tout leur soûl. Je n'ai que faire de leurs commérages, répondit Patrick en se tournant à nouveau vers elle, les yeux soudain brillants de désir. Que le monde entier sache qu'Helena Considine est ma maîtresse. Je suis le maître, ici, et je suis libre de mettre qui je veux dans mon lit.

En l'entendant parler ainsi, la jeune femme reprit espoir. Elle sourit et dit :

— C'est vrai, mais nous ne sommes pas dans ton lit.

Il lui décocha un clin d'œil malicieux.

— Ton lit ou le mien… quelle importance ?

Il la prit dans ses bras et commença à lui faire l'amour, dissipant d'un seul coup toutes ses craintes.

Le lendemain, le jour se leva clair et froid, recouvrant toute chose d'une pâle couche de givre.

Après avoir fait sa toilette, Helena descendit à la salle à manger. Dès qu'elle vit l'air renfrogné de Margaret, elle comprit qu'il y avait de l'orage dans l'air.

— Bonjour, Meggie, dit-elle gaiement.

— Vous êtes la maîtresse de Patrick, n'est-ce pas ? lança la jeune fille d'une voix tranchante.

Helena eut un haut-le-corps, puis elle se tourna vers la desserte pour dissimuler la rougeur qui lui montait aux joues.

— Je ne comprends pas de quoi vous voulez parler, dit-elle en saisissant une assiette d'une main tremblante.

— Inutile de mentir, dit Margaret avec un soupir excédé. Vous mentez très mal et, d'ailleurs, je vous ai entendus dans votre chambre, hier soir.

— Vous voulez dire que vous nous espionnez ? C'est indigne de vous.

— La fin justifie les moyens. L'autre jour, j'ai surpris Birgit en train de raconter à une autre domestique qu'elle vous avait trouvée nue dans votre lit. Une tenue indécente pour une jeune femme respectable.

Helena ne répondit rien, elle s'assit dignement et déplia sa serviette.

Cependant, l'autre ne désarmait pas.

— Birgit a trouvé la chose étrange, mais moi j'ai tout de suite deviné que vous aviez eu un visiteur nocturne. C'est pourquoi j'ai commencé à surveiller mon cousin. Je trouvais bizarre qu'il ait brusquement pris l'habitude de dormir la porte de sa chambre close alors que, jusque-là, il la laissait toujours ouverte.

Margaret darda sur Helena un regard de glace.

— Hier soir, je suis allée dans la chambre de Patrick. Et savez-vous ce que j'ai trouvé ?

— Pas la moindre idée.

— Un lit vide. Ensuite, je suis allée jusqu'à votre chambre. Et devinez ce que j'ai trouvé ?

Sans lui laisser le temps de répondre, elle enchaîna :

— J'ai entendu des voix. L'une d'elles était celle de mon cousin.

Helena se servit une tasse de thé.

— Que je sois ou non sa maîtresse ne vous concerne en rien, Margaret.

— Certes, reconnut la jeune fille sur un ton étonnamment calme. Patrick a le droit de coucher avec qui il veut. Je ne voudrais pas que vous nourrissiez de vains espoirs à son sujet.

Interloquée par la franchise de Margaret, Helena hésita un court instant avant de demander :

— Que voulez-vous dire ?

La jeune fille s'était radoucie.

— Il ne vous épousera jamais, l'informa-t-elle. Il trouve peut-être que vous êtes une maîtresse agréable, mais le jour où il se lassera de vous…

Elle haussa les épaules.

— Votre sollicitude me touche, repartit sèchement Helena.

— Je ne dis pas cela pour vous blesser, murmura Margaret. Voyez-vous, nos situations sont inversées à présent. C'est vous, désormais, qui êtes amoureuse d'un homme qui n'est pas de votre condition et il est de mon devoir de vous mettre en garde comme vous l'avez fait pour moi avec Thomas Sheely.

Piquée au vif, Helena gardait le nez baissé sur son assiette.

— Vous êtes fille de médecin et Patrick est un riche propriétaire terrien. Quand il se mariera, ce sera avec une jeune fille fortunée. Il en va ainsi chez les gens de notre rang, dont vous ne faites, hélas ! pas partie.

Sans rien ajouter, la jeune fille se leva et quitta la salle à manger.

Restée seule, Helena contempla un long moment son assiette en silence, le cœur lourd d'incertitudes. Quand elle était dans les bras de Patrick, elle se sentait sûre d'elle, bien qu'il ne lui eût jamais dit expressément qu'il l'aimait. Mais, après avoir entendu les déclarations cinglantes de Margaret, elle se sentait à nouveau assaillie par les doutes.

Elle soupira et quitta la salle à manger sans avoir avalé une bouchée.

Appuyé à la barrière, Patrick observait la demi-douzaine de pur-sang qui gambadaient gaiement dans l'air froid et sec.

Rassuré de voir que les chevaux se portaient bien, il s'en retourna à la maison.

Juste au moment où il tournait au coin de l'écurie, il aperçut Margaret qui arrivait dans sa direction. Elle était chaudement emmitouflée dans un épais manteau de laine et coiffée d'une élégante toque de fourrure.

— Que fais-tu dehors par ce froid de canard, ma sauvageonne de la lande ? lui demanda-t-il.

— Puis-je te poser la même question ? rétorqua-t-elle.

— J'étais venu voir les chevaux.

La jeune fille feignit la surprise.

— Tu veux dire que tu as quitté le lit d'Helena Considine uniquement pour venir voir les chevaux ?

Patrick s'arrêta net et la foudroya du regard.

— Qu'est-ce que tu racontes ?

— Je t'en prie, Pat, cesse de me regarder comme si tu allais me sauter à la gorge. Je sais qu'Helena et toi êtes amants.

— Ainsi donc, Margaret Atkinson s'est amusée à jouer les espionnes. Tu sais que tu mériterais une bonne correction ?

Elle secoua la tête.

— Oh ! non, pitié ! Je tremble de peur.

— Comment as-tu deviné ? demanda-t-il en la regardant droit dans les yeux.

Quand elle le lui dit, il jura entre ses dents.

— Va au diable ! Margaret. Je sais que tu fais partie de la famille et que tu es plutôt en avance pour ton âge, mais cela ne te donne pas le droit de m'espionner comme une vulgaire femme de chambre. J'ai le droit de coucher avec qui je veux, tu m'entends ?

— Oh ! très bien, tu peux coucher avec le capitaine Tucker, si ça te chante. Mais, en attendant, je suis inquiète pour Helena.

Son cousin la regarda sans comprendre.

— Et pourquoi cela, s'il te plaît ? Elle est assez grande pour savoir ce qu'elle fait. Je ne l'ai jamais forcée à coucher avec moi, si c'est ce que tu cherches à insinuer.

— Au risque de passer pour une rabat-joie, je voudrais que tu me dises quelles sont tes intentions vis-à-vis de la demoiselle. As-tu l'intention de coucher avec elle jusqu'à ce qu'elle soit toute ridée et grisonnante ou as-tu l'intention de l'épouser ?

En entendant le mot « épouser », Patrick tiqua.

— L'aimes-tu vraiment, ou n'est-ce qu'une attirance passagère ?

Ses yeux se plissèrent.

— Décidément, Meggie, tu es beaucoup trop en avance pour ton âge.

— Je te rappelle que j'ai dix-huit ans, dit-elle en relevant fièrement la tête.

— Désolé.

— Tu n'as pas répondu à ma question.

Le jeune homme détourna les yeux, soudain embarrassé par le regard insistant de sa cousine.

— Je n'ai jamais réellement songé à faire ma vie avec Helena. Quant à savoir si je l'aime, parfois j'ai l'impression que oui et parfois je n'en suis pas certain.

— Eh bien ! je te conseille de prendre le temps d'y réfléchir sérieusement. Helena et moi avons eu quelques petits différends par le passé, mais c'est une personne que j'estime. Je n'aimerais pas la savoir malheureuse à cause de toi.

— Tu commences vraiment à m'échauffer les oreilles, grommela Patrick.

— Ça n'est pas ma faute si je suis trop avancée pour mon âge, railla-t-elle avec un sourire désarmant.

Elle redevint grave.

— Patrick, je t'en prie. Prends le temps d'y réfléchir.

— Entendu. En attendant, je vais aller faire un petit tour. Gallowglass a besoin d'exercice.

Monté sur son étalon noir, Patrick galopait dans la brise matinale.

La discussion qu'il venait d'avoir avec Margaret l'avait profondément troublé, car elle l'avait obligé à regarder les choses en face et à se poser une question fondamentale : aimait-il Helena ?

Pour être parfaitement honnête, il n'en était pas sûr. Il aimait sa compagnie et son sens de l'humour. Il aimait la façon qu'elle avait de lui prêter une oreille attentive et de respecter ses silences. Enfin, il prenait beaucoup de plaisir à lui faire l'amour, car c'était une amante passionnée et étonnamment libre, en dépit du fait qu'elle avait toujours mené une vie paisible et protégée. Il se sentait indiscutablement attiré par elle, mais l'aimait-il au point de vouloir passer le reste de ses jours à ses côtés ?

Son indécision tenait en grande partie au fait qu'il n'avait jamais aimé d'autre femme que Calypso et que cette dernière continuait d'exercer sur lui une fascination irrationnelle, quasi diabolique. Quelle femme aurait pu se mesurer à Calypso ?

Arrivé au sommet d'une colline, Patrick s'arrêta pour scruter l'horizon. Il retint son souffle en prenant conscience qu'il venait de franchir les limites de Drumlow.

Faisant aussitôt demi-tour, il reprit le chemin de Rookforest.

18

Quelques jours plus tard, les trois hôtes de Rookforest étaient réunis dans le salon, quand lord Nayland fit brusquement irruption en s'écriant :

— Standon fait l'objet d'un boycott !

— Un boycott ? répéta Patrick en haussant un sourcil incrédule.

— Vous voulez dire qu'il a été frappé d'ostracisme par la population ? demanda Helena en posant son ouvrage.

— Absolument, dit le baron.

— Pour quelle raison ? s'étonna Margaret.

— Pour le punir de ses loyers exorbitants et de ses expulsions trop fréquentes, expliqua le baron, fermiers et commerçants se sont ligués contre lui. Ils refusent de le servir ou de lui vendre quoi que ce soit. En fait, tous ses domestiques lui ont rendu leur tablier hier – ses gardiens, ses gens de maison et même ses garçons d'écurie. La maison est vide, à l'exception de Standon lui-même, de sa sœur et de son enfant.

— Mais qui va s'occuper de la petite ? s'inquiéta Helena qui n'en croyait pas ses oreilles.

— Sa mère, je suppose.

Un sourire malicieux joua sur les lèvres de Margaret, puis elle s'écria :

— Ma foi, l'idée est plaisante. Calypso seule, sans personne pour se plier à ses quatre volontés. Qui va lui faire couler son bain et la coiffer ? Qui va nettoyer ses belles robes et raccommoder ses jupons ?

Tous se turent, songeant à la belle marquise forcée désormais d'exécuter elle-même des tâches domestiques.

Nayland, qui avait pris place au coin du feu, déclara :

— La situation est beaucoup plus préoccupante qu'il n'y paraît. Il en va de leur survie.

Margaret fit mine d'écarquiller des yeux horrifiés.

— Personnellement, je ne serais pas mécontente de voir cette mijaurée de lady Eastbrook à genoux, en train de frotter le plancher.

— Standon possède un haras magnifique, observa Patrick. Sans personne pour entretenir ses bêtes, elles vont toutes crever l'une après l'autre.

Le baron soupira.

— Le boycott est une mesure diablement efficace. Nous autres, propriétaires, prenons les domestiques pour argent comptant. Ils exécutent les tâches que nous ne jugeons pas dignes de nous et nous les traitons le plus souvent avec mépris et sévérité. Mais qu'ils nous quittent et nous découvrons qu'ils nous sont indispensables.

— Standon est en train de l'apprendre à ses dépens, souligna Patrick.

Margaret gloussa, se tourna vers Helena et dit :

— Que diriez-vous d'aller rendre visite à Calypso, ma chère, pour se gausser de son infortune ?

— Je ne me gausserais pas si j'étais toi, rétorqua Patrick d'un ton cassant. Il pourrait nous arriver exactement la même chose.

Cette remarque effaça d'un seul coup le sourire de la jeune fille.

— Que veux-tu dire ?

— Rookforest ou Devinstown pourraient très bien faire l'objet d'un boycott, expliqua le baron. Nos domestiques pourraient à leur tour décider de nous quitter.

— Jamais ils ne feraient une chose pareille ! Ils nous resteront fidèles car nous les traitons bien.

— Rien n'est moins sûr, répliqua son cousin. S'ils sont obligés de choisir entre nous et la cause irlandaise, ils choisiront peut-être la cause irlandaise.

— N'ayez crainte, Margaret, dit Lionel avec un petit sourire en coin. Je suis prêt à verser mon sang pour vous épargner les viles besognes du ménage.

— Merci, dit la jeune fille. Votre sollicitude me va droit au cœur.

Elle avait dit cela avec un tel sérieux que le baron éclata de rire.

Helena demanda soudain :

— Que vont faire les Standon, à présent ?

— Le plus grave, dit Patrick, c'est le ravitaillement. Si les commerçants de Mallow refusent leur clientèle…

— J'imagine que Standon se fera expédier des vivres depuis Fermoy, dit le baron.

— Cependant, les convois risquent d'être interceptés par les nationalistes, fit remarquer Patrick.

Helena fronça les sourcils.

— Pourquoi les commerçants refusent-ils de traiter avec lui ? Son argent vaut bien celui d'un autre, non ?

— Les commerçants ont intérêt à rester en bons termes avec les fermiers dont ils tirent l'essentiel de leurs revenus, expliqua Nayland. Si ces derniers décidaient à leur tour de les boycotter, ils n'auraient plus qu'à fermer boutique.

— La situation est, en effet, très préoccupante, reconnut Helena. Où cela va-t-il nous mener ? À la révolution ?

Les hommes méditèrent un instant en silence. Puis Patrick dit :

— Personne ne le sait.

— Le bruit court que les autorités vont arrêter Parnell et les nationalistes pour sédition, enchaîna le baron.

— Et qu'est-ce que cela va changer ? ironisa Margaret.

— La Ligue nationaliste sera dissoute.

— Et la bande du capitaine Tucker ? demanda Helena. Croyez-vous qu'elle se dispersera et que la paix et la tranquillité reviendront dans nos campagnes ?

— Rien n'est moins sûr, dit Patrick. Ils sont prêts à tout pour obtenir gain de cause.

— Que de violence…, soupira Helena en réprimant un frisson. D'abord, mon père, puis Richard. Cela finira-t-il un jour ?

Personne ne répondit à sa question.

Au cours des jours suivants, de nombreuses rumeurs parvinrent jusqu'à Rookforest, le plus souvent par la bouche de Nayland. On racontait que le domaine de

Drumlow était en proie au chaos et que, sans personne pour veiller à fermer les barrières des enclos, le bétail s'échappait et saccageait les cultures. Standon se faisait livrer des vivres depuis Fermoy, mais n'avait plus aucun domestique pour préparer ses repas et entretenir sa maison.

Le dimanche suivant, voyant que ni l'intendant ni sa sœur n'étaient venus assister au service religieux, la conscience de Patrick commença à le tarauder. Ravalant la rancœur qu'il éprouvait à l'égard de John, il décida de se rendre au château dès le lundi pour s'assurer que Calypso n'avait besoin de rien.

Il se mit en route par un beau matin sec et froid. Une demi-heure plus tard, alors qu'il gravissait le tertre qui dominait la vallée de Drumlow, de gros nuages gris et menaçants commencèrent à s'amonceler à l'horizon. Il remonta son col en frissonnant et contempla un instant le domaine laissé à l'abandon.

Les résultats du boycott étaient visibles à l'œil nu. Outre les grilles du parc laissées grandes ouvertes, le sol était jonché de branchages abattus par le vent, attendant d'être ramassés par les jardiniers qui avaient déserté le domaine. La majestueuse allée qui menait au château était souillée de crottin et creusée d'empreintes de sabots. Faute d'avoir été taillées, les haies poussaient en tous sens, donnant à Drumlow un air négligé de maison en ruines.

Arrivé devant la porte, le jeune homme mit pied à terre et gravit le perron. Il tira la sonnette, puis attendit. Rien ne se passa. À tout hasard, il essaya de tourner la poignée et constata à son grand étonnement que la porte n'était pas verrouillée.

Il entra d'un pas hésitant dans le vestibule en prenant le temps de laisser ses yeux s'accommoder à l'obscurité.

— Il y a quelqu'un ? appela-t-il.

Sa voix résonna, lugubre, dans le hall désert.

Pas de réponse.

Il tendit l'oreille. Rien.

— Calypso ? Standon ?

N'obtenant toujours pas de réponse, il décida de partir à la recherche de Calypso ou de son frère. Les effets du boycott étaient encore plus sensibles à l'intérieur de la maison. Il régnait dans ces grandes pièces désertes une atmosphère de désolation d'autant plus manifeste qu'aucune cheminée n'avait été allumée pour en bannir le froid mordant.

En entrant dans la salle à manger, il fronça les narines avec une moue de dégoût. Sur l'imposante table d'acajou les assiettes et les couverts sales s'empilaient au petit bonheur parmi des restes de nourriture moisie, qui dégageaient une odeur infecte. À en juger par l'état des lieux, et contrairement à ce qu'avait prédit Meggie, Calypso ne s'abaissait pas à faire la vaisselle comme une vulgaire souillon.

Nayland avait raison, admit Patrick en refermant la porte derrière lui. Les propriétaires terriens prenaient les domestiques pour moins que rien, mais que ceux-ci les abandonnent et leurs maîtres se retrouvaient réduits à l'état de bêtes pataugeant dans leur propre fange.

Patrick jeta un rapide coup d'œil aux autres pièces du rez-de-chaussée : toutes se trouvaient dans le même état de saleté repoussante. Il songea un instant à monter au premier, puis se ravisa, craignant de se retrouver nez à nez avec l'intendant.

— Il serait capable de m'accuser de vouloir violer sa sœur, marmonna Patrick entre ses dents.

Juste au moment où il s'apprêtait à repartir, il entendit un petit cri lointain.

Il s'arrêta et tendit l'oreille, essayant de déterminer d'où provenait le cri.

Il l'entendit à nouveau, plus fort cette fois, le cri strident d'un enfant en détresse. Il provenait des cuisines qui se trouvaient à l'entresol.

Poussant la lourde porte de l'office, il commença à descendre silencieusement l'escalier, afin de ne pas signaler sa présence.

Arrivé à mi-chemin, il se figea sur place, consterné par la scène qui s'offrait à lui.

Une petite fille assise à même le sol de la cuisine pleurait à chaudes larmes, tandis que Calypso, de dos et penchée au-dessus d'un gigantesque fourneau, était occupée à faire cuire quelque mets peu ragoûtant. Sans grand succès apparemment.

— Louisa ! s'écria-t-elle en se retournant soudain comme une furie. Si tu n'arrêtes pas de pleurer, je…

Au même moment, elle leva les yeux et vit Patrick.

Ce dernier resta bouche bée. Était-il possible que la souillon qui se tenait sous ses yeux fût la belle Calypso qu'il avait aimée jadis de toute son âme et pour qui il était allé en prison ? Ses beaux cheveux noirs, naguère si brillants, pendouillaient à présent en longues mèches sales de part et d'autre de son visage noirci et baigné de sueur. Sa robe était toute chiffonnée et maculée de graisse. L'élégante marquise ressemblait à s'y méprendre à une fille de cuisine, qui plus est pas particulièrement efficace.

— Va-t'en ! cria-t-elle d'une voix perçante. Sors d'ici !

Puis, joignant le geste à la parole, elle lui jeta une cuillère en bois à la tête. Par chance, celle-ci tomba à quelques pas de lui sans l'atteindre.

— J'ai dit hors d'ici !

— Je suis venu voir si tu avais besoin de quelque chose, expliqua Patrick en entrant dans la cuisine.

La petite fille avait cessé de pleurer et le regardait avec de grands yeux intrigués.

La marquise explosa.

— Menteur ! Tu es venu ici pour te gausser de mes malheurs.

Brusquement, s'apercevant à quel point elle devait faire pitié à voir, sa colère fit place à la honte. Ses beaux yeux violets s'écarquillèrent d'horreur et ses joues pâles s'empourprèrent. Elle se détourna de lui, tandis que ses mains cherchaient en vain à mettre un semblant d'ordre dans sa chevelure sale.

— C'est ta fille ? demanda Patrick en s'agenouillant près de l'enfant qui lui souriait timidement, inconsciente de son état pitoyable.

— Oui, répondit la jeune femme.

— Comment s'appelle-t-elle ?

— Louisa. Je suppose que la vertueuse Mlle Considine te l'aura déjà dit.

Ignorant son ton cassant, il observa :

— Elle est adorable. J'imagine qu'elle tient ses cheveux blonds de son père.

Comme la jeune femme ne répondait pas, Patrick leva les yeux et vit qu'elle tremblait. Il se releva promptement et s'approcha d'elle.

— Calypso, murmura-t-il en plaçant une main hésitante sur son épaule. Je ne suis pas venu pour me gausser, mais pour t'aider au contraire.

Elle se retourna lentement et il vit qu'elle pleurait. Ses grands yeux brillaient comme du cristal.

— Allons, dit-il pour la consoler.

Il voulut l'attirer contre lui, cependant elle résista.

— Ne me touche pas, dit-elle en essayant de le repousser. Je dois avoir l'air d'une sorcière.

— Crois-tu vraiment que cela ait la moindre importance pour moi ?

— Oh ! Patrick ! gémit-elle en cachant son visage contre son épaule. C'est un véritable cauchemar. Tous nos domestiques nous ont abandonnés.

— Je comprends, dit-il en lui tapotant doucement le dos.

Il voulait la réconforter et rien d'autre, car sa relation avec Helena et les quatre années qu'il avait passées en prison les séparaient désormais. Néanmoins, à la tenir ainsi entre ses bras, le jeune homme sentit faiblir sa détermination. Même sale et dépenaillée, Calypso continuait d'exercer sur lui une fascination irrésistible.

Se rappelant soudain pourquoi il était venu, il s'écarta légèrement sous prétexte de chercher un mouchoir qu'il lui tendit.

La jeune femme le prit.

— Merci, dit-elle en s'essuyant les yeux.

Il jeta un coup d'œil à la casserole qui bouillait sur le fourneau et remarqua avec un petit sourire taquin :

— Ainsi, donc, te voilà devenue cuisinière ?

Helena aurait ri à cette remarque sans malice, mais Calypso le foudroya du regard.

La fillette avait recommencé à geindre. La marquise se précipita aussitôt vers l'enfant et la prit dans ses bras.

— Allons, allons, Lou-Lou, maman est là. Tout va s'arranger, tu verras. Ne pleure plus, ma chérie.

Se tournant vers Patrick, elle confessa, l'air sombre :

— Ce n'est pas drôle pour Louisa. Cela me fend le cœur de la voir dans cet état pitoyable. Elle est plus sale qu'une fille de paysan. J'ai supplié mon frère de nous envoyer à Dublin, mais il ne veut rien savoir. Il dit que ma place est ici, avec lui. Il veut que je sois aussi misérable que lui.

— A-t-il songé à faire venir des domestiques de Cork ou de Dublin ? Peut-être accepteraient-ils de venir, en y mettant le prix ?

— Je n'en sais rien. Il ne me parle jamais des affaires du domaine.

— Avez-vous réussi à vous procurer de la nourriture ?

— John fait venir les victuailles de Fermoy, mais tout se gâte, faute de savoir cuisiner, dit-elle en jetant un regard assassin à la marmite qui bouillait toujours sur le feu. J'ai beau faire de mon mieux, le résultat est à peine mangeable. Heureusement que John arrive à tirer un faisan ou un coq de bruyère de temps à autre, que nous faisons rôtir.

Elle posa sa fille à terre et recommença à pleurer.

— Je suis une aristocrate, je ne devrais pas avoir à me charger d'aussi viles besognes !

— Allons, calme-toi, murmura Patrick en luttant contre le désir de la prendre à nouveau dans ses bras. Je sais que tu as passé des moments difficiles.

— Tu ne sais rien du tout ! glapit-elle, furieuse. Sais-tu ce que c'est que de voir sa vie basculer d'un seul coup ? De tout perdre, du jour au lendemain ?

Il n'en croyait pas ses oreilles. Était-elle égoïste et insensible au point d'oublier qu'il venait de passer quatre années sous les verrous, à endurer les pires sévices ?

Il ravala la remarque cinglante qui lui brûlait les lèvres, se rappelant soudain qu'il avait tort de la juger trop durement. Calypso était une femme du monde. Elle avait grandi dans le luxe et l'aisance et était habituée à avoir des domestiques pour satisfaire ses moindres désirs.

La marquise se laissa choir sur une chaise et enfouit son visage dans ses mains.

— La peste soit de ces maudits domestiques, gémit-elle à travers ses larmes. Tout est leur faute. Ils ne perdent rien pour attendre !

Voyant sa mère éplorée, la fillette, affolée, redoubla, elle aussi, de larmes.

Patrick s'approcha de Calypso et, lui posant une main sur l'épaule, dit :

— Je t'ai promis de t'aider et je vais le faire. Il faut que je parle à ton frère. Peut-être pourrons-nous trouver un arrangement ?

Elle leva sur lui un regard implorant.

— Je t'en supplie, Patrick, aide-moi. Je ne peux plus endurer ce calvaire.

Il lui adressa un sourire bienveillant et, sans ajouter un mot, partit à la recherche de Standon.

Ce fut l'intendant qui trouva Patrick le premier.

À peine était-il sorti de la cuisine qu'une voix retentit derrière lui.

— Hé ! toi !

Il eut juste le temps de faire un pas de côté pour esquiver John qui fonçait sur lui tête baissée.

— Je ne suis pas venu pour me battre, plaida le jeune homme tandis que l'autre lui décochait un regard chargé de haine, sauf si tu m'y obliges.

John hésita, une lueur assassine dans les yeux. Puis il plissa les paupières et cracha d'une voix pleine de fiel :

— Que viens-tu faire dans ma maison, Quinn ? Je pourrais t'abattre à bout portant et être dans mon bon droit.

— J'ai appris que tu faisais l'objet d'un boycott et je suis venu voir si vous aviez besoin d'aide.

— D'aide ? De ta part ? rugit Standon en éclatant d'un rire sarcastique qui fit trembler les murs du vestibule. Me prendrais-tu pour un idiot ?

— Je te prends pour ce que tu es, Standon, un homme mesquin, envieux et vindicatif, mais ça n'est pas une raison pour que ta sœur et sa fille soient victimes de ta médiocrité.

— Il me semblait bien que cet élan subit de générosité avait un rapport avec Calypso, dit John en serrant les poings. Eh bien ! parle, Quinn. De quelle façon comptes-tu nous aider ?

— Si tu ne veux pas qu'elle aille à Dublin, permets-moi tout au moins de la ramener à Rookforest avec son enfant.

L'intendant lui jeta un coup d'œil incrédule et éclata de rire.

— Ainsi donc, tu n'as toujours pas renoncé à essayer de te faufiler sous les jupes de ma sœur.

— Tu n'as donc que ça en tête, Standon, riposta Patrick en s'efforçant de ne pas céder à la colère. Je n'ai aucune intention de cette sorte. Ce qui importe, c'est le bien-être de l'enfant. À Rookforest, elle sera soignée comme il convient et ta sœur ne sera pas obligée d'exécuter des tâches domestiques.

— Pas question, répliqua Standon avec un sourire maléfique. Ma sœur restera ici. Oublie-la, Quinn. Jamais tu ne la toucheras tant que je serai vivant.

Résistant à une furieuse envie de le réduire en bouillie, Patrick remarqua :

— Tu n'as donc aucune pitié pour ta nièce ?

— Je n'ai qu'un souci, Quinn, t'empêcher d'obtenir ce que tu désires.

Patrick haussa les épaules.

— Comme tu voudras.

— Des domestiques arriveront demain de Dublin, n'aie crainte, Quinn. Tout rentrera bientôt dans l'ordre. Je briserai ce boycott, même si c'est la dernière chose que je fais sur cette terre.

Sans un mot, Patrick regagna la porte. Il enfourcha son cheval et s'en retourna chez lui.

— Je suis allé à Drumlow, aujourd'hui, annonça-t-il de but en blanc, au moment du dîner.

Helena sursauta et renversa sa cuillerée de soupe sur la nappe.

— Désolée, bredouilla-t-elle en épongeant la tache avec sa serviette pour cacher son émotion.

Margaret posa sur son cousin un regard consterné et s'écria :

— Tu as fait quoi ?

— Je suis allé à Drumlow.

— Mais pour quelle raison ? demanda-t-elle, incrédule.

— Pour voir s'ils avaient besoin d'aide.

— Les Standon ? Aurais-tu perdu la raison ?

— Non, Meggie. Et cesse de me regarder ainsi. Que tu le veuilles ou non, les propriétaires terriens ont le devoir de se serrer les coudes en ces temps difficiles.

Margaret jeta un coup d'œil ahuri à Helena.

— Ma parole ! Il a complètement perdu la tête.

Gênée, la fille du médecin ne répondit rien.

— Il y a une petite fille là-bas, souligna Patrick, qui n'est en rien responsable des erreurs de ses aînés.

— Comment va Louisa ? demanda Helena, attendrie.

— La pauvre petite fait peine à voir. Elle aurait sérieusement besoin des soins d'une gouvernante, de même que Calypso.

— Et comment se porte la châtelaine ? demanda Margaret avec un sourire plein de morgue. Est-elle à quatre pattes, en train de récurer les planchers ?

— En fait, je l'ai trouvée à la cuisine, elle préparait à manger.

— À manger ? s'esclaffa effrontément la jeune fille. Elle cherche probablement à empoisonner son frère.

Patrick, qui ne semblait pas goûter la plaisanterie, se renfrogna.

— Le boycott les a beaucoup affectées ? demanda Helena.

— Oui, la maison est dans un état pitoyable. À tel point que j'ai offert à Calypso de l'héberger ici même avec sa fille jusqu'à ce que les choses soient rentrées dans l'ordre.

Helena resta interdite. Calypso, ici, à Rookforest, sous le même toit que Patrick ?

Margaret reposa brusquement sa cuillère.

— Comment !

— Je l'ai invitée à venir séjourner ici, avec nous, répondit son cousin le plus tranquillement du monde. Mais son frère n'a rien voulu savoir.

— Tu as osé inviter cette femme chez nous ? explosa la jeune fille.

— Je l'ai fait dans l'intérêt de la petite, riposta Patrick, soudain sur la défensive.

Helena sentit les larmes lui monter aux yeux. En invitant Calypso à venir vivre à Rookforest, Patrick avait-il l'intention d'entretenir deux maîtresses sous le même toit ?

Sa lèvre se mit à trembler si violemment qu'elle décida de quitter la table, de crainte d'éclater en sanglots.

— Je vous prie de m'excuser, murmura-t-elle en se levant et en quittant précipitamment la pièce.

Juste au moment où elle franchissait la porte, elle entendit Margaret qui disait à Patrick :

— Bravo, Patrick Quinn ! Est-ce que tu te rends compte de ce que tu as fait ?

Helena ne prit pas la peine d'écouter la réponse du jeune homme.

À peine eut-elle refermé la porte de sa chambre que des sanglots déchirants s'échappèrent de sa gorge. La jeune femme se jeta sur son lit et enfouit sa tête dans l'oreiller.

« Comment peut-il me faire une chose pareille ? songea-t-elle, tandis qu'une pointe acérée lui transperçait le cœur. N'a-t-il donc aucun sentiment pour moi ? »

Au même moment, on frappa doucement à la porte.

C'était Patrick.

— Entre, dit-elle sans sourire, attendant qu'il fît le premier geste.

— Je suis désolé, dit-il d'une voix contrite. Je ne voulais pas te faire de peine.

— C'est pourtant ce que tu as fait.

Sa réponse le prit de court et il tenta de se justifier.

— Si j'ai invité Calypso et sa fille, c'est uniquement par charité. Si tu avais vu dans quel état pitoyable je les ai trouvées, je suis sûr que tu aurais fait de même.

— Tu es ici chez toi, Patrick. Tu es libre d'inviter qui tu veux, dit-elle, puis, inspirant longuement pour se donner du courage : Mais si Calypso vient vivre dans cette maison, c'est moi qui partirai.

Le jeune homme la regarda, pétrifié.

— Tu ne parles pas sérieusement ?

— Mais si. J'ai beau être une vieille fille pas très séduisante, j'ai tout de même ma fierté.

Elle fit une pause pour reprendre à nouveau courage.

— Je t'aime trop pour pouvoir te partager avec une autre femme, Patrick.

— Helena ! souffla-t-il en l'attirant contre lui. J'ai tant besoin de toi !

— Je sais, dit-elle en le repoussant doucement, mais m'aimes-tu ?

Elle avait dit cela en le regardant au fond des yeux. Voyant qu'il hésitait, elle sentit soudain une boule se former dans sa gorge.

— Je tiens énormément à toi. Tu le sais.

Elle avait joué son va-tout et avait perdu.

— Ça n'est pas ce que je t'ai demandé.

Il se rembrunit et confessa :

— Je ne voulais pas te blesser, Helena, mais je ne suis pas sûr de t'aimer comme tu le mérites.

— Je ne comprends pas.

— J'aime ta compagnie et je sais que sans toi ma vie serait vide et sans joie. J'éprouve le besoin de te protéger et je suis flatté que tu m'aies confié ton secret.

Il détourna brusquement les yeux.

— Or, même si j'éprouve de l'amour pour toi, je ne puis me donner à toi complètement car…

— Une partie de toi continue d'aimer Calypso ? le devança-t-elle.

Il soupira.

— Tu me connais mieux que moi-même.

— Je croyais que tout était fini entre vous ?

— C'est ce que j'aurais voulu croire, dit-il avec un sourire amer. Je sais que ça n'a aucun sens, mais je continue d'être attiré par cette femme, malgré tout ce qui s'est passé entre nous.

Helena détourna la tête pour qu'il ne voie pas les larmes qui lui montaient aux yeux.

Elle s'éclaircit la voix et dit :

— Tu vas demander à Calypso de t'épouser ?

— Je ne suis pas certain d'en avoir envie.

— Tu ne peux pas nous avoir toutes les deux. Il va falloir que tu choisisses.

— Je le sais. Et je prie le ciel de m'aider à faire le bon choix.

— Moi aussi, Patrick.

Les deux jeunes gens se dévisagèrent pendant un long moment.

— Tu ne vas pas me quitter, n'est-ce pas ? Il faut que tu me donnes un peu de temps pour prendre une décision.

— Je vais rester encore quelque temps, dit-elle, tandis que son regard glissait vers le lit. Désormais, je veux dormir seule.

— Je comprends, dit-il tristement.

Il quitta la pièce et Helena referma la porte avec un petit claquement résolu.

19

Un matin, au réveil, Margaret fut prise d'un vertige.

— C'est sans doute un petit peu d'indigestion, marmonna-t-elle lorsque la sensation de malaise se fut dissipée.

Elle alla s'asperger la figure d'eau fraîche, puis sonna la femme de chambre et s'installa devant la coiffeuse. Tout en brossant ses longs cheveux auburn, elle se mit à songer à Patrick et à Helena.

Comment son cousin pouvait-il être assez stupide pour inviter cette mijaurée de Calypso à Rookforest ? Et tout ça au nom de la charité chrétienne, alors que cette pimbêche l'avait toujours traité avec le plus grand mépris ! Helena valait mille fois mieux qu'elle. Mais son nigaud de cousin ne s'en était pas encore aperçu.

Toute la semaine elle avait observé Helena. La malheureuse faisait peine à voir. Elle avait beau s'efforcer de dissimuler son chagrin, chaque fois qu'elle regardait Patrick, ses grands yeux bruns se voilaient de tristesse.

Quant à Patrick, avec ses airs de chien battu et ses yeux cernés jusqu'au milieu des joues, il ne respirait pas franchement la joie de vivre.

Pourquoi un sentiment aussi noble que l'amour est-il source d'autant de peine ? dit-elle en s'adressant à son reflet dans la glace.

Un coup frappé à la porte vint interrompre Margaret dans sa rêverie, puis la femme de chambre entra avec une tasse de thé.

Quand Margaret entra dans la salle à manger, Patrick était déjà attablé, un revolver posé à côté de son assiette.

— Bonjour, dit-elle en haussant un sourcil surpris. Est-il vraiment indispensable de porter une arme au petit-déjeuner ?

— Je viens d'apprendre que les nationalistes ont liquidé un propriétaire terrien près de Fermoy, répondit-il sans lever les yeux de son assiette pleine à ras bord. L'homme était en train de déjeuner en compagnie de sa famille.

— Comment ? dit Margaret en écarquillant des yeux horrifiés. Tu veux dire qu'ils sont entrés chez lui de force ?

— En plein jour, oui. (Il hocha gravement la tête.) Ils l'ont abattu sous les yeux de sa femme et de ses deux filles, puis ils ont pris la fuite.

Voyant que son cousin était seul, la jeune fille demanda :

— Helena n'est pas encore descendue ?

— Non, elle a probablement décidé de faire la grasse matinée.

Il jeta un petit regard en direction de la fenêtre et ajouta :

— Je la comprends, du reste, avec ce temps de chien.

Margaret s'approcha de la fenêtre. Son visage s'illumina soudain et elle s'écria :

— Mon Dieu ! mais il a neigé !

— Juste le jour où je voulais sortir, grommela Patrick.

Au même moment, la porte de la salle à manger s'ouvrit et Helena entra en leur souhaitant le bonjour.

Elle remarqua aussitôt le revolver sur la table.

— Faut-il vraiment que vous portiez un revolver en toute occasion ? demanda-t-elle, l'air contrariée.

— Je n'ai guère le choix, répondit-il.

Il lui expliqua alors ce qu'il venait de raconter à Margaret.

— Quelle horreur ! s'écria Helena. Comment peut-on être assez lâche pour abattre un homme sous les yeux de sa femme et de ses enfants ?

— Je l'ignore, dit Patrick, mais mieux vaut se préparer au pire.

Helena se leva et s'approcha de la fenêtre pour contempler le paysage recouvert d'un épais manteau blanc.

— Dans trois semaines ce sera Noël, murmura-t-elle en se frottant frileusement les bras. Mais personne n'a le cœur à rire avec tous ces événements. Tiens, dit-elle soudain, voilà lord Nayland qui arrive au galop comme si le capitaine Tucker en personne était lancé à ses trousses.

— Lionel !

En deux bonds Margaret avait rejoint Helena à la fenêtre.

Quelques instants pour tard, Nayland, hors d'haleine, faisait irruption dans la salle à manger.

— Bonjour à tous, dit-il en ôtant ses lunettes couvertes de buée. Veuillez excuser mon intrusion à cette heure matinale.

— Décidément, railla Margaret, cela devient une habitude.

Ayant rechaussé ses lunettes, le baron lui décocha un grand sourire et lui dit d'une voix caressante :

— Une habitude que vous ne trouvez pas trop déplaisante, j'espère.

À sa grande surprise, Margaret sentit son cœur s'emballer.

Elle se retourna prestement pour cacher son trouble.

— Du thé, Lionel ?

— Volontiers. Il fait un froid de canard ce matin.

La jeune fille lui tendit une tasse, puis demanda avec un beau sourire :

— Et quelle raison vous a poussé à braver la tourmente pour venir jusqu'ici ?

— J'aimerais pouvoir vous répondre que c'est uniquement pour le plaisir de vous voir, Margaret, mais, hélas ! ce n'est pas le cas.

Il fouilla dans sa poche de poitrine et en ressortit un billet.

— Je suis venu parce que j'ai trouvé ceci sur ma porte.

Dès que les yeux de la jeune fille tombèrent sur la feuille qu'il lui présentait, elle se sentit à nouveau prise de vertige. Le visage de lord Nayland se mit brusquement à tourbillonner avant de disparaître, happé par l'obscurité.

Quelques instants plus tard, elle revint à elle en balbutiant.

— Que… que s'est-il passé ?

— Vous avez perdu connaissance, l'informa Helena.

La jeune fille se redressa et chercha aussitôt Lionel des yeux.

— Je suis ici, Margaret, n'ayez crainte, dit ce dernier en s'approchant du divan où elle était allongée.

Elle lui saisit la main.

— Vous savez ce que cela signifie ? s'écria-t-elle, d'une voix tendue par l'émotion. Ils veulent vous tuer, Lionel. Les nationalistes vont vous traquer comme ils ont traqué mon oncle Richard et ils vont…

— Elle a raison, acquiesça Patrick. Mon père avait reçu un billet identique à celui-ci avant sa mort. Il faut être prudent.

Le baron hocha la tête avec indulgence.

— Les gens s'imaginent toujours que parce que je passe mon temps dans les livres je suis incapable de me défendre.

Comme personne ne disait rien, il ajouta :

— Aussitôt que j'ai reçu ce message je suis allé trouver le constable pour lui demander la protection de la police. Deux de ses hommes vont venir à Devinstown et plusieurs autres bivouaqueront dans le parc afin de surveiller les issues. En outre, j'ai pris la décision de toujours porter une arme. Et je vois que vous avez fait de même, dit-il en avisant le revolver de Patrick sur la table. Rassurez-vous, mes amis, je n'ai nullement l'intention d'être la prochaine victime du capitaine Tucker.

Margaret ouvrit la bouche pour protester, mais le courage et la détermination du baron lui clouèrent le bec. Elle avait brusquement l'impression de découvrir un autre homme, un homme d'action autant que de réflexion.

Helena remarqua :

— Je me demande pourquoi ils vous ont pris pour cible, lord Nayland.

Il se passa une main dans les cheveux en soupirant.

— J'avoue ne pas y comprendre grand-chose moi-même, Helena. Tout le monde sait que je suis un propriétaire modèle et que je n'ai jamais rien fait qui puisse susciter la colère de ces gens.

Cette fois, Margaret se garda bien de ricaner.

Patrick dit :

— Ils ont probablement l'intention de liquider tous les propriétaires terriens de Mallow, équitables ou non.

— L'Irlande aux Irlandais, soupira Helena.

— Précisément.

Ce soir-là, au dîner, Patrick annonça :

— Nayland va donner un bal à Noël.

— Un bal ? s'étonna Margaret, alors que le pays tout entier est à feu et à sang ?

— C'est plutôt surprenant, en effet, fit remarquer Helena.

— Il entend donner ce bal pour renforcer la solidarité entre les propriétaires terriens et défier ouvertement le capitaine Tucker, expliqua Patrick.

— Un geste courageux, reconnut Margaret.

— Il nous a invités et m'a fait clairement comprendre qu'il comptait sur notre présence.

— Je ne pense pas que ce serait convenable d'y aller, dit Margaret, l'air renfrogné. Après tout, nous portons encore le deuil de l'oncle Richard.

— Je ne suis pas d'accord, dit son cousin. Père avait beau être très à cheval sur les conventions, il ne manquait jamais une occasion de faire un pied de nez aux assassins.

Il se tourna vers Helena.

— Et vous, ma chère, voulez-vous y aller ?

— J'ignorais que l'invitation me concernait également.

— Mais cela va de soi, et je serais très honoré si vous acceptiez de m'accompagner, dit-il avec une telle douceur dans la voix que le cœur de la jeune femme se mit à battre la chamade.

— Et qui d'autre y sera ? demanda soudain Margaret.

— Nayland a invité pratiquement tout Mallow. Ce bal devrait être l'événement de la saison.

Un sourire espiègle joua sur les lèvres de la jeune fille.

— Quel bonheur de se retrouver parmi tous ces fins aristocrates qui nous ont snobés depuis ton retour de prison !

— Raison de plus pour y aller, Meggie, et leur montrer que nous n'avons que faire de leurs rebuffades.

— Entendu, Pat, tu as gagné. J'irai au bal avec toi et Helena.

Et elle ajouta, une lueur diabolique dans les yeux :

— J'y pense ! il nous faudra des robes de bal. Quelque chose de distingué, acheté à Dublin.

Il sourit et secoua la tête.

— Je crains que nous ne soyons obligés de nous contenter des talents limités de Mme Burrage.

Margaret soupira en levant les yeux au ciel.

— Bon, si tu veux.

Helena se sentit rougir.

— Je… je n'ai malheureusement pas les moyens de m'offrir une robe neuve. Peut-être qu'avec quelques retouches une vielle robe de Margaret ferait l'affaire…

— Pas question, dit Patrick. Vous porterez une robe neuve. Je n'ai aucune envie que vous assistiez au bal habillée comme une gouvernante ou une parente pauvre.

— Votre robe sera mon cadeau de Noël, dit Margaret.

Touchée par cette offre généreuse, la jeune femme bredouilla :

— Oh ! mais je… je ne peux accepter.

— Si, si, dit Margaret. J'y tiens.

Voyant qu'Helena s'apprêtait à protester, elle ajouta :

— Je serais mortellement blessée si vous refusiez mon cadeau.

La jeune femme céda.

— Dans ce cas, je ne puis que m'incliner. Merci infiniment, Margaret.

— Tout le plaisir est pour moi, ma chère.

— Vous êtes absolument ravissante, s'écria Margaret.

— C'est la robe, répondit Helena en lissant l'épais jupon de brocart qui rendit un frou-frou soyeux. J'ai l'impression d'être un vilain petit canard qui se serait miraculeusement métamorphosé en cygne.

— Au diable la modestie, protesta Margaret. Il n'y a pas que la robe. Vous êtes… (Elle chercha un instant le mot juste et s'exclama :) resplendissante !

Lorsqu'elle aperçut son reflet dans la psyché de Margaret, Helena n'en crut pas ses yeux.

Bien que simple modiste de province, Mme Burrage n'en possédait pas moins des doigts de fée. La robe qu'elle avait créée pour Helena était un petit chef-d'œuvre d'élégance et de sobriété.

Malgré les protestations véhémentes d'Helena, elle l'avait dotée d'un décolleté profond et d'un large ruban qui soulignait admirablement sa taille de guêpe. À l'exception d'une traîne, elle n'avait ajouté aucune fanfreluche qui aurait inutilement alourdi sa silhouette.

La soie grenat rehaussait subtilement l'éclat de son teint et donnait à ses yeux des reflets rougeoyants.

S'inspirant d'un portrait de son arrière-grand-mère, Margaret avait ordonné à sa femme de chambre de coiffer Helena à la mode de la Régence, de telle sorte que son visage était gracieusement encadré d'une multitude de boucles serrées.

— J'ai l'impression d'être une princesse, dit-elle, émerveillée.

— Vous êtes absolument superbe, répéta Margaret en se reculant d'un pas pour admirer le résultat.

Elle hésita brièvement et ajouta d'une voix contrite :

— Je regrette sincèrement toutes les choses désagréables que j'ai pu vous dire par le passé. J'espère que vous accepterez mes excuses, Helena. Je vous admire beaucoup et j'ai appris à vous estimer depuis que vous êtes venue habiter à Rookforest.

Helena lui tendit les bras et la serra contre son cœur.

— J'accepte vos excuses, dit-elle avec le sourire. Moi aussi, j'ai appris à vous connaître et à vous aimer.

Lissant une dernière fois ses jupes, Margaret déclara :

— Allons rejoindre Patrick, il doit commencer à s'impatienter.

Lorsqu'il vit paraître Helena au sommet de l'escalier, Patrick en eut le souffle coupé. Telle une reine, elle rassembla ses jupes et commença à descendre l'escalier sous son regard médusé. Lorsqu'elle l'eut rejoint, il s'inclina profondément et lui baisa la main en murmurant avec une telle conviction qu'Helena sentit les larmes lui monter aux yeux :

— Tu es resplendissante.

Puis, se tournant vers Margaret :

— Tu es absolument superbe, toi aussi, Meggie.

— Comment peux-tu le savoir ? répliqua Margaret en prenant l'air faussement offensé. Tu n'as pas quitté une seule fois Helena des yeux pour prendre le temps d'admirer ma toilette.

Le majordome vint leur annoncer que la voiture était prête et ils se mirent aussitôt en route.

À Devinstown, tandis que Patrick l'aidait à descendre de voiture, Helena se sentit gagnée par une soudaine euphorie à la vue des chevaux piaffant d'impatience et de la joyeuse foule des convives qui se hâtait vers le portail. Toutes les fenêtres du château étaient éclairées, répandant dans la nuit une lumière chaude et accueillante. Cependant, à peine entrée dans le vestibule, elle avisa des dizaines de revolvers empilés sur une console et réprima un frisson. De toute évidence, les autres convives avaient eu la même idée que Patrick.

Une foule compacte se pressait à présent dans le hall et Helena ne tarda pas à remarquer qu'elle était l'objet de regards en biais et de commentaires proférés à voix basse.

« Forcément, songea-t-elle, n'étant que fille de médecin, les autres convives s'étonnent que je puisse assister au bal de Noël du baron Nayland. »

Au même moment, Lionel s'approcha d'eux pour les saluer et Helena se rappela qu'elle était son invitée et que Patrick lui avait demandé de l'accompagner. Sa présence ici était donc parfaitement légitime.

— Bonsoir, dit le baron en s'inclinant. Helena, vous êtes absolument ravissante, quant à vous Margaret, vous êtes… Les mots me manquent.

Se tournant vers Patrick, il dit :

— Si vous voulez bien m'autoriser à vous priver quelques instants de la compagnie de votre cousine, il y a des amis de Dublin que j'aimerais lui présenter.

— Elle est à vous, cher ami, répondit le jeune homme en jetant un regard complice à Margaret. Viens, lança-t-il à Helena, j'aimerais moi aussi te présenter à des amis qui semblent avoir oublié que j'ai séjourné en prison.

Il l'entraîna vers la salle de bal où tous les convives s'étaient rassemblés.

Mais le triomphe d'Helena fut de courte durée : Calypso et John étaient arrivés.

Quand la rivale d'Helena entra dans la salle de bal, toutes les conversations cessèrent aussi brusquement qu'une porte qui claque.

La fille du médecin refusa de se retourner et de béer d'admiration comme tous les autres convives. Autour d'elle chacun y allait de son commentaire.

— Comme elle est belle !

— Sa robe vient de Paris, à coup sûr. Je n'ai n'en jamais vu d'aussi belle à Londres.

— Ma chère, quels saphirs… Ils ont dû coûter une fortune !

Au même moment, Helena lança un petit regard en biais à Patrick et son cœur chavira. Il dévorait littéralement Calypso des yeux.

Helena pinça les lèvres. Elle avait peut-être définitivement perdu Patrick, elle était cependant décidée à se battre jusqu'au bout.

Patrick faisait valser Calypso en la regardant au fond des yeux. Ses prunelles mauves étincelaient comme des pierres précieuses et, comme chaque fois qu'il la regardait, le jeune homme tomba sous le charme de sa beauté.

— À quoi penses-tu ? demanda Calypso d'une voix sensuelle.

— Je pense à toi. Tu es si belle.

Elle sourit, mais sans se soucier de le remercier, considérant que les compliments lui étaient dus.

— Je n'aurais pas pu venir ce soir si John n'avait pas fait venir des domestiques de Dublin. Tu me vois arrivant au bal dans la tenue débraillée que je portais l'autre jour ?

— Non, pas vraiment.

Elle fronça les sourcils brièvement, de peur de rider son front superbe.

— Patrick, que se passe-t-il, tu as l'air songeur, ce soir ?

Il lui sourit.

— Excuse-moi, je pensais à une décision importante que je vais devoir prendre et qui va affecter le reste de ma vie.

— Cette décision me concerne-t-elle ?

— Oui.

L'excitation scintilla dans les prunelles violettes. Elle passa délicatement sa langue sur ses lèvres pulpeuses.

— Viens, dit-elle, allons dans la serre, nous y serons plus à l'aise pour parler en tête à tête.

Helena, qui dansait avec lord Nayland, eut un pincement au cœur en voyant Patrick s'éclipser de la salle de bal en compagnie de la belle marquise.

— Vous l'aimez, n'est-ce pas ? dit le baron.

La jeune femme hocha la tête sans quitter Patrick des yeux.

— J'ai peur de le perdre, mais je ne sais pas quoi faire.

— Oh ! si, vous le savez, dit Nayland. Vous devez faire ce que font tous ceux qui veulent conquérir le cœur de l'être cher : vous battre bec et ongles.

— Mais elle est si belle, soupira Helena.

— Et vous êtes douce, gentille, loyale et sincère.

— Je crains que ce ne soit là des défauts plutôt que des vertus.

Le baron lui sourit.

— Suivez mon conseil, ma chère. Battez-vous pour conquérir Patrick. Montrez-lui que Calypso est superficielle et vaine sous des dehors exquis. Et que vous êtes sincère et loyale.

Voyant qu'elle hésitait, il ajouta :

— Je pense que Patrick en est déjà conscient, cependant un petit rappel à l'ordre ne lui ferait pas de mal.

Il s'arrêta brusquement de valser et lui conseilla :

— Courage, Helena. Courez le retrouver. Maintenant !

— Oh ! merci, lord Nayland, dit-elle en s'éclipsant aussitôt.

Loin du bruit, la serre, située à l'autre bout du château, était silencieuse et faiblement éclairée par une petite lampe posée sur une table de jardin.

Patrick laissa Calypso l'entraîner vers la moiteur tropicale de la cage de verre où les plantes exotiques déployaient leur feuillage exubérant au-dessus de leurs têtes. Malgré le parfum entêtant des fleurs qui se mêlait à celui de Calypso, Patrick avait les idées particulièrement claires ce soir-là.

Soudain, la jeune femme se pendit à son cou et attira sa bouche contre la sienne. Il répondit à son étreinte. Passant ses bras autour de sa taille, il la serra contre lui et l'embrassa longuement et voluptueusement. Une juste récompense pour tout ce qu'il avait enduré à cause d'elle. Juste au moment où ses lèvres s'entrouvraient et où leurs langues allaient se rejoindre, il recula.

— Patrick, chuchota-t-elle sans le relâcher, nous pouvons nous marier, puisque c'est notre vœu le plus cher.

— Et que dira ton frère ? Tu sais bien qu'il n'acceptera jamais.

Le regard de la marquise se durcit d'un seul coup.

— Il ne peut pas m'en empêcher. J'en ai assez d'être traitée en esclave.

Puis, avec un sourire enjôleur, elle ajouta :

— Tu es plus fort que lui, tu n'auras aucun mal à le tenir en respect.

Elle recommença à l'embrasser.

Helena se figea à l'entrée de la serre, incapable de croire la scène qui se déroulait sous ses yeux : Patrick et Calypso étaient enlacés et s'embrassaient.

L'heure de la vérité avait sonné. Dans quelques minutes, elle allait savoir si elle avait définitivement perdu Patrick.

Prenant son courage à deux mains, elle entra dans la serre et dit :

— Ah ! te voilà, Patrick. Je te cherchais partout. Aurais-tu oublié que tu m'avais promis la prochaine danse ?

Patrick eut un haut-le-corps. La marquise s'arracha à son étreinte et foudroya sa rivale du regard. Puis, avec une moue dédaigneuse qui la faisait ressembler comme deux gouttes d'eau à son frère, elle lança :

— Viens, Patrick. La prochaine danse est pour nous.

La fille du médecin sentit son cœur se serrer dans sa poitrine.

« Je t'en supplie, Patrick », l'implora-t-elle du regard.

— Désolé, dit le jeune homme. Mais j'ai promis la prochaine danse à Helena, et toutes les suivantes, jusqu'à la fin de nos jours.

En voyant la mine déconfite de sa rivale, Helena faillit pousser un cri de joie. Mais elle se ressaisit et se contenta de lui décocher un sourire triomphant. Après quoi, elle glissa son bras sous celui de Patrick.

Patrick avait fait son choix, et elle avait gagné.

La joyeuse compagnie regagna Rookforest à l'aube. La maison était silencieuse car tous les domestiques étaient couchés depuis longtemps.

— Que diriez-vous d'un petit verre de sherry, mesdames ? dit Patrick.

— Pas pour moi, merci, dit Margaret en réprimant un bâillement. Je suis tellement fatiguée que je pourrais dormir pendant une semaine. Si vous voulez bien m'excuser, je vais me coucher.

Puis elle alluma une bougie et, après leur avoir souhaité le bonsoir, regagna sa chambre.

— Et toi, Helena ?

— Je serais ravie de prendre un sherry.

Patrick l'aida à ôter sa pèlerine et ils passèrent au salon.

— Quelle merveilleuse soirée, murmura-t-elle. J'ai encore l'impression de valser.

Ç'avait été une merveilleuse soirée en vérité. Après l'incident de la serre, ils avaient regagné la salle de bal et s'étaient amusés comme des fous. Plus tard, lorsqu'ils avaient dansé, puis fait honneur au somptueux buffet qui leur était offert, Helena n'avait pu s'empêcher de jeter un coup d'œil discret du côté de Calypso. À sa grande surprise, celle-ci dansait et flirtait sans vergogne avec une douzaine de galants. De deux choses l'une : ou la marquise était une actrice consommée, ou elle n'avait que faire de Patrick.

— Je crois que Margaret s'est bien amusée, fit remarquer celui-ci.

— Moi aussi, dit Helena en s'asseyant sur le divan. Elle et lord Nayland ont dansé si souvent ensemble.

— Presque aussi souvent que nous, dit-il en lui tendant un sherry.

Approchant son verre de celui de Patrick, elle porta un toast.

— À nous !

Puis elle demanda :

— Patrick, qu'est-ce qui t'a décidé à rejeter Calypso, ce soir ?

— Je crois que les dernières illusions que je me faisais à son sujet se sont envolées le jour où je lui ai rendu visite à Drumlow pour lui offrir mon aide. Elle n'arrêtait pas de pleurer sur son sort et de s'en prendre à la terre entière. C'est alors que j'ai pensé à toi.

— À moi ?

— Oui, à toi. Et je me suis dit qu'à sa place tu aurais fait face avec courage et ténacité.

Il prit une gorgée de sherry.

— C'est alors que j'ai compris que je n'aimais en elle que sa beauté, et rien d'autre. Et quand j'ai essayé de la comparer à toi, j'ai tout de suite compris qu'elle ne soutenait pas la comparaison.

Helena exultait. Elle ne put s'empêcher de dire :

— Tous les autres l'avaient déjà percée à jour.

— Je sais, dit Patrick avec un sourire amer. Je vivais dans un mythe que je n'avais pas envie de briser. Elle avait été mon premier amour, mon unique amour et elle était très différente alors. Plus insouciante et plus gaie. De telle sorte que quand elle m'a trahi, j'ai rejeté la faute sur son frère.

Helena posa une main réconfortante sur son bras.

— Je ne crois pas qu'elle m'ait jamais aimé, dit-il doucement. Calypso est aussi ambitieuse que John. Elle veut un homme à même de lui offrir une vie de luxe et elle est prête à se vendre au plus offrant. Et quand l'adversité frappe, elle n'a pas le courage de faire front.

Helena secoua la tête.

— J'ai de la peine pour elle.

Patrick ne sembla pas surpris.

— Je sais. C'est ce qui te rend tellement attachante, Helena.

Soudain, il se pencha vers elle et effleura ses lèvres d'un baiser.

— Je crois qu'il est temps d'aller dormir, dit-il en lui jetant un regard plein d'espoir, attendant qu'elle fît le premier geste.

Helena soupira profondément.

— Patrick, je n'ai plus envie de dormir seule.

Le désir embrasa soudain ses prunelles.

— Moi non plus, confessa-t-il.

Elle lui tendit la main et ensemble ils montèrent dans sa chambre.

20

Début février, la gouvernante de Rookforest demanda à parler en privé à Helena.

— Eh bien ? lui demanda celle-ci lorsque les deux femmes se furent installées confortablement au coin du feu.

Les mains de la vieille dame se crispèrent brusquement sur les accoudoirs de son fauteuil.

— C'est au sujet de Mlle Margaret. Je crains qu'elle n'ait quelques problèmes de santé.

Helena se rembrunit.

— J'ai remarqué, en effet, qu'elle n'était pas descendue déjeuner depuis plusieurs jours et qu'elle était très pâle. Peut-être devrions-nous consulter un médecin ?

La vieille servante fit la moue, comme si elle avait voulu dire quelque chose et que les mots n'arrivaient pas à sortir.

— Allons, parlez sans crainte, l'encouragea la fille du médecin.

La gouvernante hésita longuement, puis, se jetant brusquement à l'eau, débita d'un trait :

— Hélas ! mademoiselle, j'ai bien peur que la pauvre petite ne soit enceinte.

À cette révélation, Helena sentit son sang se glacer dans ses veines. L'image de Margaret et de Thomas Sheely enlacés dans les ruines de Ballymere s'imposa aussitôt à elle.

Lorsqu'elle eut enfin retrouvé l'usage de la parole, elle demanda :

— Qu'est-ce qui vous fait penser qu'elle attend un enfant, madame Ryan ?

— Il y a des signes qu'une femme de mon âge et de mon expérience sait reconnaître au premier coup d'œil.

La jeune femme sentit sa bouche devenir sèche.

— Mais encore ?

— Eh bien ! elle a des nausées chaque matin. C'est pour cela qu'elle ne descend plus déjeuner. Et quand je lui apporte un plateau, elle le repousse en disant que l'odeur de nourriture lui donne mal au cœur.

— Peut-être s'agit-il de tout autre chose, hasarda Helena en se levant, les genoux tremblants. Je vais aller lui parler, dit-elle.

La vieille gouvernante se leva à son tour, le visage défait.

— Doux Jésus ! j'ai peur que ma petite Meggie ne se soit fourrée dans un sale pétrin.

« Et moi donc ! », songea Helena.

Lorsqu'elle alla frapper à la porte de la jeune fille, celle-ci était encore au lit. Elle lui trouva mauvaise mine.

— Bonjour, Meggie ! lança-t-elle gaiement en refermant la porte derrière elle. Mme Ryan m'a dit que vous n'étiez pas bien.

Margaret se passa une main tremblante sur le front.

— Je mentirais si je disais que je suis dans une forme éblouissante, concéda-t-elle dans un gros soupir. J'ai complètement perdu l'appétit.

Helena tira une chaise et alla s'asseoir au chevet de la malade.

— Avez-vous une idée de l'origine de votre mal ?

— C'est sans doute une crise de foie.

— Personnellement, je crois qu'il s'agit de tout autre chose, dit Helena.

— Que voulez-vous dire ?

La jeune femme hésita.

— Margaret, quand vous alliez retrouver Thomas Sheely à Ballymere, êtes-vous jamais…

Elle baissa brusquement les yeux et lâcha de but en blanc :

— … devenus amants ?

La jeune fille pâlit en roulant des yeux outragés.

— Nous n'avons été amants qu'une seule fois, se récria-t-elle en tortillant nerveusement le bord du drap entre ses doigts.

Helena se renversa sur sa chaise en soupirant à fendre l'âme.

— Une seule fois suffit, hélas !

L'expression d'incrédulité qui se peignit alors sur le visage de la jeune fille faisait peine à voir. Elle secoua violemment la tête et ouvrit la bouche pour protester, mais les mots lui manquèrent. Peu à peu sa colère disparut faisant place au désespoir. Helena lui tendit instinctivement la main pour la réconforter.

— Est-ce là ce qui ce me rend malade ? demanda-t-elle d'un ton apeuré de petite fille. Je vais avoir un bébé ?

— Je ne puis l'affirmer sans avis médical, mais je crains fort que vous ne portiez l'enfant de Thomas Sheely.

— Oh ! non ! gémit Margaret en pâlissant. Je ne veux pas avoir d'enfant !

Rejetant brusquement ses couvertures, elle se leva précipitamment et, saisissant son ventre à deux mains, partit en titubant vers la table de toilette et vomit dans la cuvette.

Après s'être rafraîchi le visage avec un linge humide, elle se tourna vers Helena et dit d'un ton implorant :

— Que vais-je devenir ?

— Tout d'abord, il faut que vous alliez voir un médecin. Ensuite, il faudra l'annoncer à Patrick.

— Non ! supplia la jeune fille. Je ne veux pas qu'il sache !

— Nous n'avons pas le choix, malheureusement. Bientôt vous ne pourrez plus cacher votre état.

Margaret se mit à arpenter la chambre à grands pas.

— Je… je pourrais peut-être aller à Londres ou à Paris et accoucher là-bas en secret.

Helena secoua la tête.

— Je doute que votre cousin accepte de vous envoyer là-bas sans explication. De plus, il y a d'autres personnes concernées par cette affaire.

— Il n'y a que moi.

— Vous vous trompez, il y a le père de l'enfant.

— Thomas Sheely ? s'esclaffa la jeune fille avec dépit. Je ne veux plus jamais le voir !

La véhémence de Margaret prit Helena de court. Elle se demanda ce que le jeune Sheely avait bien pu faire pour transformer l'amour qu'elle lui vouait en une telle haine.

— Et puis il y a lord Nayland.

— Lionel…, murmura Margaret, soudain attendrie.

Ses lèvres se mirent à trembler et elle éclata en sanglots.

Helena la prit dans ses bras et la berça doucement.

— Je n'ai que dix-huit ans et je vais avoir un enfant. Ma vie est brisée ! gémit la jeune fille et elle se remit à pleurer de plus belle.

Voyant qu'elle ne pouvait rien dire qui pût la consoler, Helena la serra tendrement dans ses bras et attendit que ses larmes cessent.

— Quoi ! explosa Patrick d'une voix si forte qu'Helena en eut les jambes coupées.

Cependant, résistant à l'envie de fuir, elle répéta bravement :

— Margaret est enceinte.

Le visage du jeune homme devint cramoisi, tandis qu'un rictus amer crispait ses lèvres.

— Tu en es certaine ?

— Oui, hélas !

— C'est Nayland ! Comment a-t-il osé ? rugit-il, sans laisser à la jeune femme le temps de lui répondre.

Puis il se leva et se mit à arpenter le bureau à grands pas rageurs.

— Pair du royaume ou pas, quand je mettrai la main sur lui, je te promets que…

— Nayland n'y est pour rien, l'informa Helena.

Il s'arrêta net.

— Qui donc, alors ?

— Thomas Sheely.

À la stupéfaction de la jeune femme, Patrick éclata de rire.

— Thomas Sheely ? Ce paysan ? C'est impossible, voyons. Jamais…

— C'est pourtant la vérité. Sheely l'a engrossée.

— Comment est-ce arrivé ?

— Ils avaient pris l'habitude de se voir en cachette dans les ruines du château de Ballymere, l'été dernier, confessa Helena.

— C'est elle qui te l'a dit ?

Sentant ses forces l'abandonner, elle se laissa choir dans un fauteuil.

— Non. Je les ai surpris un jour ensemble, alors qu'ils étaient là-bas.

Sans lui laisser le temps de protester, elle s'empressa d'ajouter :

— Tu te souviens, le soir où ton père nous avait invités à dîner, mon père et moi, et que tu croyais que je te battais froid ?

— Oui, je m'en souviens. Tu m'as ensuite avoué que tu avais eu une vision.

— C'était précisément une vision de Margaret et Thomas ensemble à Ballymere. Le lendemain, j'y suis allée en cachette et je les ai surpris en train de s'embrasser.

Patrick la foudroya du regard.

— Tu veux dire que tu étais au courant et que tu n'as pas songé à en avertir mon père ou moi ? fulmina-t-il. Comment est-ce possible ?

Helena écarquilla des yeux incrédules. Froissée de voir qu'il cherchait à rejeter la responsabilité sur elle, elle se leva dignement et, joignant les mains pour les empêcher de trembler, déclara haut et fort :

— Je ne l'ai pas fait parce que Margaret m'avait fait promettre de n'en rien dire à personne. Elle m'a laissé croire qu'elle allait l'annoncer elle-même à ton père.

— Et naturellement, tu l'as crue. Une gamine de dix-huit ans !

La jeune femme sentit soudain la moutarde lui monter au nez.

— Une minute, Patrick Quinn ! Je reconnais que j'ai eu tort d'avoir prêté foi aux promesses de ta cousine, mais pas plus que toi je ne suis responsable de cette situation. Tout le monde ici la traitait en enfant gâtée et son oncle fermait les yeux chaque fois qu'elle sortait sans escorte.

— Sans doute, mais tu aurais dû réagir plus énergiquement.

Elle sentit les larmes lui piquer les yeux.

— Je te demande pardon, dit-elle.

Au lieu de lui tendre les bras en signe de réconciliation, Patrick se figea sur place et lui décocha un regard de glace.

— Je ne suis pas sûr de pouvoir te pardonner, dit-il d'un ton cassant.

Helena eut un bref moment d'hésitation, puis, voyant qu'elle ne pouvait rien dire de plus pour sa défense, tourna les talons et quitta la pièce sans bruit. Cette fois, elle l'avait perdu pour toujours.

Plus tard, elle alla rejoindre Patrick et Margaret qui l'attendaient au salon.

— Mme Ryan m'a dit que vous vouliez me voir, dit-elle en posant sur Patrick un regard plein d'espoir.

Ce dernier se contenta de lui indiquer un siège en disant :

— Margaret et moi avons parlé et pris une décision. Nous allons avoir besoin de ton aide.

— Mais bien sûr.

— Il est hors de question que j'épouse Thomas, expliqua Margaret, c'est pourquoi j'aimerais que vous m'accompagniez à Dublin où nous allons louer une maison sous un nom d'emprunt. Je resterai là-bas jusqu'à la naissance… Sa voix se mit à trembler. Et puis je confierai le bébé à l'adoption et j'essaierai de refaire ma vie, si c'est possible.

Le cœur d'Helena chavira quand elle songea qu'elle allait devoir passer de longs mois loin de Patrick. Était-ce là sa punition ?

— Mme Ryan m'a fait la promesse de garder la chose secrète, enchaîna le jeune homme. Nous dirons que Margaret est partie séjourner quelque temps sur le continent.

— Et lord Nayland ? s'enquit Helena. Ne va-t-il pas se poser de questions à votre sujet, Margaret ?

Le visage de la jeune fille s'assombrit et elle baissa les yeux.

— Compte tenu des circonstances, il est préférable que je tire un trait sur Lionel.

Puis, relevant le menton d'un air de défi, elle ajouta :

— Comment pourrait-il pardonner ma conduite inqualifiable ?

— Pourquoi ne pas tout lui avouer, suggéra Helena, et lui permettre ainsi de décider en son âme et conscience ? Les gens qui s'aiment ne peuvent-ils pas tout se pardonner ?

— Presque tout, rectifia Patrick d'une voix morne.

— Non, dit Meggie. Ce serait injuste. Je ne veux pas qu'il se sacrifie pour moi.

Le jeune homme regarda gravement sa cousine.

— Es-tu absolument certaine de vouloir en rester là, Margaret ?

Sans lui répondre, elle demanda :

— Quand partons-nous pour Dublin ?

— Après-demain.

« Encore un jour de sursis », se dit Helena avec un pincement au cœur.

Debout à la fenêtre, Helena observait distraitement le va-et-vient des voitures dans Fitzwilliam Street.

Située dans le paisible quartier de Marrion Square, l'imposante demeure de style géorgien qui leur servait de résidence semblait aussi éloignée de Mallow que l'Irlande de l'Amérique.

C'est ici que Margaret et elle coulaient depuis trois semaines une existence discrète de recluses, sous les noms respectifs de Mlle Smith et de Mme Brown, ne se liant pas avec les voisins et ne sortant que rarement, hormis pour prendre l'air dans les jardins de Trinity College.

Helena soupira. Comment allait-elle pouvoir endurer cinq mois de séparation avec Patrick ? Le médecin de Dublin avait confirmé leurs craintes. Margaret était bel et bien enceinte, de sorte qu'elles allaient devoir prendre leur mal en patience jusqu'à la naissance du bébé, laquelle devait être gardée secrète afin de ne pas ternir la réputation de la jeune fille.

La jeune femme sentit son cœur se serrer. Patrick s'était montré si froid avec elle depuis leur entrevue orageuse. Elle avait eu beau essayer de se justifier, il n'avait rien voulu savoir. Il n'était pas venu la rejoindre une seule fois au cours des deux nuits qui avaient précédé son départ, et il ne lui avait même pas dit adieu à la gare de Mallow.

Quelqu'un frappa soudain à la porte d'entrée, tirant brutalement Helena de ses pensées mélancoliques.

— Qui cela peut-il être ? marmonna-t-elle. Nous ne connaissons personne à Dublin.

Jetant un coup d'œil à travers le judas, elle tressaillit en apercevant lord Nayland debout sur le seuil et l'air très agité.

À peine eut-elle entrebâillé la porte que le baron déboula comme une furie dans le vestibule et s'écria, sans même prendre le temps de la saluer :

— Où est-elle ? Il faut que je lui parle !

— Lord Nayland, dit-elle, quelle bonne surprise ! Puis-je vous débarrasser ?

— Euh ! oui, merci, bredouilla-t-il en ôtant son manteau et son chapeau.

— Comment avez-vous fait pour nous retrouver ? s'étonna Helena. Je croyais que Patrick tenait à garder notre cachette secrète.

— Oh ! il a commencé par me dire qu'elle était partie sur le continent, marmonna Nayland en redressant ses lunettes. Naturellement, je n'en ai pas cru un mot. Pour finir, je l'ai menacé de l'étrangler de mes mains s'il refusait de me dire où était Margaret.

À ces mots, la jeune femme réprima un petit sourire.

— Patrick vous a tout raconté ? dit-elle en l'entraînant vers le salon.

— Tout. Et cela ne change rien. J'aime Margaret et je suis venu le lui dire avant qu'elle ne fasse une bêtise que nous risquerions de regretter tous les deux jusqu'à la fin de nos jours. S'il vous plaît, ma chère Helena, voulez-vous avoir la gentillesse d'aller la chercher ?

— Avec plaisir, mon cher baron, dit-elle en tournant aussitôt les talons.

En entrant dans le salon, Margaret trouva Lionel qui faisait les cent pas en marmonnant dans sa barbe comme un dément. Ses cheveux blonds se dressaient sur sa tête, comme s'il avait cherché à les arracher. Brusquement, sentant sa présence, il s'arrêta et leva les yeux.

Ils se dévisagèrent un instant en silence. La jeune fille avait beau scruter son visage, elle n'y vit pas la moindre trace de colère ou de ressentiment, seulement le soulagement et une passion qui n'avait d'égale que la sienne.

— Margaret, dit-il doucement en accourant vers elle.

Il la saisit par les épaules et demanda :

— Pourquoi ne m'avez-vous rien dit ? Pourquoi ne m'avez-vous pas fait confiance ?

— Que pouvais-je vous dire ? Je suis une femme déchue. Je porte l'enfant d'un autre.

— Cela ne change rien, Margaret. Je vous aime.

Bien que son cœur bondît de joie dans sa poitrine, elle secoua gravement la tête.

— Non, Lionel, vous ne semblez pas prendre conscience de la gravité de la situation…

— Assez de protestations ! Il n'y a qu'une chose qui m'importe, dit-il en hochant la tête avec véhémence. Je veux que vous m'épousiez.

— Vous épouser ? répéta Margaret stupéfaite.

— Oui. Aujourd'hui, demain, la semaine prochaine. Ma requête est-elle à ce point extravagante ?

— Non, dit-elle d'une voix à peine audible.

— Dans ce cas, annonça-t-il avec un grand sourire, je vais de ce pas requérir une licence de mariage et…

— Mais, et l'enfant ? gémit-elle d'une voix où pointait le désespoir.

— Comme toujours, et avec l'efficacité qui me caractérise, j'ai déjà tout prévu. Après notre mariage, nous irons passer quelque temps à Rome ou à Florence. Je louerai une villa où nous séjournerons pendant quelques mois après la naissance du bébé. Je suis sûr qu'en y mettant le prix nous parviendrons à faire établir un certificat de naissance qui ne permettra pas de douter de la légitimité de l'enfant. Quand nous reviendrons en Irlande, les gens penseront que le bébé a été conçu lors de notre nuit de noces et me féliciteront.

La jeune femme sentit soudain ses jambes se dérober sous elle.

— Lionel, murmura-t-elle d'une voix tremblante en se laissant choir dans un fauteuil, vous feriez cela pour moi ? Vous êtes prêt à élever l'enfant de Thomas Sheely comme si c'était le vôtre ?

— Absolument, répondit le baron en s'agenouillant à côté d'elle. Margaret, dit-il en lui prenant la main, je vous aime et je donnerais ma vie pour vous. Je vous fais la promesse d'élever cet enfant comme le mien. Comment pourrais-je ne pas aimer un enfant qui est une partie de vous-même ?

Puis, l'aidant à se relever, il la prit dans ses bras et posa tendrement ses lèvres sur les siennes.

Beaucoup plus tard, tandis qu'Helena raccompagnait lord Nayland à la porte, elle ne put résister à l'envie de lui demander :

— Au fait, comment va Patrick ?

Le baron sourit.

— Il va bien, si ce n'est qu'il a reçu des menaces du capitaine Tucker.

Nayland la dévisagea pendant un long moment, puis ajouta :

— Vous savez, Helena, votre place n'est pas ici. Elle est à Rookforest, à ses côtés.

— Je sais, soupira la jeune femme en détournant la tête, mais il ne veut plus de moi. Il est probablement retourné auprès de Calypso.

Lord Nayland secoua la tête.

— Je sais de source sûre qu'il n'a jamais remis les pieds à Drumlow.

Il marqua une petite pause, puis s'écria :

— Voyons, Helena ! Il faut vous battre pour lui comme vous vous êtes battue le soir du bal. Vous avez gagné ce soir-là, il me semble ? Qu'est-ce qui vous fait croire que vous n'allez pas gagner cette fois encore ?

Sans lui laisser le temps de répliquer, il prit congé et sortit.

Tout en le regardant s'éloigner d'un pas sautillant d'homme heureux, la jeune femme songea : « J'en ai assez d'avoir peur, peur qu'un homme me rejette à cause de mon don de double vue, peur de ne pas tenir la comparaison avec la belle Calypso. Demain, je retourne à Rookforest et j'implore le pardon de Patrick. »

21

Le lendemain, dans le train qui la ramenait à Mallow, Helena contemplait le paysage quand son poignet se mit brusquement à palpiter avec une intensité qui lui coupa le souffle.

— Oh ! mon Dieu ! gémit-elle en s'agrippant à la banquette.

En vain, car la sensation vertigineuse ne tarda pas à se faire sentir avec une telle force qu'elle eut l'impression que le compartiment se mettait à tourbillonner comme une toupie. Elle ferma les yeux.

Quand elle les rouvrit, le compartiment avait disparu et elle flottait dans les airs au-dessus de la campagne, à nouveau spectatrice de la destinée d'autrui. Soudain, elle aperçut des collines, puis une route bordée de haies vives, ainsi qu'un carrefour de campagne. Elle comprit aussitôt qu'elle se trouvait à la croisée des routes de Drumlow et de Rookforest.

Tandis qu'elle attendait de voir ce qui allait se passer, elle perçut un bref mouvement dans les fourrés et distingua, tapie derrière la haie, une silhouette enveloppée d'une houppelande noire et coiffée d'un chapeau à larges bords. Helena n'aurait su dire s'il s'agissait d'un homme ou d'une femme, mais il était évident que l'individu guettait la route déserte. Tout à coup, ce dernier pointa un fusil à travers les taillis.

Un sentiment de terreur étreignit d'un seul coup le cœur de la jeune femme. Elle tenta de mettre fin à ce cauchemar, mais sans succès. Il lui fallait attendre que la vision s'évanouisse. Elle allait assister à un meurtre, sans pouvoir rien faire pour l'en empêcher.

Le temps commença à s'écouler lentement, les secondes se transformant en minutes, les minutes en heures.

C'est alors qu'Helena aperçut au loin la future victime.

Monté sur un étalon noir, il chevauchait tranquillement sur la route déserte. Il était trop loin toutefois pour qu'elle pût discerner son visage.

L'assassin l'avait aperçu lui aussi, car il redressa aussitôt son fusil et pointa.

Elle tourna instinctivement les yeux vers le cavalier et quand elle le reconnut son cœur s'arrêta de battre.

— Patrick !

Son cri désespéré résonna dans la campagne comme un coup de fusil, mais ni Patrick ni son agresseur ne l'entendirent.

Le cavalier continuait de se rapprocher, inexorablement, de son assassin, sans se douter qu'il courait à sa perte.

Soudain le fusil pétarada furieusement, déchirant le silence. Le jeune homme se raidit subitement sur sa selle, une expression de surprise dans les yeux, tandis qu'il tournait la tête en direction du bruit. Il posa une main sur son cœur, tituba un instant et s'effondra à terre dans un bruit sourd tandis qu'une tache rouge, semblable à une fleur de sang, fleurissait sur sa poitrine.

Il était mort.

Incapable d'en supporter davantage, la jeune femme ferma les yeux. Quand elle les rouvrit, la route de campagne avait disparu et elle se trouvait à nouveau dans le compartiment désert. Désemparée et haletante, elle éclata en sanglots.

Ainsi donc, sa plus grande crainte s'était réalisée : elle avait assisté, impuissante, à la mort de Patrick.

Elle s'approcha de la porte du compartiment d'un pas chancelant. Il fallait qu'elle arrivât à Mallow à temps pour sauver Patrick. Il fallait qu'elle prévînt le contrôleur.

Au même moment, elle songea qu'il allait la prendre pour une folle. Vaincue, elle se laissa retomber sur la banquette en sanglotant.

Soudain la porte du compartiment s'ouvrit.

— Quelque chose ne va pas, mademoiselle ? demanda le contrôleur d'une voix inquiète.

— Non… non, je… je vous remercie, tout va bien, balbutia-t-elle. J'ai reçu une mauvaise nouvelle avant de quitter Dublin.

— Bah ! les choses finissent toujours par s'arranger, mam'zelle, dit l'homme avant de passer son chemin.

Comment pouvait-il dire une chose pareille, alors que le monde entier s'écroulait. Il n'y avait plus aucun espoir.

Elle en était là de ses tristes pensées quand, tout à coup, elle se rappela la vision qu'elle avait eue de Richard se faisant ébouillanter. Elle avait prévenu Patrick et le drame avait pu être évité. Si elle avait pu sauver Richard, elle pouvait peut-être faire de même pour Patrick ?

Séchant ses larmes, elle se ressaisit. Le fait qu'elle ait eu la vision ne voulait pas dire que ce dernier était déjà mort. Dès qu'elle serait à Mallow, elle filerait au carrefour et, de là, elle prendrait la direction de Rookforest. Si Patrick était vivant, il lui restait encore un espoir de l'intercepter.

Et elle était prête à se battre une dernière fois pour lui.

Patrick immobilisa son cheval au sommet de la colline qui dominait Drumlow et attendit les deux hommes armés qui lui servaient d'escorte.

Le matin même, il avait reçu un message de Calypso lui demandant de venir la voir. Pourtant, après ce qui s'était passé le soir du bal, il aurait pensé que la belle marquise avait définitivement renoncé à lui.

« Décidément, songea-t-il en éperonnant sa monture, je ne comprendrai jamais rien aux femmes. »

Il tourna ses pensées vers Helena, recluse à Dublin depuis plusieurs semaines, et il se sentit soudain gagné par une grande mélancolie. Certes, il lui en avait voulu de lui avoir caché la liaison de Margaret avec Thomas Sheely, mais maintenant que sa colère commençait à s'estomper il avait envie de la revoir. De plus, il avait appris des choses concernant Thomas Sheely, dont il devait absolument faire part à Helena et à Margaret.

Dès demain il lui ferait une visite surprise à Dublin et se réconcilierait avec elle. Après quoi, il lui dirait combien il l'aimait et lui demanderait de revenir vivre à Rookforest avec lui.

Arrivé à quelques pas du majestueux portail de Drumlow, Patrick dit à ses deux gardes du corps de l'attendre et il parcourut le reste du chemin à pied. Il entra dans la maison.

Calypso l'attendait dans le salon austère et sombre.

— Patrick, dit-elle en venant aussitôt à sa rencontre d'un pas léger. Comme c'est aimable à toi d'avoir répondu si promptement à mon invitation.

Comme toujours elle était d'une beauté à couper le souffle. Elle portait une robe d'intérieur bleu lavande et sa somptueuse chevelure d'ébène retombait gracieusement sur ses épaules. Cependant, depuis le bal de Noël, la beauté trop parfaite de la marquise avait cessé de l'émouvoir et il regretta soudain d'être venu dans cette demeure étouffante et de n'être pas déjà dans le train qui allait le ramener vers Helena.

— Assieds-toi, dit-elle d'une voix rauque et sensuelle.

— Je préfère rester debout.

Il crut déceler une lueur de contrariété dans ses yeux.

— Déjà impatient de partir alors que tu viens seulement d'arriver ? J'ignorais que tu trouvais ma compagnie à ce point ennuyeuse.

— J'ai beaucoup à faire à Rookforest.

— Je vois, dit la jeune femme. Dans ce cas, je ne te retiendrai pas plus longtemps que nécessaire.

Elle hésita.

— Si je t'ai demandé de venir, ce matin, c'est pour te faire mes adieux, Patrick.

Il haussa un sourcil étonné.

— Tu quittes Drumlow ?

— Oui. Je me marie.

Elle fit une pause, attendant de voir comment Patrick accueillait la nouvelle. Mais il n'eut aucune réaction.

— Tous mes vœux de bonheur, dit-il enfin. Et qui est l'heureux élu ?

— Pryce Vernham.

— Une belle prise… Beau, riche. Et je suppose que tu es folle de lui ?

— Ne sois pas ridicule, dit la marquise dont les yeux jetaient des étincelles. Il n'est pour moi qu'un moyen d'arriver à mes fins. En l'épousant, j'assure mon avenir, celui de ma fille et je peux enfin échapper à l'emprise de mon frère. Ce qui, compte tenu des circonstances, est une bonne chose.

— Les circonstances ? répéta Patrick qui ne voyait pas où elle voulait en venir.

— Comment ! Tu n'es pas au courant ? Le duc a donné congé à mon frère. John doit quitter Drumlow d'ici à la fin du mois, afin que le nouvel intendant puisse prendre ses fonctions.

Patrick n'en croyait pas ses oreilles.

— Tu veux dire que le duc le chasse de chez lui ?

— Drumlow ne lui appartient pas.

— Mais où va-t-il aller ? De quoi vivra-t-il ?

— Je n'en ai pas la moindre idée et cela m'est parfaitement égal.

Elle avait dit cela avec un tel cynisme qu'il ne put s'empêcher de lui rappeler :

— Enfin, Calypso, il s'agit de ton frère.

— Sans doute, mais il ne s'est jamais soucié de moi, répliqua-t-elle avec une moue dédaigneuse. Et il s'est servi de moi comme d'un pantin pour pouvoir faire son chemin dans le monde.

— N'est-ce pas précisément ce que tu es en train de faire avec ce pauvre Vernham ? rétorqua le jeune homme.

— Cela n'a rien à voir, glapit la belle aristocrate.

Il la considéra un long moment en silence. À présent, il était sûr que Calypso ne l'avait jamais aimé. Elle avait simplement cherché à le prendre dans ses filets afin d'assurer son avenir et celui de sa fille. Et dire qu'il avait failli tomber dans son piège à pieds joints !

Elle fit un pas vers lui et posa une main sur son bras.

— Patrick, il est encore temps pour moi de renoncer à épouser Vernham. Un seul mot de toi et…

Elle s'approcha un peu plus et lui passa les deux bras autour du cou en se serrant contre lui comme une chatte qui attend des caresses.

La saisissant fermement par les poignets, Patrick brisa son étreinte.

— Non, merci, dit-il d'une voix ferme tout en s'efforçant de dissimuler le dégoût qu'elle lui inspirait. J'aime Helena Considine et j'ai l'intention de l'épouser.

— Toi ? Épouser une fille aussi… ordinaire !

Cette fois, la coupe était pleine, il rétorqua du tac au tac :

— Tu fais erreur, Calypso, c'est toi qui es ordinaire ! Helena est un être d'exception, au contraire, et je regrette de ne pas m'en être aperçu plus tôt.

La jeune femme eut une moue dépitée. Sans lui laisser le temps d'ajouter un mot de plus, Patrick tourna les talons et sortit.

Une fois dehors, il constata à sa grande surprise que ses deux gardes du corps avaient disparu.

— Pourquoi sont-ils partis ? demanda-t-il à un valet qui apparut juste au même moment, comme par enchantement.

— Ils sont partis, Votre Honneur. Le maître a dit qu'il avait vu des rôdeurs sur le domaine et vos hommes les ont aussitôt pris en chasse, craignant qu'il ne s'agisse de nationalistes.

Patrick hésita brièvement, ne sachant s'il devait les attendre ou partir seul.

— Quand ils reviendront, dit-il au majordome, dites-leur que je suis rentré à Rookforest.

Il enfourcha Gallowglass et se mit en route.

Dès que le train arriva en gare de Mallow, Helena loua un cheval, jugeant qu'une monture serait plus rapide qu'une carriole.

Peu après, elle quittait les limites de la ville et chevauchait bravement dans la campagne. Malgré ses cuisses endolories et ses doigts engourdis à force de tenir les rênes, la jeune femme tenait bon.

Lorsqu'elle passa devant les ruines calcinées de la maison de son père, elle poussa un soupir de soulagement car elle savait qu'il ne lui restait pas beaucoup de distance à parcourir avant d'atteindre le carrefour. Elle allait sauver Patrick. Coûte que coûte.

C'est alors que le drame survint.

Elle était à deux kilomètres à peine de l'intersection quand son cheval commença à ralentir et à traîner la jambe.

— Hue ! Cromwell ! Hue ! l'exhorta-t-elle en lui talonnant les flancs d'importance.

Mais le canasson hennit et secoua la tête, refusant obstinément de lui obéir.

— Ma parole, tu es plus têtu qu'une mule ! s'écria-t-elle, excédée.

Cependant, elle avait beau crier et cravacher, rien n'y fit.

Bientôt l'indignation fit place à la panique, lorsqu'elle comprit qu'elle n'atteindrait jamais l'intersection à temps. Mettant pied à terre, elle jeta un regard assassin à la rosse et continua sa route à pied.

Arrivée à mi-parcours, elle s'arrêta un court instant afin de reprendre haleine, et surtout pour se préparer à affronter l'épreuve qui l'attendait de l'autre côté de la colline.

Elle tendit l'oreille. Tout était silencieux, à l'exception du vent qui bruissait doucement dans les feuilles.

Elle inspira profondément et commença à gravir la côte. Une fois au sommet, elle eut l'impression de revivre sa vision de cauchemar. À sa gauche se trouvait la haie, et l'endroit exact où elle avait aperçu la silhouette de l'homme au fusil.

C'est alors qu'elle entendit un bruit de galop. Patrick était encore en vie ! Elle était arrivée à temps pour le sauver.

Rassemblant ce qui lui restait de courage, elle dévala la pente à toutes jambes en hurlant :

— Patrick, non ! Va-t'en !

Juste au moment où Patrick raccourcissait ses rênes, un coup de feu fendit l'air.

Helena se figea sur place, comme si elle était entrée la tête la première dans un mur. Elle vit Gallowglass ruer en piaffant avant de baisser la tête et de s'effondrer comme une masse sur la route. Patrick fut éjecté de la selle et alla rouler dans l'herbe. Puis il resta immobile.

« Il est mort, songea Helena complètement abasourdie. Et je n'ai pas pu le sauver. »

Tout à coup, une balle siffla tout près de son oreille. L'assassin de Patrick était à présent en train de tirer sur elle !

— Helena, viens vite !

La voix de Patrick la tira de sa léthargie. Elle écarquilla les yeux et vit Patrick allongé derrière le corps sans vie de Gallowglass, dont il se protégeait comme d'un bouclier. Il était sain et sauf.

Helena s'élança vers lui juste au moment où un autre coup de feu éclatait.

Patrick la plaqua prestement à terre, à côté de lui. Elle balbutia :

— Tu es vivant ?

— Tais-toi, chuchota-il, les yeux rivés sur l'endroit où se cachait l'assaillant. Baisse la tête et ne dis pas un mot.

La jeune femme se tint silencieuse, écoutant les battements de son propre cœur, tout en s'abritant derrière ce pauvre Gallowglass qui avait reçu la balle destinée à Patrick.

Une nouvelle détonation déchira le silence. Patrick baissa la tête et dit à voix basse :

— Je vais courir me réfugier dans la trouée, là-bas. Toi, tu restes là.

Sans lui laisser le temps de protester, il s'élança de l'autre côté de la route. Deux autres coups de feu éclatèrent, mais aucun ne l'atteignit et, l'instant d'après, il disparaissait au milieu des fourrés.

Il y eut un dernier coup de feu et ce fut le silence.

Helena attendit, immobile, le cœur battant à tout rompre, sans savoir qui, de Patrick ou de l'assaillant, allait surgir des fourrés. Si son amant mourait, elle mourrait aussi car l'homme qu'elle avait vu en rêve ne voulait pas de témoins.

Soudain la voix de son bien-aimé appela son prénom.

— Tu ne devineras jamais ce que j'ai trouvé ! s'écria-t-il, triomphant.

Rassemblant ses jupes, elle traversa la route à toutes jambes et pénétra à son tour dans la trouée. À l'autre bout, elle trouva Patrick, son revolver pointé sur…

— Monsieur Standon !

Debout, tenant maladroitement son bras gauche transpercé d'une balle, son beau visage crispé de rage et de douleur, l'intendant avait dans les yeux une expression d'animal traqué.

Il décocha à la jeune femme un regard si haineux qu'elle se blottit instinctivement contre Patrick.

— C'est votre faute, éructa Standon entre ses dents. Si vous ne l'aviez pas averti, il serait mort à l'heure qu'il est.

— Grâce à Dieu ! elle l'a fait, dit Patrick sans le quitter un instant des yeux.

— Je vous avais pris pour un nationaliste, monsieur Standon, dit Helena.

Patrick dit :

— C'est ce qu'il voulait faire croire. N'est-ce pas, Standon ? Tout le monde sait que le capitaine Tucker m'avait récemment pris pour cible. En découvrant mon cadavre sur la route, les gens auraient pensé qu'il était l'auteur du crime. Mais, dites-moi, poursuivit Patrick, est-ce vous qui avez dit à votre sœur de m'inviter à Drumlow aujourd'hui ?

Voyant qu'il refusait de répondre, Patrick haussa les épaules.

— De toute façon, votre machination était cousue de fil blanc. Vous avez dispersé mes gardes du corps en leur faisant croire que des nationalistes s'étaient introduits sur vos terres, puis vous m'avez tendu un guet-apens.

— Pourquoi avez-vous voulu le tuer ? demanda Helena d'un ton de reproche. Je sais bien que vous le haïssez, mais à ce point… ?

— À cause de lui, j'ai été chassé comme un chien par mon patron.

— Et quel effet cela fait-il d'être expulsé de chez soi ? demanda Patrick sur un ton plein de morgue.

— Si le duc de Carbury vous a congédié, ce n'est pas la faute de Patrick ! s'écria Helena.

— Si, tout est sa faute ! rugit l'autre.

Un bruit de sabots les interrompit soudain. Patrick tourna la tête et vit ses deux gardes du corps qui arrivaient sur des chevaux écumants, le fusil en bandoulière, la mine renfrognée.

— Vous avez des problèmes, monsieur Quinn ? demanda l'un d'eux en jetant un regard en biais à l'intendant.

— Oui, mais comme vous pouvez le voir, j'ai pris les choses en main, répondit le jeune homme en rengainant son revolver. Nous avons tous été dupés par M. Standon, ici présent. Fort heureusement, sa ruse a échoué grâce à Mlle Considine. (Il sourit à Helena et se tourna à nouveau vers ses hommes.) Je veux que vous escortiez M. Standon jusqu'au dispensaire afin que le médecin examine sa blessure. Ensuite, vous l'accompagnerez à Drumlow pour qu'il fasse ses bagages, et jusqu'à Cork. Là, vous le mettrez dans le premier bateau à destination de l'Angleterre.

— Aujourd'hui, monsieur ?

— Sur-le-champ.

— Vous n'avez pas le droit ! protesta Standon. Vous ne pouvez pas m'expédier ainsi sans me laisser le temps de mettre de l'ordre dans mes affaires !

Patrick rétorqua d'une voix glaciale :

— Je ne serai pas tranquille tant que vous n'aurez pas définitivement quitté le sol irlandais, Standon. À vous de choisir, ou vous acceptez mes conditions ou je vous remets aux forces de l'ordre.

Résigné, l'intendant baissa la tête et regagna sa monture d'un pas traînant, encadré par les deux gardes du corps.

Une fois en selle, il se tourna vers Helena et demanda, intrigué :

— Mais dites-moi, mademoiselle Considine, comment avez-vous su que j'avais tendu un piège à Quinn ?

Sa question la prit de court. Elle ne pouvait pas lui dire qu'elle avait eu une vision. Prise de panique, elle balbutia :

— À mon retour de Dublin, j'ai appris que Patrick s'était rendu à Drumlow. Folle de jalousie, je suis immédiatement partie à sa recherche. Quand je vous ai aperçu du haut de la colline, j'ai aussitôt donné l'alerte.

Non sans lui avoir décoché un dernier regard plein de fiel, Standon se mit en route, sous la garde vigilante des deux hommes de Patrick.

Ce dernier se tourna alors vers Helena et lui dit avec une vive émotion :

— Merci de m'avoir sauvé la vie.

Il l'attira contre lui et, plongeant ses yeux dans les siens, prit son visage entre ses mains et pressa longuement ses lèvres sur les siennes.

Plus tard, tandis qu'ils se remettaient en route, Patrick se rembrunit soudain.

— Jamser Garroty a fini par retrouver sa langue, l'informa-t-il. Il a dénoncé les hommes du capitaine Tucker et a donné le nom de leur chef.

Helena s'arrêta net.

— Vraiment ? Et qui est-ce ?

— Thomas Sheely.

— Thomas Sheely ? répéta-t-elle, incrédule. Pauvre Margaret…

Patrick serra les dents et ajouta :

— C'est également Sheely qui est responsable de la mort de ton père et du mien.

— Oh ! non, balbutia-t-elle, complètement abasourdie, tandis que des larmes jaillissaient de ses yeux. Pourquoi ? Pourquoi ?

Le jeune homme poursuivit son récit :

— J'ai parlé à Sheely en prison. Il m'a dit que ton père avait été exécuté parce qu'il craignait qu'il ne les dénonce. Mais le jeune Jamser l'a démenti. (Il soupira.) Et ils ont tué mon père parce qu'il avait expulsé des fermiers et offert une récompense à celui qui dénoncerait ceux qui t'avaient attaquée. Ce sont également Sheely et ses hommes qui ont déposé le corbeau décapité devant ta porte et saccagé ton jardin parce que tu étais amie avec ma famille.

Helena secoua la tête.

— C'est monstrueux.

Soudain, un élégant attelage tiré par deux beaux chevaux bais qui arrivait derrière eux les fit se retourner.

— Nous pourrions peut-être demander à ces braves gens de nous ramener jusqu'à Rookforest ? suggéra le jeune homme lorsque la voiture ralentit et s'arrêta à leur hauteur. Il regarda Helena dans les yeux. Nous avons encore tant de choses à nous dire.

Plus tard, ce jour-là, bien à l'abri derrière la porte verrouillée de la chambre de Patrick, Helena reposait, comblée, entre les bras de son bien-aimé.

— Mmm ! murmura-t-elle d'une voix langoureuse, ça n'est pas très convenable de faire l'amour en plein jour. Que vont dire les domestiques ?

Patrick sourit lentement.

— Qu'elles jacassent. Je m'en moque, je suis le maître ici et je fais ce qui me plaît.

— Tu dis cela chaque fois, dit-elle avec un sourire.

Elle se rembrunit d'un seul coup.

— Qu'y a-t-il ? demanda Patrick qui avait senti son brusque changement d'humeur.

Elle détourna les yeux.

— Pourquoi es-tu allé voir Calypso à Drumlow ?

— Parce qu'elle avait demandé à me voir et qu'étant un galant homme je n'ai pas pu refuser.

— Oh ! et pourquoi voulait-elle te voir ?

Un sourire narquois joua sur les lèvres de Patrick et il murmura à l'oreille :

— Pour m'annoncer qu'elle allait se remarier et pour me donner une dernière chance d'être l'heureux élu.

— Calypso va se remarier ! dit-elle en écarquillant les yeux.

— Oui, ma chère, avec Pryce Vernham, l'homme avec lequel elle a outrageusement flirté, le soir du bal, chez Nayland.

Puis il ajouta, l'air grave :

— Je veux que tu saches que je n'éprouve plus la moindre attirance pour elle.

— Ne la juge pas trop sévèrement, dit Helena. Après tout, si elle veut survivre, elle est bien obligée d'employer les moyens qui sont à sa portée.

— C'est la dernière fois que je mentionne son nom. Désormais, elle fait partie du passé et je veux regarder vers l'avenir.

Ses yeux se mirent à pétiller.

— Notre avenir.

La jeune femme sentit son cœur bondir de joie dans sa poitrine.

— Helena, veux-tu m'épouser ?

Elle jeta un coup d'œil à son poignet et frissonna.

— Tu es sûr de vouloir faire de moi ta femme, malgré mon don de double vue ?

— Oui.

— Sans la moindre hésitation ?

— Sans la moindre hésitation. Je veux que tu deviennes madame Quinn.

— D'accord, dit-elle tendrement. Et d'ailleurs je l'ai toujours voulu, depuis le premier jour.

Cette remarque provoqua chez lui un petit sourire narquois.

— Vu la façon dont je t'ai traitée, permets-moi d'en douter.

— Tu t'es comporté comme un mufle, un mufle que j'ai appris à aimer.

Patrick la prit dans ses bras.

— Sans la moindre réserve ?

— Non, mon amour.

Incapable d'ôter ses yeux de l'alliance qui ornait désormais sa main gauche, Helena n'arrivait pas à croire que quelques instants plus tôt elle était devenue Mme Patrick Quinn.

Tandis que la voiture se rendait à Devinstown où lord Nayland et la nouvelle baronne de Nayland donnaient une réception en l'honneur de leur prochain départ pour l'Italie, Helena jetait des petits regards furtifs à Patrick, qui était assis face à elle. Il était si beau dans son habit de cérémonie.

— Eh bien ! que regardes-tu avec tant d'insistance, madame Quinn ? demanda-t-il, les yeux brillants de malice.

— Mon cher époux, soupira la jeune mariée en lissant sa robe de satin blanche. Je n'arrive tout simplement pas à croire que tu es à moi, Patrick.

Il se pencha vers elle et, prenant sa main gauche dans la sienne, la porta jusqu'à ses lèvres.

— Et moi, je n'arrive pas à croire que tu es mienne, Helena Quinn.

Soudain les yeux de Patrick tombèrent sur son poignet et une expression de stupeur se peignit sur son visage.

— La cicatrice ! s'exclama-t-il. Elle a disparu !

— Quoi ? dit-elle en remontant précipitamment sa manche.

Patrick disait la vérité.

— C'est pourtant vrai, elle a complètement disparu.

Elle inspecta son poignet. La peau était à nouveau lisse et uniforme comme jadis.

— Qu'est-ce que cela signifie ? demanda-t-elle, abasourdie.

— Que tu n'as désormais plus le don de double vue.

Elle lui jeta un coup d'œil incrédule.

— Mais… mais pourquoi a-t-il disparu de façon aussi subite ? bredouilla-t-elle.

Un sourire taquin joua sur les lèvres de son mari.

— On dirait que tu le regrettes.

— Pas du tout, protesta Helena avec véhémence. Je suis contente d'être débarrassée de cette malédiction qui m'a causé tant de souffrances. (Elle fronça les sourcils.) Cependant, il y a une chose qui m'échappe. Pourquoi m'a-t-il été donné et repris ensuite ?

Le jeune homme contempla un moment le paysage, l'air pensif.

— Peut-être William te l'a-t-il donné afin que tu puisses trouver le bonheur. Ce que tu as fait en m'épousant. À présent, tu n'en as plus besoin.

Elle hocha la tête en frottant machinalement son poignet.

— Je crois que tu as raison. Le pouvoir a disparu. Je le sens. J'ai perdu mon don de double vue. Maintenant que j'ai atteint le bonheur, je n'en ai plus besoin.

— Désormais nous sommes tous les deux libres, conclut-il. Moi, je suis libre du passé et je n'ai plus besoin de me venger de John Standon. Et toi, tu es libre du pouvoir surnaturel qui te permettait de voir le destin d'autrui. Désormais nous allons pouvoir affronter ensemble le mystère de notre destinée commune.

Elle lui sourit, le cœur débordant d'amour. Puis elle récita une petite prière silencieuse pour son cher époux.

Patrick jeta un coup d'œil aux collines verdoyantes de leur beau pays déchiré par la violence.

— L'Irlande sera toujours une terre magique. Même si pour toi, ajouta-t-il en caressant le poignet de la jeune femme, il n'est plus question de magie.

Helena lui sourit et secoua la tête.

— C'est tout le contraire, mon cher. La magie ne fait que commencer…

COLLECTION « LES INOUBLIABLES »

BRISKIN Jacqueline, *Paloverde*, 2015.
BRISKIN Jacqueline, *Les Sentiers de l'aube*, 2015.
BRISKIN Jacqueline, *Le Palais du comte Paskevitch*, 2016.
CHASE Lindsay, *Un amour de soie*, 2016.
CHASE Lindsay, *Le Torrent des jours*, 2016.
JAGGER Brenda, *Les Chemins de Maison Haute*, 2015.
JAGGER Brenda, *Retour à Maison Haute*, 2016.
JAGGER Brenda, *Le Silex et la Rose*, 2016.
MCCULLOUGH Colleen, *Tim*, 2015.
MCCULLOUGH Colleen, *La Passion du Dr Christian*, 2015.
MCCULLOUGH Colleen, *Un autre nom pour l'amour*, 2015.
RIPLEY Alexandra, *Charleston*, 2015.
RIPLEY Alexandra, *Retour à Charleston*, 2015.
RIPLEY Alexandra, *La Demoiselle du Mississippi*, 2016.

Cet ouvrage a été composé
par Facompo
à Lisieux (Calvados)

Impression réalisée à Barcelone par

CPI

en juillet 2016
pour le compte des éditions Archipoche

Imprimé en Espagne
N° d'édition : 416
Dépôt légal : août 2016